瑞蘭國際

完全征服

TOPIK I
新韓檢初級
聽力‧閱讀全科總整理

師大 Daily 韓語

李炫周　著

繽紛外語編輯小組　總策劃

期盼《TOPIK I 新韓檢初級聽力・閱讀全科總整理》帶您完全征服TOPIK I！

　　學習外語是一個很好的興趣。因為學習到的不只是語言，同時還可以藉此了解該國的文化、習俗，以及思想及行為模式。也就是說，學習語言也可以了解一個國家。

　　學習韓語的人數逐年增長，其中不乏想要報考韓檢、只因為想瞭解自己的韓語實力落在哪種程度的人。身為韓語教學者的我，雖然認為不能以一個人韓檢的成績來證明他的韓語實力，但的確可以藉此了解他的韓語程度。從這點來看，韓檢已經可說是判斷一個人韓語能力的重要標準之一。

　　本人從這個觀點出發撰寫這本書，目的就是為了提供準備韓檢的考生在應試時的必備要點。準備任何一種語言的能力測驗，第一步務必要從了解考古題開始。藉著分析考古題，可以掌握該如何準備考試。其中TOPIK I的考題，無論在閱讀或聽力，都跟日常生活有密切的關係。

　　本書分為四個單元，分別是「聽力解析」、「閱讀解析」、「必備文法」、「必備語彙」。一開始，先著眼於考古題的解析。TOPIK I 分為「聽力」跟「閱讀」二個考科，本書依照題型分類，分別分析「聽力」跟「閱讀」各題型的解題要點以及主要題材或情境。同時，也介紹每個考古題使用的重點單字及文法。考生們只要照著本書的順序準備考試，一定可以發現考題中常出現的對話情境、詞彙、文法以及2種以上的文法組合等。

至於「必備文法」又分為「必備文法」及「類似文法比較」。而「必備語彙」單元，則依照韓字母排列順序整理。子音以「ㄱ、ㄲ、ㄴ、ㄷ、ㄸ、ㄹ、ㅁ、ㅂ、ㅃ、ㅅ、ㅆ、ㅇ、ㅈ、ㅉ、ㅊ、ㅋ、ㅌ、ㅍ、ㅎ」的順序，母音以「아、야、어、여、오、요、우、유、으、이、애、에、얘、예、와、왜、워、웨、외、위、의」順序整理。

最後，身為韓國人的我，想向所有韓語愛好者表達由衷的感謝，因為這本書，是為了能更有效幫助這些廣大的韓語愛好者而寫，所以希望真的能成為各位考生準備TOPIK I的最佳導覽。感謝瑞蘭出版社的支持，讓我有機會出版這本書。也感謝安主亨先生，在炎熱的天氣欣然幫忙錄音。

이현주

李炫周

如何使用本書

　　《TOPIK I 新韓檢初級聽力・閱讀，一本搞定！》精選歷年韓國語文能力測驗考古題，並依新韓檢初級聽力、閱讀題型趨勢，分別整理出「聽力7大題型」與「閱讀8大題型」做出完美解析，幫助考生掌握題型，發揮實力！

　　此外，並整理出「必備文法」以及「必備單字」，每個文法、單字皆有意義說明與例句及中文翻譯，帶領考生完全征服新韓檢初級考試！

TOPIK I聽力&閱讀題型分析

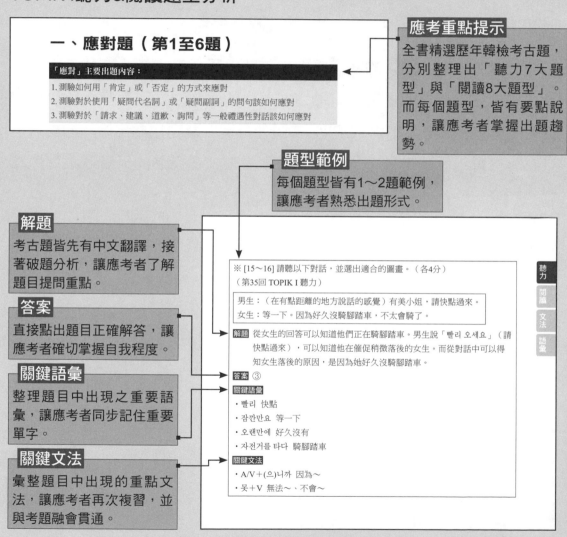

應考重點提示

全書精選歷年韓檢考古題，分別整理出「聽力7大題型」與「閱讀8大題型」。而每個題型，皆有要點說明，讓應考者掌握出題趨勢。

一、應對題（第1至6題）

「應對」主要出題內容：
1. 測驗如何用「肯定」或「否定」的方式來應對
2. 測驗對於使用「疑問代名詞」或「疑問副詞」的問句該如何應對
3. 測驗對於「請求、建議、道歉、詢問」等一般禮遇性對話該如何應對

題型範例

每個題型皆有1～2題範例，讓應考者熟悉出題形式。

解題

考古題皆先有中文翻譯，接著破題分析，讓應考者了解題目提問重點。

答案

直接點出題目正確解答，讓應考者確切掌握自我程度。

關鍵語彙

整理題目中出現之重要語彙，讓應考者同步記住重要單字。

關鍵文法

彙整題目中出現的重點文法，讓應考者再次複習，並與考題融會貫通。

※ [15～16] 請聽以下對話，並選出適合的圖畫。（各4分）
（第35回 TOPIK I 聽力）

男生：（在有點距離的地方說話的感覺）有美小姐，請快點過來。
女生：等一下。因為好久沒騎腳踏車，不太會騎了。

解題 從女生的回答可以知道他們正在騎腳踏車。男生說「빨리 오세요」（請快點過來），可以知道他在催促稍微落後的女生。而從對話中可以得知女生落後的原因，是因為她好久沒騎腳踏車。

答案 ③

關鍵語彙
・빨리 快點
・잠깐만요 等一下
・오랜만에 好久沒有
・자전거를 타다 騎腳踏車

關鍵文法
・A/V＋(으)니까 因為～
・못＋V 無法～、不會～

▶ 歷屆 TOPIK I 聽力同類考題　◉ MP3-16

※ [17～21] 다음을 듣고 대화 내용과 같은 것을 고르십시오. (각 3점)
(제41회 TOPIK I 듣기)

> 남자 : 우리가 음식을 너무 많이 주문한 것 같아요. 많이 남았어요.
> 여자 : 네, 남은 음식은 포장해 가야겠어요.
> 남자 : 집에 가지고 가서 먹으면 맛없지 않아요?
> 여자 : 아니요. 전 남은 음식을 자주 포장해 가는데 괜찮았어요.

21.　① 여자는 음식을 주문하려고 합니다.
　　　② 남자는 음식을 포장하고 있습니다.
　　　③ 남자는 남은 음식을 다 먹고 갈 겁니다.
　　　④ 여자는 남은 음식을 가지고 간 적이 있습니다.

※ [17～21] 請聽兩人的對話，選擇符合對話內容的選項。（各3分）
（第41回 TOPIK I 聽力）

> 男生：我們好像點太多食物。剩了很多。
> 女生：對，我要把剩下的外帶回去。
> 男生：帶回家吃不會不好吃嗎？
> 女生：不會。我常把剩下的食物外帶回去，沒關係。

解題

21.　① 女生想要點菜。
　　　不符→從對話內容可以知道兩人已經吃飽。
　　　② 男生正在包裝食物。
　　　不符→現在兩人在對話中，還沒做任何行動。
　　　③ 男生要把剩下的菜都吃完再走。
　　　不符→兩人已經吃飽了，他們在談如何處理剩下的菜。
　　　④ 女生有把剩下的菜外帶回去的經驗。
　　　相符→女生說常把剩下的菜帶回去，這表示她這樣的行動不僅一次，

▶ 「看圖選出對話情境」題型的常考主題：

　　공항（機場）、옷（衣服）、일상생활（日常生活）、악기（樂器）、주문
（點菜）、몸（身體）、분실（遺失）、예의（禮貌）、입학（入學）、졸업
（畢業）、취미（興趣）、일상 활동（日常活動）等。

◆ 應考補充站

- 「看圖選出對話情境」模擬試題：可參考《新韓檢模擬試題＋完全解析》第一回模擬試題第15～16題（P.18～P.19）
- 「看圖選出對話情境」模擬試題解答&解析：可參考《新韓檢模擬試題＋完全解析》第一回模擬試題完全解析第15～16題（P.51～P.53）

歷屆同類考題
彙整歷屆同類考題，讓應考者有備無患，面對相同題型不驚慌失措。

應考補充站
提醒應考者參考《完全征服　TOPIK I 新韓檢模擬試題＋完全解析》一書，累積實力。

歷屆同類考題中常考主題
整理歷屆考題中常出現的主題，讓應考者反覆掌握題型走向。

TOPIK I必備文法

▶ A/V+(으)ㄴ/는 편이다

- 意思：還算～
- 表示主詞比較屬於某一塊。
- 形容詞連接方式：詞根結尾沒有尾音加「-ㄴ 편이다」；有尾音加「-은 편이다」，例如：
  깨끗한 편이다. (還算乾淨。)、분위기가 좋은 편이다. (氣氛還算不錯。)
- 動詞連接方式：詞根加「-는 편이다」，不分結尾有無尾音。動詞前面一般會加副詞使得意思更清楚，例如：
  음악을 자주 듣는 편이다. (算常聽音樂。)

  例 저는 키가 크고 마른 편입니다.
  　我算個子高且瘦。

▶ V+(으)ㄴ 다음에 = V+(으)ㄴ 후(에)

- 意思：～之後
- 表示先前的行動做完，之後再做。
- 只接在動詞後面，前面的行動和後面的行動主詞要相同。
- 相似文法：V+(으)ㄴ 후에、V+고 나서
- 連接方式：動詞詞根結尾沒有尾音加「-ㄴ 다음에」；有尾音加「-은 다음에」。

  例 여행지에 도착한 다음에 부모님께 전화를 드렸습니다.
  　到旅行地之後打了電話給父母。

必備文法
以子音順分類整理101條文法。

連接方式
說明運用該文法的方式，並列出遇到不同接續方式時的詞類變化。

意思
說明該文法所屬意義。

例句
列出最實用的生活化例句，並附上中文翻譯。

二、類似文法比較

▶ 「-는 동안」跟「-(으)면서」的比較

類似文法比較
以表格整理出同異點，讓您釐清各項易混淆文法。

文法	共同點	差異
-는 동안 (～的期間)	·表示同時間做的行動。 ·只能接續在動詞後面。	·先行句跟後行句的主詞常常不同。 例 제가 책을 읽는 동안 친구는 음악을 들었습니다. 　我在看書的時候，朋友在聽音樂。
-(으)면서 (邊～邊～)		·先行句跟後行句的主詞一定要相同。 例 저는 책을 읽으면서 음악을 들었습니다. 　我邊看書，邊聽音樂。

聽力　閱讀　文法　語彙

TOPIK I必備語彙

一、必備語彙

ㄱ

가구（名）家具	例 가구 만드는 곳에 갔습니다. 去了做傢俱的地方。
가격（名）價格	例 가격이 얼마입니까? 價格多少？ ◎（似）값 價錢
가게（名）商店	例 과일 가게 水果店
가깝다（形）近	例 집에서 회사까지 가깝습니다. 從家裡到公司很近。 ⊙（反）멀다 遠
가꾸다（動）管理	例 정원을 가꿉니다. 管理庭院。
가끔（副）偶爾	例 백화점에 가끔 갑니다. 偶爾去百貨公司。
가다（動）去	例 회사에 갑니다. 去公司（上班）。 ⊙（反）오다 來
가르치다（動）教	例 한국어를 가르칩니다. 教韓語。 ⊙（反）배우다 學習
가방（名）包包	例 가방을 삽니다. 買包包。
가벼워지다（動）變輕	例 마음이 가벼워졌습니다. 心情變輕鬆。 ⊙（反）무거워지다 變沉重。
가볍다（形）輕	例 마음이 가볍습니다. 心情輕鬆。 ⊙（反）무겁다 重

必備語彙
精選1000個必備語彙，以「子音」與「母音」排列順序，循序漸進認識語彙。

「相似詞」及「相反詞」
貼心整理「相似詞」及「相反詞」，同步學習更多語彙。

例句
每一個語彙皆有例句和中文翻譯，熟悉該語彙用法，並了解句意。

二、其他常用語彙

월 月份：採漢字語念法

1月	2月	3月	4月	5月	6月
1월	2월	3월	4월	5월	6월
일월	이월	삼월	사월	오월	유월
7月	8月	9月	10月	11月	12月
7월	8월	9월	10월	11월	12월
칠월	팔월	구월	시월	십일월	십이월

其他常用語彙總整理
表格整理常用語彙，如「數字」、「日期」、「量詞」、「顏色」等單字，幫助靈活應用語彙。

作者序

如何使用本書

3

TOPIK I 必備文法篇 195

TOPIK I 必備語彙 261

聽力題型分析

一、應對題（第1至6題）

1. 測驗如何用「肯定」或「否定」的方式來應對
2. 測驗對於使用「疑問代名詞」或「疑問副詞」的問句該如何應對
3. 測驗對於「請求、建議、道歉、詢問」等一般禮遇性對話該如何應對

（一）用「肯定」或「否定」的方式應對　○ MP3-01

※ [1〜4] 다음을 듣고 물음에 맞는 대답을 고르십시오.

(제37회 TOPIK I 듣기)

> 여자 : 사전이 있어요?
> 남자 : ＿＿＿＿＿＿＿＿＿＿＿

1. (4점)

① 네, 사전이 많아요.　　② 네, 사전이 없어요.

③ 아니요, 사전이에요.　　④ 아니요, 사전이 좋아요.

※ [1〜4] 請聽下列對話，並選出符合問題的回答。

（第37回 TOPIK I 聽力）

> 女生：有字典嗎？
> 男生：＿＿＿＿＿＿＿＿＿＿

1.（4分）

① 是，有很多字典。　　② 是，沒有字典。

③ 不，是字典。　　④ 不，喜歡字典。

解題 這一題是簡單回答「有」、「沒有」的題型。若「有」，可以回答「네, 있어요./네, 많아요.」（是，有。/是，很多。）；若「沒有」，就要回答「아니요. 없어요.」（不。沒有。）。

答案 ① 네, 사전이 많아요. 是，有很多字典。

- 가 : 책이 많아요? 有很多書嗎？

  나 : 네, 책이 많아요. 是，有很多書。（第47回）

- 가 : 주스를 마셔요? 喝果汁嗎？

  나 : 아니요. 주스를 안 마셔요. 不。不喝果汁。（第47回）

- 가 : 사람이 많아요? 有很多人嗎？

  나 : 네, 사람이 많아요. 對，有很多人。（第41回）

- 가 : 노래를 잘해요? 很會唱歌嗎？

  나 : 아니요. 노래를 못해요. 不。不會唱歌。（第41回）

- 가 : 사과가 싸요? 蘋果便宜嗎？

  나 : 아니요. 사과가 비싸요. 不。蘋果很貴。（第37回）

- 가 : 사전이 있어요? 有字典嗎？

  나 : 네, 사전이 많아요. 是，有很多字典。（第37回）

- 가 : 공책이에요? 是筆記本嗎？

  나 : 네, 공책이에요. 是，是筆記本。（第36回）

- 가 : 숙제가 많아요? 作業很多嗎？

  나 : 아니요. 숙제가 없어요. 不。沒有作業。（第36回）

- 가 : 공부를 해요? 念書嗎？

  나 : 네, 공부를 해요. 對，念書。（第35回）

- 가 : 우산이 있어요? 有雨傘嗎？

  나 : 네, 우산이 있어요. 是，有雨傘。（第35回）

（二）使用「疑問代名詞」或「疑問副詞」的問句應對　　🔘 MP3-03

※ [1~4] 다음을 듣고 물음에 맞는 대답을 고르십시오.

(제36회 TOPIK I 듣기)

> 남자 : 이 회사에서 얼마나 일했어요?
>
> 여자 : _____

4. (3점)

① 혼자 일했어요.　　　② 3년 일했어요.

③ 오후에 일했어요.　　④ 집에서 일했어요.

※ [1~4] 請聽下列對話，並選出符合問題的回答。

（第36回 TOPIK I 聽力）

> 男生 : 在這家公司工作多久了？
>
> 女生 : _____

4.（3分）

① 自己工作。　　② 工作3年。

③ 下午工作。　　④ 在家工作。

解題 這一題要知道疑問副詞「얼마나」（多少）。男生問的是工作資歷，因此要回答工作多久。

答案 ② 3년 일했어요. 工作3年。

關鍵語彙

- 얼마나　多少、多久
- 일하다　工作
- 혼자　自己
- 오후　下午
- 집　家

- 가 : 언제 친구를 만나요? 何時跟朋友見面？
  나 : 내일 만나요. 明天見面。（第47回）

- 가 : 집에 어떻게 가요? 怎麼回家？
  나 : 버스로 가요. 搭公車回家。（第47回）

- 가 : 수업이 어때요? 上課怎麼樣？
  나 : 아주 재미있어요. 非常有趣。（第41回）

- 가 : 오늘 몇 시에 만나요? 今天幾點見面？
  나 : 두 시에 만나요. 兩點見面。（第41回）

- 가 : 무슨 운동을 배우고 있어요? 在學什麼運動？
  나 : 수영을 배워요. 在學游泳。（第37回）

- 가 : 주말에 어디 갔어요? 週末去了哪裡？
  나 : 공원에 갔어요. 去了公園。（第37回）

- 가 : 뭐 살 거예요? 要買什麼？
  나 : 지갑을 살 거예요. 要買錢包。（第36回）

- 가 : 이 파란색 바지 어때요? 這件藍色褲子怎麼樣？
  나 : 아주 예뻐요. 非常漂亮。（第35回）

- 가 : 누구하고 커피를 마셨어요? 和誰喝了咖啡？
  나 : 친구와 마셨어요. 和朋友喝。（第35回）

「疑問代名詞」或「疑問副詞」問答題型的常考話題：

　　물건（物品）、공부（課業）、과일（水果）、값（價錢）、옷（衣服）、운동（運動）、일（工作）、주말（週末）等。

 需要知道哪些「疑問代名詞」或「疑問副詞」？

- 뭐 什麼
- 언제 何時
- 왜 為什麼
- 누구 誰
- 어떻게 怎麼樣
- 어디 哪裡
- 무슨 什麼
- 어떤 什麼樣的（「어떠한」的縮寫）
- 어느 哪（種）
- 얼마나 多少、多久
- 얼마 多少、多久

（三）「請求、建議、道歉、詢問」等一般禮遇性對話該如何應對

🔘 MP3-05

※ [5～6] 다음을 듣고 이어지는 말을 고르십시오.

(제35회 TOPIK I 듣기)

> 여자 : 민수 씨, 저 먼저 갈게요.
>
> 남자 : ＿＿＿＿＿＿＿＿＿＿＿＿＿＿＿

5. (4점)

① 잘 가요.　　　　② 고마워요.

③ 반가워요.　　　　④ 안녕하세요.

※ [5～6] 請聽下列對話，並選出接下來的對話。

（第35回 TOPIK I 聽力）

> 女生：敏秀先生，我先走了。
>
> 男生：＿＿＿＿＿＿＿＿＿＿＿＿＿＿

5.（4分）

① 再見；慢走。　　　　② 謝謝。

③ 很高興見到你。　　　　④ 你好。

解題 這一題屬於「一般問候」的題目。女生說「먼저 갈게요」（先走了），對此男生應該回答「잘 가요」（再見）。

答案 ① 잘 가요. 再見；慢走。

- 가 : 처음 뵙겠습니다. 初次見面。
  나 : 만나서 반갑습니다. 很高興見到您。（第47回）

- 가 : 여기 앉으세요. 這邊請坐。
  나 : 고맙습니다. 謝謝。（第47回）

- 가 : 휴가 잘 다녀오세요. 祝您休假愉快。
  나 : 고맙습니다. 謝謝。（第41回）

- 가 : 수미 씨에게 말씀 좀 전해 주세요. 煩請轉告秀美小姐。
  나 : 네, 알겠습니다. 是，我知道了。（第41回）

- 가 : 다음에 또 오세요. 歡迎下次再來。
  나 : 안녕히 계세요. 再見。（第37回）

- 가 : 여보세요, 거기 김수미 씨 집이지요? 喂，是秀美小姐家嗎？
  나 : 네, 그런데요. 是，沒錯。（第37回）

- 가 : 저 주말에 부산으로 여행 가요. 我週末要去釜山旅行。
  나 : 잘 다녀오세요. 祝您旅途愉快。（第36回）

- 가 : 실례합니다. 김영수 씨 있어요? 잠깐 만나러 왔는데요.
  　　不好意思。金英秀先生在嗎？我來拜訪他。
  나 : 네, 들어오세요. 好的，請進。（第35回）

▶ 「禮遇性對話」題型的常考話題：

첫만남（初次見面）、전화（電話）、여행（旅遊）、방문（拜訪）等。

🎤 **應考補充站**

- **「應對題」模擬試題**：可參考《新韓檢模擬試題＋完全解析》第一回模擬試題第1～6題（P.15～P.16）
- **「應對題」模擬試題解答＆解析**：可參考《新韓檢模擬試題＋完全解析》第一回模擬試題完全解析第1～6題（P.42～P.45）

二、對話場所推測題（第7至10題）

「對話場所推測」主要出題內容：

這類題型要找出二人對話的場所，最好能熟悉對話的特徵或場所等重點單字。

MP3-07

※ [7~10] 여기는 어디입니까? 알맞은 것을 고르십시오.

(제37회 TOPIK I 듣기)

> 남자 : 2시간 전에 도착했는데 제 가방이 아직 안 나왔어요.
> 여자 : 그래요? 비행기 표 좀 보여 주세요.

10. (4점)

① 가게　　　　② 공항　　　　③ 우체국　　　　④ 여행사

※ [7~10] 這裡是哪裡？請選出適合的選項。

（第37回 TOPIK I 聽力）

> 男生：我在2小時前就到了，但我的包包還沒出來。
> 女生：是嗎？請給我看看您的機票。

10.（4分）

① 商店　　　　② 機場　　　　③ 郵局　　　　④ 旅行社

解題 從女生說的「비행기 표」（機票）及男生說的「가방이 아직 안 나왔어요」（包包還沒出來），可以推測對話的二人在「공항」（機場），而男生是旅客，女生是航空公司職員。

答案 ② 공항 機場

關鍵語彙
- 도착하다　到達
- 가방　包包、行李
- 나오다　出來
- 비행기표　機票
- 보여 주다　給～看～
- 공항　機場

▶ 歷屆 TOPIK I 聽力同類考題　　🔘 MP3-08

- 가 : 여기 김밥 하나하고 라면 하나 주세요.
  這裡請給一個海苔飯卷跟一個泡麵。
  나 : 네, 알겠습니다. 好，知道了。→主題：식당（餐廳）（第47回）

- 가 : 어떻게 오셨어요? 請問來這要辦什麼（業務）？
  나 : 통장을 만들고 싶어요.
  我想要開戶。→主題：은행（餐廳）（第47回）

- 가 : 어떻게 해 드릴까요? 要怎麼幫您弄（頭髮）？
  나 : 짧은 머리로 해 주세요.
  請幫我剪短頭髮。→主題：미용실（美容院）（第41回）

- 가 : 이 바지 입어 볼 수 있어요? 可以試穿這件褲子嗎？
  나 : 네, 이쪽으로 오세요.
  可以，請來這邊 。→ 主題：옷 가게（服飾店）（第41回）

- 가 : 여권 만들 거예요. 잘 찍어 주세요. 是要辦護照的。請好好幫我拍。
  나 : 네, 여기 보세요. 찍습니다.
  好，請看這邊。要拍了。→主題：사진관（照相館）（第41回）

- 가 : 며칠 동안 주무실 거예요? 要睡（住）幾天？

  나 : 11월 5일부터 7일까지요.

  從11月5日到7日。→主題：호텔（飯店）（第37回）

- 가 : 한국의 옛날 그림은 몇 층에 있어요? 請問韓國的傳統畫作在幾樓？

  나 : 2층에서 보실 수 있습니다.

  在2樓可以觀賞得到。→主題：박물관（博物館）（第37回）

- 가 : (의사의 말투로)어디가 안 좋으세요? （以醫生的語氣）哪裡不舒服？

  나 : 어제부터 머리가 아프고 열도 많이 나요.

  從昨天開始頭痛，也發高燒。→主題：병원（醫院）（第37回）

- 가 : 어서 오세요, 손님. 뭐 찾으세요? 歡迎光臨，顧客。您要找什麼？

  나 : 운동화 있어요?

  有沒有運動鞋？→主題：가게（商店）（第36回）

- 가 : 다섯 시 영화 표, 두 장 주세요. 請給我二張五點的電影票。

  나 : 죄송합니다. 다섯 시 표는 없습니다.

  抱歉。沒有五點的票。→主題：극장（電影院）（第36回）

- 가 : 지금 편지를 보내면 내일까지 도착할 수 있을까요?

  現在信寄出的話，明天內就可以到嗎？

  나 : 네, 내일까지는 도착합니다.

  是，明天內可以到。→主題：우체국（郵局）（第36回）

- 가 : 이 집은 딸기 케이크가 유명해요. 這家的草莓蛋糕很有名。

  나 : 그래요? 그럼, 우리도 그거 한번 먹어 볼까요?

  是嗎？那麼，我們要不要也吃吃看那個？

  →主題：빵집（麵包店）（第36回）

- 가 : 뭘 드릴까요? 要給您什麼嗎？（要找什麼？）

  나 : 아침부터 머리가 아파요. 약 좀 주세요.

  從早上開始頭痛。請給我藥。→主題：약국（藥局）（第35回）

- 가：오늘 수업은 여기까지입니다. 今天的課就到此為止。

  나：저, 질문이 있습니다.

  不好意思，我有問題。→主題：교실（教室）（第35回）

- 가：실례합니다. 책은 몇 권까지 빌릴 수 있어요?

  不好意思。請問（最多）可以借幾本書？

  나：다섯 권요. 五本。→主題：도서관（圖書館）（第35回）

- 가：우리 여기서 배드민턴 칠까요? 我們要不要在這打羽毛球？

  나：여기는 축구를 하는 학생들이 있으니까 저쪽으로 가요.

  這裡有學生在踢足球，我們去那邊好了。

  →主題：운동장（運動場）（第35回）

▶ 「推測對話場所」題型的常考地點：

　　가게（商店）、교실（教室）、극장（電影院）、꽃집（花店）、도서관
（圖書館）、백화점（百貨公司）、버스（公車）、서점（書店）、시장（市
場）、식당（餐廳）、신발 가게（鞋店）、우체국（郵局）、은행（銀行）、집
（家）、카페（咖啡廳）、택시（計程車）、호텔（飯店）等。

📱 應考補充站

- 「對話場所推測題」模擬試題：可參考《新韓檢模擬試題＋完全解析》第三
  回模擬試題第7～10題（P.188～P.189）
- 「對話場所推測題」模擬試題解答&解析：可參考《新韓檢模擬試題＋完全
  解析》第三回模擬試題完全解析第7～10題（P.218～P.220）

三、對話的重點話題題（第11至14題）

這類題型要能聽出對話的重點話題，也就是要擁有從二人的對話中聽出關鍵語彙的能力，尤其需特別留意句子中動詞的意思。

🔘 MP3-09

※ [11～14] 다음은 무엇에 대해 말하고 있습니까? 알맞은 것을 고르십시오.
(제36회 TOPIK I 듣기)

> 남자 : 이거 언제 찍은 거예요?
> 여자 : 작년에 제주도에서 찍은 거예요.

13. (4점)

① 휴일　　　② 달력　　　③ 사진　　　④ 그림

※ [11～14] 以下談論是關於什麼？請選出適合的選項。
（第36回 TOPIK I 聽力）

> 男生：這是什麼時候拍的？
> 女生：去年在濟州島拍的。

13.（4分）

① 假日　　　② 月曆　　　③ 照片　　　④ 畫作

解題 從男生和女生的對話中講到「拍照」，可以推測出他們正在談論關於「사진」（照片）。

答案 ③ 사진　照片

關鍵語彙

- 찍다　拍（照）
- 사진　照片
- 그림　畫作
- 휴일　假日
- 달력　月曆

- 가 : 형제가 있어요? 有兄弟姊妹嗎？

  나 : 네, 동생이 한 명 있어요.

  　　是，我有一個弟弟/妹妹。→主題：**가족**（家人）（第47回）

- 가 : 내일 뭘 신을 거예요? 明天要穿什麼？

  나 : 구두를 신을 거예요.

  　　我要穿皮鞋。→主題：**신발**（鞋子）（第47回）

- 가 : 수미 씨, 내일 쇼핑하러 갈까요? 秀美小姐，明天要不要去購物？

  나 : 좋아요. 내일 두 시에 만나요.

  　　好。明天兩點見。→主題：**약속**（約定）（第47回）

- 가 : 바람이 많이 불어요. 風很大。

  나 : 네, 비도 올 것 같아요.

  　　對，好像也要下雨。→主題：**날씨**（天氣）（第47回）

- 가 : 안녕하세요? 김준호입니다. 您好？我是金俊浩。

  나 : 반갑습니다. 저는 이지영입니다.

  　　很高興見到您。我是李芝英。→主題：**이름**（姓名）（第41回）

- 가 : 수박을 좋아하세요? 您喜歡西瓜嗎？

  나 : 네, 수박도 좋아하지만 포도가 더 좋아요.

  　　是，喜歡西瓜，但是更喜歡葡萄。→主題：**과일**（水果）（第41回）

- 가 : 동생은 몇 살이에요? 弟弟（妹妹）幾歲？

  나 : 저보다 2살 적어요. 比我小2歲。→主題：**나이**（年紀）（第41回）

- 가 : 서울에서 태어났어요? 在首爾出生嗎？

  나 : 아니요. 부산에서요. 不。在釜山。→主題：**고향**（家鄉）（第41回）

- 가 : 점심 드셨어요? 您用過午餐了嗎？
  나 : 네, 김밥 먹었어요.
    對，吃了海苔飯卷。→主題：식사（用餐）（第37回）

- 가 : 이번 생일에 뭘 받고 싶어요? 這次生日想收到什麼？
  나 : 컴퓨터를 받고 싶어요.
    想收到電腦。→主題：선물（禮物）（第37回）

- 가 : 지금 비가 와요? 現在下雨嗎？
  나 : 네, 많이 와요. 그리고 좀 추워요.
    對，下大雨。而且有點冷。→主題：날씨（天氣）（第37回）

- 가 : 여기서 서울역까지 가는 버스가 있어요?
    有沒有從這裡到首爾車站的公車？
  나 : 한 번에 가는 버스는 없으니까 지하철을 타고 가세요.
    沒有直達的公車，請搭地鐵去吧。→主題：교통（交通）（第37回）

- 가 : 치마가 정말 예뻐요. 裙子真漂亮。
  나 : 감사합니다. 어제 백화점에서 샀어요.
    謝謝。昨天在百貨公司買的。→主題：옷（衣服）（第36回）

- 가 : 저는 스물 세 살이에요. 我二十三歲。
  나 : 그래요? 저도 스물 세 살이에요.
    是嗎？我也二十三歲。→主題：나이（年紀）（第36回）

- 가 : 책상, 의자, 옷장……. 방에 필요한 것은 거의 다 있네요.
    書桌、椅子、衣櫥……。房間裡需要的東西幾乎都有呢。
  나 : 네, 침대만 사면 될 거예요.
    對，只要買床就可以了。→主題：가구（家具）（第36回）

- 가 : 이거 비싸요? 這個很貴嗎？
  나 : 아니요, 안 비싸요. 한 개에 천 원이에요.
    不，不貴。一個一千韓元。→主題：값（價格）（第35回）

• 가 : 오늘 회의는 몇 시예요? 今天幾點開會？

　나 : 어제하고 같아요. 세 시예요.

　　　和昨天一樣。三點。→主題：**시간**（時間）（第35回）

• 가 : 저는 요리하기를 좋아해요. 민수 씨는요? 我喜歡做菜。敏秀先生呢？

　나 : 저는 시간이 있을 때마다 산에 가요.

　　　我每次有空就會去山上。→主題：**취미**（興趣）（第35回）

• 가 : 내일이 쉬는 날이에요? 明天放假嗎？

　나 : 네, 내일은 한글날이라서 쉬어요.

　　　對，明天是韓文日，所以放假。→主題：**휴일**（假日）（第35回）

🎙 **應考補充站**

• **「對話的重點話題」模擬試題**：可參考《新韓檢模擬試題＋完全解析》第二回模擬試題第11～14題（P.101）

• **「對話的重點話題」模擬試題解答＆解析**：可參考《新韓檢模擬試題＋完全解析》第二回模擬試題完全解析第11～14題（P.132～P.134）

四、看圖選出對話情境題（第15至16題）

「看圖選出對話情境」主要出題內容：

這類題型要了解二人的對話內容，並從選項的四個圖片中，選出符合對話內容的情景。要解這類題型，務必要聽懂重點動詞或形容詞。

○ MP3-11

※ [15～16] 다음 대화를 듣고 알맞은 그림을 고르십시오. (각 4점)

(제35회 TOPIK I 듣기)

> 남자 : (약간 멀리서 말하는 느낌) 유미 씨, 빨리 오세요.
>
> 여자 : 잠깐만요. 오랜만에 자전거를 타니까 잘 못 타겠어요.

16.

①

②

③

④

※ [15～16] 請聽以下對話，並選出適合的圖畫。（各4分）

（第35回 TOPIK I 聽力）

男生：（在有點距離的地方說話的感覺）有美小姐，請快點過來。
女生：等一下。因為好久沒騎腳踏車，不太會騎了。

解題 從女生的回答可以知道他們正在騎腳踏車。男生說「빨리 오세요」（請
快點過來），可以知道他在催促稍微落後的女生。而從對話中可以得
知女生落後的原因，是因為她好久沒騎腳踏車。

答案 ③

關鍵語彙

・빨리 快點
・잠깐만요 等一下
・오랜만에 好久沒有
・자전거를 타다 騎腳踏車

關鍵文法

・A/V＋(으)니까 因為～
・못＋V 無法～、不會～

> 남자 : 음, 편하고 좋네요. 그런데 좀 짧은 거 같아요.
>
> 여자 : 그럼 이 바지를 한번 입어 보세요.

16.

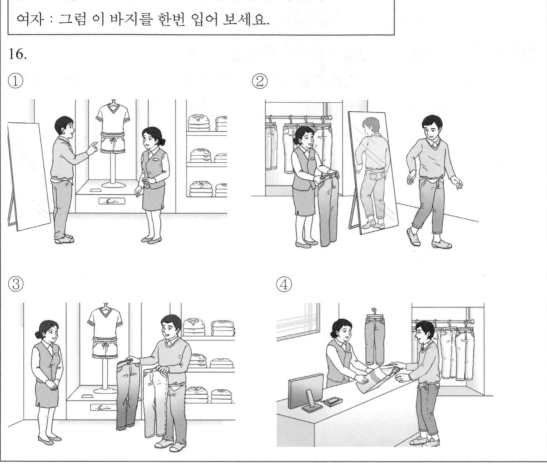

聽力 閱讀 文法 語彙

※ [15～16] 請聽以下對話，並選出適合的圖畫。（各4分）

（第47回 TOPIK I 聽力）

> 男生：嗯，這件很舒服也很不錯。可是覺得有點短。
> 女生：那麼請試穿這件褲子。

解題 透過對話可以知道男生試穿褲子後說出他的想法，對此女生推薦別的款式。他們兩個對話的場所不在櫃台而在賣場。這時，女生說「이 바지」（這件褲子），由此可以推測女生手上拿著褲子或者指著特定褲子。

答案 ②

關鍵語彙

・ 편하다 舒服、方便

・ 짧다 短

・ 바지 褲子

・ 입다 穿

關鍵文法

・ A/V＋(으)ㄴ/는 것 같다 好像～、覺得～

・ V＋아/어/여 보다 試～

▶ 「看圖選出對話情境」題型的常考主題：

　　공항（機場）、옷（衣服）、일상생활（日常生活）、악기（樂器）、주문（點菜）、몸（身體）、분실（遺失）、예의（禮貌）、입학（入學）、졸업（畢業）、취미（興趣）、일상 활동（日常活動）等。

🎙 應考補充站

- 「看圖選出對話情境」模擬試題：可參考《新韓檢模擬試題＋完全解析》第一回模擬試題第15～16題（P.18～P.19）
- 「看圖選出對話情境」模擬試題解答&解析：可參考《新韓檢模擬試題＋完全解析》第一回模擬試題完全解析第15～16題（P.51～P.53）

五、掌握對話內容及理由題
（第17至21題）

「掌握對話內容及理由」主要出題內容：

這類題型要正確了解對話的內容及理由。要知道對話中提到什麼話題，以及二人在對話中做某些行動的主要原因。

※ [17~21] 다음을 듣고 대화 내용과 같은 것을 고르십시오. (각 3점)

(제47회 TOPIK I 듣기)

> 여자 : 요즘 테니스를 치고 있는데 재미있어요. 민수 씨도 테니스 칠 수 있어요?
>
> 남자 : 아니요. 저는 한 번도 쳐 본 적이 없어요.
>
> 여자 : 그래요? 제가 가르쳐 줄 수 있는데 한번 배워 볼래요?
>
> 남자 : 좋아요. 이번 주 토요일에 시간이 있으니까 가르쳐 주세요.

18. ① 남자는 주말에 시간이 없습니다.

    ② 여자는 요즘 운동을 하고 있습니다.

    ③ 남자는 테니스를 배운 적이 있습니다.

    ④ 여자는 테니스를 가르칠 수 없습니다.

※ [17~21] 請聽兩人的對話，選擇符合對話內容的選項。（各3分）

（第47回 TOPIK I 聽力）

> 女生：最近在打網球，覺得很有趣。敏秀先生你也會打網球嗎？
>
> 男生：不會。我從來沒打過。
>
> 女生：是嗎？我可以教你，要不要學學看？
>
> 男生：好。我這星期六有空，請教我。

解題

18.　① 男生週末沒時間。

　　　不符→男生在星期六有時間。

　　② 女生最近在運動。

　　　相符→女生最近在打網球。

　　③ 男生有學過網球。

　　　不符→男生從來沒打過網球。

　　④ 女生無法教網球。

　　　不符→女生先建議要教男生網球。

答案 ② 女生最近在運動。

關鍵語彙

・요즘　最近

・테니스를 치다　打網球

・가르치다　教導 → 가르쳐 주다　教導（某某人）

・배우다　學習 → 배워 보다　學一學、學學看

・이번 주　這星期

・토요일　星期六

・주말　週末

關鍵文法

・V＋고 있다　正在～

・V＋(으)ㄹ 수 있다/없다　① 會～；不會～、②可行～；不可行～

・V＋(으)ㄴ 적이 있다/없다　有；沒有過～

・V＋아/어/여 보다　試～

・V＋(으)니까　因為～

・V＋아/어/여 주다　幫忙～

(제37회 TOPIK I 듣기)

> 여자 : 이 물건들 버리시는 거예요?
>
> 남자 : 네, 제가 외국으로 이사를 가서요.
>
> 여자 : 아직 쓸 수 있는 물건이 많은데 제가 가져가도 돼요?
>
> 남자 : 네, 필요하시면 가져가세요.

19. ① 남자는 사야 할 물건이 많습니다.

　　② 남자는 외국에서 이사를 왔습니다.

　　③ 여자는 외국으로 물건을 보냈습니다.

　　④ 여자는 남자의 물건을 가져가고 싶어합니다.

※ [17～21] 請聽兩人的對話，選擇符合對話內容的選項。（各3分）

（第37回 TOPIK I 聽力）

> 女生：這些東西都是要丟的嗎？
>
> 男生：對，因為我要搬到國外去。
>
> 女生：不少東西都還可以用，我可以拿走嗎？
>
> 男生：可以，您需要就請拿走吧。

解題

19. ① 男生有很多東西要買。

　　不符→男生要丟東西。

　　② 男生從國外搬來。

　　不符→男生要搬到國外。

　　③ 女生把東西寄送到了國外去。

　　不符→女生不寄送東西也不搬家。

　　④ 女生想要把男生的東西拿走。

　　相符→女生說「我可以拿走嗎？」

答案 ④ 여자는 남자의 물건을 가져가고 싶어합니다.

　　女生想要把男生的東西拿走。

關鍵語彙

- 가져가다　拿走、帶走
- 버리다　丟
- 물건　東西
- 외국　外國、國外
- 이사 가다　搬家

關鍵文法

- V＋고 싶어하다　想～
- V＋아/어/여도 되다　～也沒關係、～也可以

※ [17~21] 다음을 듣고 대화 내용과 같은 것을 고르십시오. (각 3점) ● MP3-15

(제36회 TOPIK I 듣기)

> 여자 : 가을이 되니까 많이 시원해졌네요.
> 남자 : 네, 근데 아침, 저녁에는 좀 추워요. 저는 밤에 옷을 얇게 입어서 감기에
> 걸렸어요.
> 여자 : 그래서 저는 밖에 나올 때 긴팔 옷을 한 벌 가지고 와요.

17. ① 남자는 감기에 걸렸습니다.
   ② 여자는 지금 많이 춥습니다.
   ③ 여자는 밤에 옷을 얇게 입습니다.
   ④ 남자는 날씨가 시원해서 좋습니다.

※ [17~21] 請聽兩人的對話，選擇符合對話內容的選項。（各3分）

（第36回 TOPIK I 聽力）

> 女：已經秋天，天氣變得很涼爽。
> 男：是啊，早上、晚上有點冷。我因為晚上穿太薄，所以感冒了。
> 女：所以我出來的時候會多帶一件長袖外衣。

解題

17. ① 男生得了感冒。

   相符→男生因為晚上衣服穿太薄，所以感冒了。

   ② 女生現在覺得很冷。

   不符→秋天到了，女生覺得很涼爽。

   ③ 女生晚上衣服穿薄一點。

   不符→是男生穿太薄的衣服，因此得了感冒。

   ④ 男生因為天氣涼爽，所以很喜歡。

   不符→男生覺得早晚稍有寒意。

答案 ① 남자는 감기에 걸렸습니다. 男生得了感冒。

關鍵語彙

- 감기에 걸리다 感冒
- 춥다 冷
- 밤 夜晚
- 얇다 薄 → 얇게 입다 穿得很薄
- 날씨 天氣
- 시원하다 涼爽
- 시원해지다 變涼爽
- 가을 秋天 → 가을이 되다 秋天來到
- 아침 早晨
- 저녁 晚間
- 밖에 나오다 到外面來
- 긴팔 옷 長袖衣服
- 벌 套（衣服的量詞）
- 가지고 오다 帶來

關鍵文法

- A＋아/어/여지다 變得～
- N＋이/가 되다 成為～
- A/V＋아/어/여서 ①因為～；②～接著
- A/V＋(으)ㄹ 때 ～的時候
- A＋게 ～地（形容詞副詞化）
- A/V＋아/어/여서 좋다 因為～所以不錯

※ [17~21] 다음을 듣고 대화 내용과 같은 것을 고르십시오. (각 3점)

(제41회 TOPIK I 듣기)

> 남자 : 우리가 음식을 너무 많이 주문한 것 같아요. 많이 남았어요.
>
> 여자 : 네, 남은 음식은 포장해 가야겠어요.
>
> 남자 : 집에 가지고 가서 먹으면 맛없지 않아요?
>
> 여자 : 아니요. 전 남은 음식을 자주 포장해 가는데 괜찮았어요.

21.　① 여자는 음식을 주문하려고 합니다.

　　　② 남자는 음식을 포장하고 있습니다.

　　　③ 남자는 남은 음식을 다 먹고 갈 겁니다.

　　　④ 여자는 남은 음식을 가지고 간 적이 있습니다.

※ [17~21] 請聽兩人的對話，選擇符合對話內容的選項。（各3分）

（第41回 TOPIK I 聽力）

> 男生：我們好像點太多食物。剩了很多。
>
> 女生：對，我要把剩下的外帶回去。
>
> 男生：帶回家吃不會不好吃嗎？
>
> 女生：不會。我常把剩下的食物外帶回去，沒關係。

解題

21.　① 女生想要點菜。

　　　　不符→從對話內容可以知道兩人已經吃飽。

　　② 男生正在包裝食物。

　　　　不符→現在兩人在對話中，還沒做任何行動。

　　③ 男生要把剩下的菜都吃完再走。

　　　　不符→兩人已經吃飽了，他們在談如何處理剩下的菜。

　　④ 女生有把剩下的菜外帶回去的經驗。

　　　　相符→女生說常把剩下的菜帶回去，這表示她這樣的行動不僅一次，
　　　　以前也有經驗。

答案 ④ 여자는 남은 음식을 가지고 간 적이 있습니다.

　　　　女生有把剩下的菜外帶回去的經驗。

關鍵語彙

・주문하다　點菜

・남다　剩下 → 남은 음식　剩下的菜

・포장하다　包裝 → 포장해 가다　包裝帶走、外帶

・가지고 가다　帶走

・자주　常常

・괜찮다　不錯

・다 먹다　吃完 → 다 먹고 가다　吃完再走

關鍵文法

・A/V＋(으)ㄴ/는 것 같다　好像～、覺得～

・V＋(으)ㄴ＋N　～的（動詞過去式冠形詞化）

・V＋아/어/여야겠다　應該要～

・V＋(으)면　～的話

・V＋(으)려고 하다　打算～

・V＋고 있다　正在～

・V＋(으)ㄹ 것이다　①要～、②肯定會～

・V＋(으)ㄴ 적이 있다/없다　有；沒有過～

(제35회 TOPIK I 듣기)

> 여자 : (전화벨) 여보세요. 민우 씨, 밤늦게 죄송한데요. 회의 자료 좀 이메일로
> 보내 줄 수 있어요?
>
> 남자 : 아, 제가 지금 밖에 있는데요. 집에 가서 바로 보내 드릴게요.
>
> 여자 : 바쁘시면 다른 분께 부탁해 볼게요.
>
> 남자 : 아니에요. 지금 집에 가고 있어요.

20. ① 남자는 지금 집에 있습니다.

② 여자는 회의 자료가 필요합니다.

③ 여자는 다른 사람에게 연락을 했습니다.

④ 남자는 여자에게 회의 자료를 보냈습니다.

※ [17~21] 請聽兩人的對話，選擇符合對話內容的選項。（各3分）

（第35回 TOPIK I 聽力）

> 女生：（電話鈴聲）喂。敏雨先生，不好意思晚上這麼晚要打擾你。能不
> 能請你用電子郵件把會議資料寄給我？
>
> 男生：啊，我現在在外面。回家立刻寄給你。
>
> 女生：如果在忙的話，我拜託其他人。
>
> 男生：沒關係。我現在在回家的路上。

解題

20. ① 男生現在在家。

不符→他在外面。

② 女生需要會議資料。

相符→她需要會議相關資料，所以打電話給男生。

③ 女生跟別人聯絡了。

不符→她只是提到如果男生太忙可以跟別人聯絡。

④ 男生把會議資料寄給了女生。

不符→男生回家才可以寄會議資料。

答案 ② 여자는 회의 자료가 필요합니다. 女生需要會議資料。

關鍵語彙

- 여보세요 喂
- 밤늦게 深夜
- 죄송하다 抱歉
- 회의 會議
- 자료 資料
- 이메일 電子郵件
- 보내 주다 寄給、送給 → 보내 드리다 (「보내 주다」的敬語)
- 밖 外面 → 밖에 있다 在外面
- 바로 立即、馬上
- 다른 사람 別人 → 다른 분 (「다른 사람」的敬語)
- 부탁하다 拜託 → 부탁해 보다 試著拜託
- 필요하다 需要
- 연락을 하다 聯絡
- 보내다 寄、送

關鍵文法

- N+(으)로 用〜
- V+(으)ㄹ 수 있다 ①會〜、②可行〜
- N+에 가서 去〜，然後〜
- N+께 向〜 (「N+에게/한테」的敬語)
- V+(으)ㄹ게요 會〜、由我來〜
- V+(으)면 〜的話
- V+고 있다 正在〜

「掌握對話內容及理由」題型的常考主題：

　　掌握對話內容及理由題型，包含인사（問候）、부탁（請託）、설명（說明）、소개（介紹）、알아보기（詢問）、이사（搬家）、축제（慶典）、운동（運動）、일（工作）、교통（交通）等與生活密切有關的主題為主。

 應考補充站

- **「掌握對話內容及理由」模擬試題**：可參考《新韓檢模擬試題＋完全解析》第二回模擬試題第17～21題（P.103～P.104）
- **「掌握對話內容及理由」模擬試題解答&解析**：可參考《新韓檢模擬試題＋完全解析》第二回模擬試題完全解析第17～21題（P.137～P.141）

六、核心想法題（第22至24題）

「核心想法」主要出題內容：

這類題型是在聽完二人對話後，從中了解男生或女生主想要表達什麼。因此，要注意聽對話中出現的「疑問詞」或「被重複提及的語彙」。

● MP3-17

※ [22～24] 다음을 듣고 여자의 중심 생각을 고르십시오. (각 3점)

(제41회 TOPIK I 듣기)

여자 : 김 대리님, 지금까지 정리를 하고 계시는 거예요?

남자 : 네, 저는 책상 정리나 서류 정리를 한번에 모아서 해요.

여자 : 그러면 시간에 오래 걸리지 않아요? 시간이 날 때마다 나눠서 하면 더 빨리 할 수 있을 것 같은데요.

남자 : 그렇게 하면 정리를 자주 해야 하니까 저는 더 힘든 것 같아요.

22. ① 정리를 자주 하면 힘이 듭니다.

② 일을 빨리 하려면 정리를 해야 합니다.

③ 시간이 있을 때마다 정리하는 게 좋습니다.

④ 정리할 때는 책상 정리를 먼저 해야 합니다.

※ [22～24] 請聽下列對話，選出女生的核心想法。（各3分）

（第41回 TOPIK I 聽力）

女生：金代理，您到現在還在整理嗎？

男生：對，書桌整理或整理文件我都累積一口氣做。

女生：那樣的話不會花很久的時間嗎？每當有空的時候就分開來整理，應該會更快吧。

男生：可是那麼做的話，就需要常常整理，我覺得應該更辛苦。

22. ① 常常整理的話很辛苦。

② 若想要迅速工作，就需要整理。

③ 每當有空的時候就整理比較好。

④ 整理時，要先整理書桌。

解題 題目中要注意的是了解女生的核心想法。從對話中可以知道二人整理的方法不同。女生認為把累積的物品一次整理好需要花很長時間，不如常常整理才會更有效率。

答案 ③ 시간이 있을 때마다 정리하는 게 좋습니다.
每當有空的時候就整理比較好。

關鍵語彙
・정리하다 整理
・책상 書桌
・서류 文件
・한번에 一口氣、集中
・모으다 收集
・오래 걸리다 花很多時間
・시간이 나다 有空
・나눠서 하다 分開做
・빨리 快
・자주 常常
・힘들다 辛苦

關鍵文法
・N＋까지 到～
・N＋(이)나 ～或者～
・N＋마다 每個～
・A/V＋(으)면 ～的話
・A/V＋(으)ㄹ 것 같다 可能～、好像～
・A/V＋(으)ㄴ/는 것 같다 好像～、覺得～
・A/V＋아/어/여야 하다 應該要～
・V＋는 게 좋다 ～比較好、～最好

※ [22～24] 다음을 듣고 여자의 중심 생각을 고르십시오. (각 3점) 🔘 MP3-18

(제47회 TOPIK I 듣기)

> 남자 : 어제 잠을 못 자서 좀 피곤하네요.
>
> 여자 : 그러면 이 사탕 한번 먹어 볼래요? 저는 피곤할 때 이런 걸 먹으면 힘이
>   나고 기분이 좋아지거든요.
>
> 남자 : 고마워요. 그런데 저는 단 것을 별로 좋아하지 않아요. 건강에도 안
>   좋잖아요.
>
> 여자 : 자주 먹는 게 아니고 피곤할 때만 먹는 거니까 괜찮아요.

24.　① 단 음식은 건강에 좋지 않습니다.

　　② 피곤하면 잠을 자는 게 좋습니다.

　　③ 건강을 위해서 사탕을 줄여야 합니다.

　　④ 피곤할 때 단 음식을 먹으면 좋습니다.

※ [22～24] 請聽下列對話，選出女生的核心想法。（各3分）

（第47回 TOPIK I 聽力）

> 男生：昨天沒睡好，有點累。
>
> 女生：那麼，要不要吃這糖果？我在累的時候吃這些就有力氣，心情也變
>   好。
>
> 男生：謝謝。可是我不太喜歡甜食。對健康也不好嘛。
>
> 女生：不是常吃，只有累的時候吃，所以沒關係。

24.　① 甜食對健康不好。

　　② 累的時候，睡覺比較好。

　　③ 為了健康，要少吃糖果。

　　④ 累的時候吃甜食會有幫助。

解題 要注意聽女生的對話內容。從女生的話可以知道她雖然也同意甜食對
健康不好，但偶爾吃沒關係，反而恢復疲勞及讓心情變好等有正面效
果。

答案 ④ 피곤할 때 단 음식을 먹으면 좋습니다. 累的時候吃甜食有幫助。

- 잠을 못 자다　睡不好
- 사탕　糖果
- 힘이 나다　有力氣
- 좋아지다　變好
- 단것　甜的
- 별로　不太
- 건강에 안 좋다＝건강에 좋지 않다　對健康不好
- 피곤하다　累
- 단 음식　甜的食物
- 줄이다　減少

- 못＋V　無法～、不會～
- A/V＋네요　～呢
- A/V＋(으)ㄹ 때　～的時候
- A/V＋(으)면　～的話
- A＋아/어/여지다　變得
- A/V＋거든요　～吧、～呢
- 별로＋안＝별로＋A/V＋지 않다　不太～、不怎麼～
- V＋(으)ㄹ래요?　要不要～？
- A/V＋아/어/여서　①因為～、②～接著
- A/V＋잖아요　～嘛
- 안＋A/V＝A/V＋지 않다　不～
- V＋아/어/여 보다　試～
- V＋는 것　～的（動詞現在式名詞化）
- A/V＋(으)니까　因為～
- V＋는 게 좋다　～比較好、最好～
- N＋을/를 위해서　為了～、為～著想
- A/V＋아/어/여야 되다/하다　應該要～
- A/V＋(으)면 좋다　若～不錯

046

▶ 歷屆 TOPIK I 聽力同類考題　🔘 MP3-19

※ [22～24] 다음을 듣고 여자의 중심 생각을 고르십시오. (각 3점)

(제37회 TOPIK I 듣기)

여자 : 오늘 몇 시쯤 물건을 받을 수 있을까요?

남자 : 지금은 몇 시에 갈 수 있을지 잘 모르겠어요.

여자 : 아, 그래요? 그런데 앞으로는 오는 시간을 미리 알려 주면 좋겠어요.

남자 : 죄송합니다. 요즘 배달할 물건이 많아서 도착 시간을 말씀 드리기 좀
　　　어렵네요.

24.　① 물건을 빨리 보내야 합니다.

　　　② 물건은 오늘 중에 도착해야 합니다.

　　　③ 물건이 도착하는 시간을 미리 알려 주어야 합니다.

　　　④ 물건을 많이 보낼 때에는 전화를 해 주어야 합니다.

※ [22～24] 請聽下列對話，選出女生的核心想法。（各3分）

（第37回 TOPIK I 聽力）

女生：今天大概幾點可以收得到貨呢？

男生：目前不知道幾點才會到。

女生：啊，是嗎？可是如果以後可以預先通知貨到的時間就好了。

男生：抱歉。最近送貨量太多，很難告訴您貨到達的時間。

24.　① 要趕快送貨。

　　　② 貨今天以內就要到。

　　　③ 應該事先通知貨到的時間。

　　　④ 大量送貨時應該要用電話通知。

解題 要注意聽女生的對話內容。女生不知道貨到的時間所以問男生，同時也希望能事先接到通知。

答案 ③ 물건이 도착하는 시간을 미리 알려 주어야 합니다. 應該事先通知貨到的時間。

關鍵語彙

· 물건 物品 → 물건을 받다 收到物品

· 앞으로는 以後

· 미리 預先

· 알려 주다 告知、通知

· 배달하다 配送

· 도착 到達 → 도착 시간 到達時間

· 말씀 드리다 報告 （「말하다」的敬語）

· 보내다 送、寄

關鍵文法

· V＋(으)ㄹ 수 있다/없다 ①會～；不會～、②可行～；不可行～

· A/V＋(으)ㄹ까요? ①要不要～？、②會～嗎？、③～嗎？

· A/V＋(으)ㄹ지 要～

· A/V＋(으)면 좋겠다 能～就好了

· V＋(으)ㄹ＋N ～的（動詞未來式冠形詞化）

· A/V＋(으)ㄹ 때 ～的時候

· A/V＋아/어/여서 ①因為～、②～接著

· V＋기 어렵다 ～很難

· A/V＋아/어/여야 되다/하다 應該要～

· V＋는＋N ～的（動詞現在式冠形詞化）

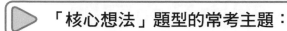 　「核心想法」題型的常考主題：

　　경기（運動比賽）、관광（觀光）、택배（宅配）、산책（散步）、영화（電影）、교통（交通）等。

 應考補充站

- 「核心想法」模擬試題：可參考《新韓檢模擬試題＋完全解析》第三回模擬試題第22～24題（P.192）
- 「核心想法」模擬試題解答&解析：可參考《新韓檢模擬試題＋完全解析》第三回模擬試題完全解析第22～24題（P.230～P.234）

七、掌握對話性質、理由及內容題（第25至30題）

「掌握對話性質、理由及內容」主要出題內容：

這類題型要知道對話內容才可以正確選出對話的性質及理由。要聽懂敘述的主題是什麼，也要知道對話中的行動是男生做的、還是女生做的。為此，需要多了解短文或對話中所使用的語彙與文法。

（一）公告、說明（第25至26題）

這類考題要傳達實用的訊息。主要題型為針對全體說明或透過廣播通知訊息的方式。　　　　　　　　　　　　　　　　　　　　　　　● MP3-20

※ [25～26] 다음을 듣고 물음에 답하십시오.
(제47회 TOPIK I 듣기)

> 여자 : (딩동댕)알립니다. 기숙사 건물 계단을 청소하려고 합니다. 청소 시간은 이번 주 금요일 오후 1시부터 6시까지입니다. 이 시간 동안 학생들은 계단으로 다닐 수 없습니다. 엘리베이터를 이용해 주십시오. 그리고 계단에 둔 자기 물건은 목요일 밤까지 모두 가져가 주시기 바랍니다. 감사합니다.(댕동딩)

25. 여자가 왜 이 이야기를 하고 있는지 고르십시오. (3점)
    ① 기숙사 청소 방법을 설명하려고
    ② 기숙사 건물 위치를 안내하려고
    ③ 기숙사 생활 규칙을 말해 주려고
    ④ 기숙사 계단 청소를 알려 주려고

26. 들은 내용과 같은 것을 고르십시오. (4점)
    ① 청소하는 동안 계단을 이용할 수 없습니다.
    ② 이번 주에 학생들은 기숙사를 나가야 합니다.
    ③ 기숙사 계단에 있는 물건을 만지면 안 됩니다.
    ④ 금요일 하루 종일 기숙사를 청소할 계획입니다.

※ [25～26] 請聽下列對話，並回答問題。

（第47回 TOPIK I 聽力）

> 女生：（鈴聲）報告。即將打掃宿舍樓梯。打掃時間為本週五下午1點至6點。在這段時間，學生不能使用樓梯。請各位學生利用電梯。另外，請在週四晚上前將囤積於樓梯間的個人物品都帶走。謝謝。（鈴聲）

25. 請選出為什麼女生會說這段話。（3分）
　　① 要說明宿舍清潔方法
　　② 要介紹宿舍位置
　　③ 要告知宿舍生活規則
　　④ 要告知宿舍樓梯打掃

解題 這篇文章為公告文。女生在文章開頭公告有關打掃樓梯的消息，先報告有打掃這件事，接下來陸續說明時間及其他詳細內容。可以說女生將公告的目的及理由說得很清楚。

答案 ④ 기숙사 계단 청소를 알려 주려고　要告知宿舍樓梯打掃

26. 請選出與聽到的內容一致的選項。（4分）

解題 ① 打掃的時間不能使用樓梯。
　　　　相符→不能使用樓梯，進出都要利用電梯。
　　② 在這星期學生需要離開宿舍。
　　　　不符→不能利用樓梯，其他設施都可以使用。
　　③ 不可觸摸宿舍樓梯間的物品。
　　　　不符→囤積在樓梯間的物品都要收起來。
　　④ 星期五整天都要清潔宿舍。
　　　　不符→打掃時間為星期五下午，而不是一整天。

答案 ① 청소하는 동안 계단을 이용할 수 없습니다.　打掃的時間不能利用樓梯。

關鍵語彙

· 알리다　告知
· 기숙사　宿舍
· 건물　房屋

- 계단 樓梯
- 청소하다 打掃
- 다니다 來往
- 엘리베이터 電梯
- 이용하다 利用（設施）
- 두다 放
- 물건 物品
- 가져가다 帶走、拿走
- 바라다 期盼
- 방법 方法
- 설명하다 說明
- 위치 位置
- 안내하다 說明、介紹
- 생활 규칙 生活規則
- 알려 주다 告訴
- 만지다 碰觸、觸摸
- 하루 종일 一整天
- 계획 計畫

關鍵文法

- V＋(으)려고 하다 打算～
- N＋동안 ～時間、～期間
- V＋(으)ㄹ 수 있다/없다 ①會～；不會、②可行～；不可行～
- A/V＋기 바라다 期盼～
- V＋(으)려고 要～、想～
- V＋는 동안 ～的期間
- V＋아/어/여야 하다 應該要～
- V＋(으)면 안 되다 不可以～
- V＋(으)ㄹ 계획이다 有～的計畫

▶ 歷屆 TOPIK I 聽力同類考題　● MP3-21

※ [25～26] 다음을 듣고 물음에 답하십시오.

(제41회 TOPIK I 듣기)

> 여자 : (딩동댕) 안녕하십니까? 매주 수요일은 우리 회사 '가족 사랑의 날'입니다. 내일 '가족 사랑의 날'에는 모두 4시에 퇴근하시기 바랍니다. 특별히 이번에는 회사에서 케이크를 준비했습니다. 내일 퇴근하실 때 3층에 있는 식당에서 받아 가시기 바랍니다. 가족들과 즐거운 시간 보내십시오. 감사합니다. (딩동댕)

25. 여자가 왜 이 이야기를 하고 있는지 맞는 것을 고르십시오. (3점)
    ① 회사의 특별한 날을 정하려고
    ② 회사의 쉬는 날을 말해 주려고
    ③ 회사의 행사 준비 장소를 바꾸려고
    ④ 회사에서 주는 선물을 알려 주려고

26. 들은 내용과 같은 것을 고르십시오. (4점)
    ① 이 회사의 식당은 4층에 있습니다.
    ② 이 회사는 수요일마다 케이크를 줍니다.
    ③ '가족 사랑의 날'에는 4시에 퇴근합니다.
    ④ '가족 사랑의 날'에는 가족들이 회사에 옵니다.

※ [25～26] 請聽下列對話，並回答問題。

（第41回 TOPIK I 聽力）

> 女生：（鈴聲）各位好，每週三為本公司「愛家人之日」。明天為「愛家人之日」，敬請各位都在4點下班。尤其這次由公司準備了蛋糕。明天下班時，請在3樓的餐廳領取。祝各位跟家人度過愉快的時光。謝謝。（鈴聲）

25. 請選出符合女生說這段話的理由。（3分）
　　① 要決定公司的特別日子
　　② 要告知公司的休息日
　　③ 要換公司的活動準備場所
　　④ 要通知公司提供的禮物

解題 為短文性質的公告文。廣播中女生先公告公司的活動日，從內容可以知道這項活動已經實施一段時間，並非第一次。另外，公告提到這次公司要提供蛋糕。公告說「這次特別準備」，由此可以知道公司首次預備這項禮物。

答案 ④ 회사에서 주는 선물을 알려 주려고 要通知公司提供的禮物

26. 請選出與聽到的內容一致的選項。（4分）
解題 ① 這家公司的餐廳在4樓。
　　　不符→公告說要在3樓的餐廳領取蛋糕。
　　② 這家公司每週三都送蛋糕。
　　　不符→公司這次特別準備的，並非定期供應。
　　③「愛家庭之日」4點下班。
　　　相符→公告提醒大家都在4點下班。
　　④「愛家庭之日」，家人到公司來訪。
　　　不符→這一天職員要在4點下班回家。

答案 ③ '가족 사랑의 날'에는 4시에 퇴근합니다. 「愛家庭之日」4點下班。

關鍵語彙

- 매주　每週
- 수요일　星期三
- 가족　家人
- 날　日子
- 퇴근하다　下班
- 특별히　特別
- 받아 가다　領取、拿去
- 즐겁다　愉快 → 즐거운 시간　愉快的時光
- (시간을) 보내다　度過（時光）
- 정하다　決定、訂定
- 쉬는 날　休息日
- 행사　活動
- 바꾸다　換
- 알려 주다　告訴

關鍵文法

- A/V＋기 바라다　期盼～
- A/V＋(으)ㄹ 때　～的時候
- V＋(으)려고　要～、想～
- N＋마다　每個～

（二）了解對話內容（第27至30題）

這類考題要聽兩人對話，正確了解他們對話內容。 　●MP3-22

※ [27～28] 다음을 듣고 물음에 답하십시오.

(제41회 TOPIK I 듣기)

> 남자 : 어, 이게 뭐예요? 티셔츠네요.
>
> 여자 : 네, 친구가 선물로 준 건데 사이즈가 좀 커요. 바꾸고 싶은데 선물 받은 거라서 고민이에요.
>
> 남자 : 혹시 상자 안에 교환권 없어요? 요즘엔 다른 물건으로 바꿀 수 있는 교환권을 선물에 넣어 주는데요.
>
> 여자 : 아, 여기 상자 안에 있네요. 이걸 가지고 가면 바꿀 수 있어요?
>
> 남자 : 네, 가까운 백화점에 선물 받은 물건과 교환권을 가지고 가면 바꿀 수 있어요.
>
> 여자 : 친구에게 부탁하지 않고 직접 바꿀 수 있으니까 편하겠네요.

27. 두 사람이 무엇에 대해 이야기를 하고 있는지 맞는 것을 고르십시오. (3점)

    ① 선물을 사는 장소

    ② 선물을 교환하는 방법

    ③ 선물을 주고 싶은 사람

    ④ 선물을 교환할 수 있는 기간

28. 들은 내용과 같은 것을 고르십시오. (4점)

    ① 여자는 백화점에 교환권을 사러 갈 겁니다.

    ② 여자는 선물 교환을 친구에게 부탁했습니다.

    ③ 여자는 사이즈가 큰 티셔츠를 선물 받았습니다.

    ④ 여자는 친구에게 주려고 티셔츠를 가지고 왔습니다.

※ [27～28] 請聽下列對話，並回答問題。

（第41回 TOPIK I聽力）

男生：哦，這是什麼？是T恤啊。

女生：對，是朋友送的，可是尺寸有點大。想交換，但這是別人送的所以覺得有點煩惱。

男生：箱子裡有沒有交換券？最近都是把交換券跟禮物放在一起，好讓你可以換別的物品。

女生：啊，真的在箱子裡。帶這個去就可以換嗎？

男生：對，把收到的禮物跟交換券一起帶去附近的百貨公司就可以交換。

女生：不用拜託朋友，可以直接交換，我想這樣一定很方便。

27. 請選出兩人在談的話題是什麼。（3分）

① 買禮物的地點

② 交換禮物的方法

③ 想送禮物的人

④ 可以交換禮物的期間

解題 女生因為衣服的尺寸較大，想要交換。對此，男生告訴女生可以用交換券來交換衣服。由此可以知道兩人在談如何能交換商品。

答案 ② 선물을 교환하는 방법　交換禮物的方法

28. 請選出與聽到的內容一致的選項。（4分）

解題 ① 女生要去百貨公司買交換券。

不符→女生收到禮物，禮物箱子裡已經有交換券。

② 女生拜託朋友幫她交換禮物。

不符→女生說不用拜託朋友，可以自己去交換，所以很方便。

③ 女生收到尺寸大的T恤。

相符→女生的朋友送她T恤，但尺寸有點大。

④ 女生要送朋友所以帶T恤來。

不符→朋友送她T恤，不是她要送朋友。

答案 ③ 여자는 사이즈가 큰 티셔츠를 선물 받았습니다.

女生收到尺寸大的T恤。

關鍵語彙

- 티셔츠　T恤
- 선물로 주다　當作禮物送
- 사이즈　尺寸
- 크다　大
- 바꾸다　換
- 선물 받다　收到禮物
- 고민　煩惱
- 상자　箱子
- 교환권　交換券
- 바꾸다　交換
- 넣어 주다　放在（裡面）
- 가지고 가다/오다　拿去；來、帶去；來
- 가깝다　近
- 물건　物品
- 부탁하다　拜託
- 직접　親自、直接
- 편하다　舒服、方便
- 방법　方法
- 장소　地點
- 기간　期間

關鍵文法

- A/V＋아/어/여서　①因為～、②～接著
- V＋(으)ㄴ 것　～的（動詞過去式名詞化）
- V＋고 싶다　想～
- V＋(으)ㄹ 수 있다　①會～、②可行～
- A/V＋(으)면　～的話

- A/V＋(으)니까　因為～
- A/V＋겠　要～
- A/V＋네요　～呢
- V＋(으)러 가다　去～
- V＋(으)려고　要～

※ [27～28] 다음을 듣고 물음에 답하십시오.

(제37회 TOPIK I 듣기)

> 남자 : 요즘 퇴근 후에 뭐 해요? 매일 일찍 나가는 것 같아요.
>
> 여자 : 아, 집 근처 가구 만드는 곳에 가서 책상을 만들고 있어요.
>
> 남자 : 책상요? 책상을 사지 않고 만들어요?
>
> 여자 : 네, 좀 큰 책상을 갖고 싶어서 시작했는데 아주 재미있어요.
>
> 　　　 그래서 다음에는 식탁도 만들어 보려고요.
>
> 남자 : 그런 걸 할 줄 알아요? 나는 작은 상자도 못 만드는데….
>
> 여자 : 가구 만드는 곳에 가면 다 가르쳐 줘요. 하고 싶으면 같이 가요.

27.　두 사람이 무엇에 대해 이야기를 하고 있는지 고르십시오. (3점)

①　가구를 사는 곳

②　회사의 퇴근 시간

③　퇴근 후에 하는 일

④　가구를 고르는 방법

28.　들은 내용과 같은 것을 고르십시오. (4점)

①　여자는 집에서 책상을 만들고 있습니다.

②　남자는 책상 만드는 방법을 알고 있습니다.

③　여자는 퇴근 후에 가구 만드는 곳에 갑니다.

④　남자는 여자에게 식탁을 만들어 주려고 합니다.

※ [27～28] 請聽下列對話，並回答問題。

（第37回 TOPIK I 聽力）

> 男生：最近下班後做什麼？好像每天都早一點離開。
> 女生：啊，我最近到家裡附近製作家具的地方做書桌。
> 男生：書桌？不買而製作？
> 女生：對，想要有大一點的書桌所以開始做，覺得非常有趣。所以下次打算做餐桌。
> 男生：連那些東西都會做？我連小箱子都不會做……。
> 女生：只要去製作家具的地方都有教。有興趣就一起去吧。

27. 請選出兩人在談的話題是什麼。（3分）

① 買家具的地方　　② 公司下班時間

③ 下班後做的事　　④ 選擇家具的方法

解題 男生先提到女生下班後好像早點離開辦公室，並且問女生下班後做什麼。由此可以知道兩人對於女生下班後做什麼有了討論。

答案 ③ 퇴근 후에 하는 일　下班後做的事

28. 請選出與聽到的內容一致的選項。（4分）

解題 ① 女生在家製作書桌。

　　不符→女生到製作家具的地方做書桌。

② 男生知道製作書桌的方法。

　　不符→男生說連小箱子都不會做，從這話可以知道他不知道如何製作書桌。

③ 女生在下班後到製作家具的地方。

　　相符→她下班後到製作家具的地方，所以到了下班時間就早一點離開辦公室，不會一直待在公司。

④ 男生想要製作餐桌給女生。

　　不符→男生不懂得製作家具的方法。女生打算下次挑戰製作餐桌。

答案 ③ 여자는 퇴근 후에 가구 만드는 곳에 갑니다.

　　女生在下班後到製作家具的地方。

關鍵語彙

- 퇴근 下班 → 퇴근 시간 下班時間
- 매일 每天
- 일찍 提早
- 나가다 出去
- 근처 附近
- 가구 家具
- 곳 地方
- 갖다 擁有（「가지다」的簡寫）
- 갖고 싶다 想要擁有
- 식탁 餐桌
- 작다 小
- 상자 箱子
- 가르쳐 주다 教導
- 고르다 選擇
- 방법 方法

關鍵文法

- N＋후에 ～以後
- A/V＋(으)ㄴ/는 것 같다 好像～、覺得～
- N＋에 가서 去～，然後～
- V＋고 있다 正在～
- V＋고 싶다 想～
- A/V＋(으)ㄴ/는데 ～可是～
- A/V＋지 않다 不～
- V＋(으)려고 하다 打算～
- V＋(으)ㄹ 줄 알다/모르다 會～；不會～
- 못＋V 無法～、不會～
- A/V＋(으)ㄴ/는＋N ～的（形容詞、動詞冠形詞化）
- V＋아/어/여 주다 幫忙～
- A/V＋(으)면 ～的話

※ [29～30] 다음을 듣고 물음에 답하십시오. ● MP3-24

(제47회 TOPIK I 듣기)

> 남자 : 기타 연습 많이 했어요? 그동안 연습한 거 한번 쳐 볼래요?
>
> 여자 : 죄송해요, 선생님. 연습을 많이 못했어요.
>
> 남자 : 기타를 잘 치려면 매일 잊지 않고 연습하는 게 중요해요.
>
> 여자 : 그건 아는데 연습하는 걸 자꾸 잊어버려요.
>
> 남자 : 그럼 기타를 잘 보이는 곳에 두세요. 그러면 기타가 자꾸 보이니까 연습하는 걸 잊지 않겠지요?
>
> 여자 : 아, 그럼 저는 기타를 소파 옆에 두어야겠어요. 집에 가면 주로 소파에 앉아서 텔레비전을 보거나 음악을 듣거든요.

29. 여자가 기타 연습을 자주 못하는 이유를 고르십시오. (3점)

① 기타 치는 것을 안 좋아해서

② 기타를 연습할 시간이 없어서

③ 기타 연습하는 것을 잊어버려서

④ 기타를 가르쳐 주는 사람이 없어서

30. 들은 내용과 같은 것을 고르십시오. (4점)

① 여자는 기타를 잘 칠 수 있습니다.

② 여자는 남자에게 기타를 가르칩니다.

③ 여자는 텔비을 자주 보지 않습니다.

④ 여자는 기타를 잘 보이는 곳에 둘 겁니다.

（第47回 TOPIK I 聽力）

> 男生：有多練習吉他嗎？彈看看這陣子練習的東西。
>
> 女生：抱歉，老師。我沒有練習得很多。
>
> 男生：吉他要彈得好的話，不忘記每天練習是很重要的。
>
> 女生：那個我也知道，可是常常忘記練習。
>
> 男生：那麼，請把吉他放在容易看得到的地方。那樣的話可以常常看得到吉他，所以應該不會忘記練習，對吧？
>
> 女生：啊，那麼我要把吉他放在沙發旁邊。回家一般都坐在沙發上看電視或者聽音樂。

29. 請選出女生無法常常練習吉他的理由。（3分）

　　① 因為不喜歡彈吉他

　　② 因為沒有時間練習吉他

　　③ 因為忘記練習吉他

　　④ 因為沒有人教導吉他

解題 女生說常常忘記練習吉他，所以沒有常常練習。對此男生建議女生把吉他放在容易看得到的地方，這樣就不會忘記要練習吉他。

答案 ③ 기타 연습하는 것을 잊어버려서　因為忘記練習吉他

30. 請選出與聽到的內容一致的選項。（4分）

解題 ① 女生可以把吉他彈得很好。

　　　不符→女生說沒有練習，男生也說若要把吉他彈得好就要多練習。從這話可以知道女生的吉他實力不太好。

　　② 女生教導男生怎麼彈吉他。

　　　不符→男生教女生彈吉他。

　　③ 女生不常看電視。

　　　不符→女生回家一般看電視或聽音樂。

　　④ 女生要把吉他放在容易看的到的地方。

　　　相符→男生建議女生把吉他放在容易看的到的地方。對此，女生所想的，容易看得到的地方就是沙發旁邊。

答案 ④ 여자는 기타를 잘 보이는 곳에 둘 겁니다.
　　　女生要把吉他放在容易看的到的地方。

關鍵語彙

• 기타를 치다　彈吉他

• 연습하다　練習

• 그동안　這陣子

• 잊다　忘記 ↔ 잊지 않다　不忘記

• 중요하다　重要

• 자꾸　一再

• 잊어버리다　忘記

• 보이다　看的到 → 잘 보이다　容易看到、清楚看到

• 두다　放

• 소파　沙發

• 옆　旁邊

• 가르쳐 주다　教導

關鍵文法

• V＋(으)ㄹ래요?　要不要～？

• 못＋V　無法～、不會～

• V＋(으)려면　～的話

• V＋는 것　～的（動詞現在式名詞化）

• A/V＋(으)니까　因為～

• A/V＋지 않다　不～

• A/V＋겠　①肯定～、②要～

• A/V＋지요　～吧

• V＋아/어/여야겠다　應該要～

• A/V＋아/어/여서　①因為～、②接著～

• A/V＋거나　～或者～

• V＋(으)ㄹ＋N　～的（動詞未來式冠形詞化）

• A/V＋거든요　～吧、～呢

・V＋(으)ㄹ 수 있다　①會～、②可行～

・A/V＋(으)ㄹ 것이다　①要～、②肯定會～

・A/V＋(으)ㄴ/는＋N　～的（形容詞、動詞冠形詞化）

・V＋게 되다　變得～

※ [29〜30] 다음을 듣고 물음에 답하십시오.

(제41회 TOPIK I 듣기)

> 여자 : 선생님, 안녕하세요? 요즘 저희 아이가 책을 잘 안 읽어요. 그래서 걱정이 돼서 왔어요.
>
> 남자 : 네, 여기 앉으세요. (잠시 쉬고) 음…. 아이가 책 읽는 걸 싫어하면 만화책부터 보여 주는 건 어떨까요?
>
> 여자 : 만화책요? 그러면 아이가 만화책만 좋아하지 않을까요?
>
> 남자 : 아니에요. 만화책이 책을 읽는 데 도움이 돼요. 만화책에서 본 내용이 재미있으면 다른 책도 찾아서 읽게 되니까요.
>
> 여자 : 아, 그러면 책 읽는 습관을 기를 수 있어서 좋을 것 같네요.
>
> 남자 : 네, 또 어려운 내용을 쉽게 이해할 수 있어서 공부에 도움도 돼요. 그래서 요즘 아이들은 만화책을 많이 읽어요.

29. 여자는 왜 남자를 찾아왔는지 맞는 것을 고르십시오.(3점)

　① 만화책을 읽고 싶어서

　② 아이가 공부를 잘 못해서

　③ 아이가 책 읽기를 싫어해서

　④ 만화책의 좋은 점을 알고 싶어서

30. 들은 내용과 같은 것을 고르십시오. (4점)

　① 요즘 아이들은 만화책을 읽지 않습니다.

　② 만화책으로는 어려운 내용을 이해하기 힘듭니다.

　③ 책 내용이 재미있으면 만화책을 찾아서 읽습니다.

　④ 만화책을 읽으면 책 읽는 습관을 기를 수 있습니다.

女生：老師，你好。最近我家孩子不常看書。我很擔心所以來找你。

男生：是，這裡請坐。（休息一下）嗯……，孩子討厭看書的話，要不要先給他看漫畫書呢？

女生：漫畫書嗎？這樣孩子不會只喜歡漫畫書嗎？

男生：不會。漫畫書對看書有幫助。漫畫書上看的內容有趣就會找別的書來看。

女生：啊，那麼可以養成讀書習慣，這聽起來不錯。

男生：對，而且把有難度的內容比較容易懂，對功課也有幫助。所以最近的孩子常讀漫畫書。

29. 請選出女生來找男生的理由。（3分）

　① 因為想讀漫畫書

　② 因為孩子功課不太好

　③ 因為孩子討厭讀書

　④ 因為想知道漫畫書的優點

解題 女生在對話開頭就說出她來找男生的理由，就是孩子不愛讀書。

答案 ③ 아이가 책 읽기를 싫어해서　因為孩子討厭讀書

30. 請選出與聽到的內容一致的選項。（4分）

解題 ① 最近的孩子們不讀漫畫書。

　　　　不符→男生說最近很多孩子讀漫畫書。

　② 讀漫畫書不好了解難度高的內容。

　　　　不符→男生說讀漫畫書可以容易了解有難度的內容。

　③ 書的內容有趣就會找漫畫書來讀。

　　　　不符→男生說漫畫書的內容有趣就找書來讀。

　④ 讀漫畫書可以養成讀書的習慣。

　　　　相符→讀漫畫書可以養成讀書習慣，在功課上也有幫助。

答案 ④ 만화책을 읽으면 책 읽는 습관을 기를 수 있습니다.

　　　讀漫畫書可以養成讀書的習慣。

關鍵語彙

- 저희 我們（「우리」的謙虛說法）
- 아이 孩子
- 걱정이 되다 感到憂慮
- 앉다 坐下來
- 싫어하다 討厭
- 만화책 漫畫書
- 도움이 되다 有幫助
- 찾다 找 → 찾아서 읽다 找來讀
- 습관 習慣
- 기르다 養成
- 내용 內容
- 이해하다 了解
- 요즘 最近
- 잘 못하다 不太會
- 좋은 점 優點、好處

關鍵文法

- A/V＋아/어/여서 ①因為～、②～接著
- V＋는 것 ～的
- V＋아/어/여 주다 幫忙～
- V＋는 데 在～的
- A/V＋(으)면 ～的話
- V＋게 되다 變得～
- A/V＋(으)니까 因為～
- V＋(으)ㄹ 수 있다/없다 ①會～；不會～、②可行～；不可行～
- A/V＋(으)ㄹ 것 같다 可能～、好像～
- V＋고 싶다 想～
- V＋기 싫어하다 ～討厭
- V＋기 힘들다 ～辛苦
- A/V＋(으)ㄴ/는＋N ～的（形容詞、動詞冠形詞化）

「掌握對話性質、理由及內容」題型的常考話題：

봉사（志工）、소개（介紹）、설명（說明）、공고（公告）、여가 활동（休假活動）、은행（銀行）、날짜（日期）、날씨（天氣）、계절（季節）、표를 구하기（購票）、이사（搬家）、물건 빌리기（借物）、쇼핑（購物）、방 예약（訂房）、인사（問候）、부탁（請託）、제작（製作）、주문（訂貨）等。

 應考補充站

- **「掌握對話性質、理由及內容」模擬試題：**可參考《新韓檢模擬試題＋完全解析》第三回模擬試題第25～30題（P.193～P.194）
- **「掌握對話性質、理由及內容」模擬試題解答&解析：**可參考《新韓檢模擬試題＋完全解析》第三回模擬試題完全解析第25～30題（P.234～P.238）

閱讀題型分析

一、了解主題題（第31至33題）

「了解主題」主要出題內容：

這類題型要了解句子的主題。因此，需要知道題目常出哪些主題。要在二個句子中，找出互相有關聯或具有代表性的語彙。

※ [31～33] 무엇에 대한 이야기입니까? 알맞은 것을 고르십시오. (각 2점)
(제37회 TOPIK I 읽기)

31.

> 오늘은 1월 1일입니다. 내일은 1월 2일입니다.

① 날짜　　　② 방학　　　③ 아침　　　④ 하루

※ [31～33] 是關於什麼的敘述？請選出適合的選項。（各2分）
（第37回TOPIK I閱讀）

31.

> 今天是1月1日。明天是1月2日。

① 日期　　　② 放假
③ 早上　　　④ 一天

解題 這一題是要問日期。要知道「월」（月）、「일」（日）及「오늘」
　　　（今天）、「내일」（明天）等單字。

答案 ① 날짜　日期

關鍵語彙

・오늘　今天
・내일　明天
・월　月
・일　日
・날짜　日期

▶ 歷屆 TOPIK I 閱讀同類考題

- 비빔밥이 맛있습니다. 불고기도 맛있습니다.
  拌飯好吃。烤肉也好吃。→主題：**음식**（食物）（第47回）

- 민수 씨는 학생을 가르칩니다. 영어 선생님입니다.
  敏秀先生教導學生。是英語老師。→主題：**직업**（職業）（第47回）

- 운동을 좋아합니다. 농구를 자주 합니다.
  喜歡運動。常打籃球。→主題：**취미**（興趣）（第47回）

- 동생은 눈이 큽니다. 코는 작습니다.
  弟弟（妹妹）眼睛大。鼻子小。→主題：**얼굴**（臉蛋）（第41回）

- 8월에는 수업이 없습니다. 학교에 가지 않습니다.
  8月沒課。不上學。→主題：**방학**（放假）（第41回）

- 아버지는 의사입니다. 어머니는 은행원입니다.
  父親是醫生。母親是銀行職員。→主題：**직업**（職業）（第41回）

- 토요일에 수영을 합니다. 일요일에 쉽니다.
  星期六游泳。星期日休息。→主題：**주말**（週末）（第37回）

- 오빠가 있습니다. 언니도 있습니다.
  有哥哥。也有姊姊。→**가족**（家人）（第36回）

- 저는 회사원입니다. 자동차 회사에 다닙니다.
  我是上班族。在汽車公司上班。→主題：**직업**（職業）（第36回）

- 한국에는 봄, 여름, 가을, 겨울이 있습니다. 지금은 가을입니다.
  韓國有春夏秋冬。現在是秋天。→主題：**계절**（季節）（第36回）

- 저는 김민수입니다. 이 사람은 제임스입니다.
  我是金敏秀。這位是詹姆士。→主題：**이름**（名字）（第35回）

- 불고기를 먹습니다. 맛있습니다.

  吃烤肉。好吃。→主題：**음식**（飲食）（第35回）

- 선생님을 만납니다. 공부를 합니다.

  和老師見面。念書。→主題：**학교**（學校）（第35回）

> **「了解主題」題型的常考主題：**

　　운동（運動）、선물（禮物）、취미（興趣）、식사（用餐）、나이（年紀）、나라/국가（國家）、과일（水果）、고향（家鄉）、계획（計劃）、여행（旅行）、장소（場所）、날씨（天氣）、쇼핑（購物）、요리（料理）等。

 應考補充站

- **「了解主題」模擬試題**：可參考《新韓檢模擬試題＋完全解析》第一回模擬試題第31～33題（P.23）
- **「了解主題」模擬試題解答&解析**：可參考《新韓檢模擬試題＋完全解析》第一回模擬試題完全解析第31～33題（P.65）

二、前後內容相關聯與推測題 （第34至39題）

「前後內容相關聯與推測」主要出題內容：

這類題型要求聽完前後二句的內容，並選擇適合填入的語彙。填空的部分通常會填入名詞、形容詞、動詞、副詞、助詞等。

※ [34～39]（　　　　　）에 들어갈 가장 알맞은 것을 고르십시오.

(제35회 TOPIK I 읽기)

34. (2점)

> 몇 시（　　　　　）옵니까?

① 가　　　② 는　　　③ 를　　　④ 에

※ [34～39] 請選出最適合填入（　　　　　）的選項。

（第35回 TOPIK I 閱讀）

34.（2分）

> 請問幾點來？

① 가　　　② 는　　　③ 를　　　④ 에

解題 時間後面要加助詞「에」。「가」為主格助詞，「는」為比較及強調助詞，「를」為受格助詞。

答案 ④ 에

(제37회 TOPIK I 읽기)

37. (3점)

운동을 많이 합니다. 그래서 (   ).

① 건강합니다　　② 깨끗합니다　　③ 따뜻합니다　　④ 친절합니다

（第37回 TOPIK I 閱讀）

37.（3分）

做很多運動。所以 (   ) 。

① 健康　　　　　② 乾淨

③ 溫暖　　　　　④ 親切

解題 這一題要推測「運動」和「健康」的關聯性。且要知道連接句子和句子的連接副詞「그래서」（所以）。

答案 ① 건강합니다　健康

關鍵語彙

・운동　運動
・많이　很多地
・건강하다　健康
・그래서　所以

▶ 歷屆 TOPIK I 閱讀同類考題

1.助詞填空

- 시장에 갑니다. 고기와 채소를 삽니다.
  去市場。買肉與蔬菜。→主題：**쇼핑**（購物）（第47回）

- 이 사람은 회사원입니다. 학생이 아닙니다.
  這個人是上班族。不是學生。→主題：**직업**（職業）（第41回）

- 민수 씨는 대학생입니다. 수미 씨도 대학생입니다.
  敏秀小姐是大學生。秀美小姐也是大學生。
  →主題：**직업**（職業）（第37回）

- 한국어가 어렵습니다. 친구에게 물어봅니다.
  韓語很難。向朋友請教。→主題：**언어**（語言）（第36回）

2.動詞、形容詞填空

- 머리가 아픕니다. 약을 먹습니다.
  頭痛。吃藥。→主題：**몸**（身體）（第47回）

- 오늘은 제 생일입니다. 친구들을 초대했습니다.
  今天為我生日。邀請了幾個朋友。→主題：**생일**（生日）（第47回）

- 언니는 춤을 배웠습니다. 춤을 잘 춥니다.
  姊姊學習了舞蹈。她很會跳舞。→主題：**춤**（舞蹈）（第47回）

- 교실에 학생이 없습니다. 그래서 조용합니다.
  教室裡沒有學生。所以很安靜。→主題：**분위기**（氣氛）（第41回）

- 방이 춥습니다. 창문을 닫습니다.
  房間很冷。把窗戶關上。→主題：**날씨**（天氣）（第37回）

- 기타를 오래 배웠습니다. 그래서 기타를 잘 칩니다.

  學吉他很久了。所以很會彈吉他。→ 主題：**악기**（樂器）（第37回）

- 영화가 끝났습니다. 극장에서 나갑니다.

  電影結束。從電影院出去。→ 主題：**영화**（電影）（第36回）

- 눈이 옵니다. 그리고 바람도 붑니다.

  下雪。還有颱風。→ 主題：**날씨**（天氣）（第3回閱讀）

- 저는 한국어 선생님입니다. 한국어를 가르칩니다.

  我是韓語老師。教韓語。→ 主題：**직업**（職業）（第35回）

- 머리가 깁니다. 그래서 자르고 싶습니다.

  頭髮很長。所以想剪。→ 主題：**몸**（身體）（第35回）

- 학교가 가깝습니다. 그래서 걸어서 갑니다.

  學校近。所以走路過去。→ 主題：**교통**（交通）（第36回）

- 요즘 일이 많습니다. 바쁩니다.

  最近事情很多。很忙。→ 主題：**근황**（近況）（第35回）

3. 名詞填空

- 우체국에 갑니다. 소포를 보냅니다.

  去郵局。寄包裹。→ 主題：**장소**（場所）（第47回）

- 지갑을 안 가지고 왔습니다. 지금 돈이 없습니다.

  沒帶錢包來。現在沒錢。→ 主題：**물건**（物品）（第41回）

- 이 그림이 마음에 듭니다. 이것을 사고 싶습니다.

  喜歡這幅畫。想買這幅。→ 主題：**쇼핑**（購物）（第41回）

- 시간을 모릅니다. 시계를 봅니다.

  不知道時間。看手錶。→ 主題：**시간**（時間）（第37回）

- 서점에 갑니다. 책을 삽니다.

  去書店。買書。→主題：**장소**（場所）（第36回）

- 가게에 갑니다. 우유를 삽니다.

  去商店。買牛奶。→主題：**장소**（場所）（第35回）

4. 副詞填空

- 여름입니다. 날씨가 아주 덥습니다.

  是夏天。天氣非常熱。→主題：**계절**（季節）（第47回）

- 우리는 처음 만났습니다. 인사를 했습니다.

  我們初次見面。打了招呼。→主題：**인사**（問候）（第41回）

- 가방에 책이 많습니다. 가방이 너무 무겁습니다.

  包包裡有很多書。包包太重。→主題：**물건**（物品）（第37回）

- 바다 여행이 재미있었습니다. 다음에 다시 갈 겁니다.

  去海邊旅行很開心。下次要再去。→主題：**여행**（旅行）（第36回）

- 산을 좋아합니다. 그래서 등산을 자주 합니다.

  喜歡山。所以常常登山。→主題：**자연**（自然）（第35回）

「前後內容相關聯與推測」題型的常考主題：

　　날씨（天氣）、자연（大自然）、계절（季節）、횟수（次數）、물건（物品）、시간（時間）、장소（地點）、건강（健康）、외모（外表）、운동（運動）等。

 應考補充站

- **「前後內容相關聯與推測」模擬試題**：可參考《新韓檢模擬試題＋完全解析》第二回模擬試題第34～39題（P.108～P.109）
- **「前後內容相關聯與推測」模擬試題解答&解析**：可參考《新韓檢模擬試題＋完全解析》第二回模擬試題完全解析第34～39題（P.153～P.155）

三、文宣閱讀題（第40至42題）

「文宣閱讀」主要出題內容：

這類題型要閱讀簡單的各類文宣，並了解其細節：

1. 主要題材有廣告、告示文、說明書、契約書、便條、票券資訊、指示文等生活實用性為主的資料。
2. 要了解文宣裡面的時間、場所、次序等內容。
3. 解題方法：與題目比較，找出不符合的選項。

※ [40～42] 다음을 읽고 맞지 않는 것을 고르십시오.

(제35회 TOPIK I 읽기)

42. (3점)

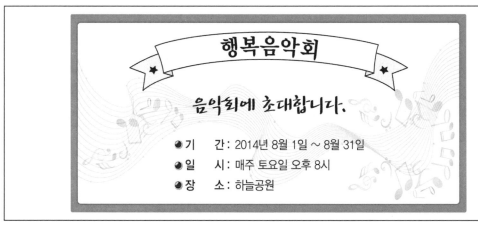

① 하늘공원에서 음악회를 합니다.
② 토요일마다 음악회가 있습니다.
③ 이 음악회는 한 달 동안 합니다.
④ 이 음악회는 일곱 시에 시작합니다.

※ [40～42] 請閱讀以下文章，並選出不正確的選項。

（第35回 TOPIK I 閱讀）

42.（3分）

① 在天空公園舉辦音樂會。

　相符→地點在天空公園。

② 每週六有音樂會。

　相符→每週六下午8點舉辦音樂會。

③ 這場音樂會舉辦一個月。

　相符→期間為8月1日至31日。

④ 這場音樂會七點開始。

　不符→下午八點開始。

答案 ④ 이 음악회는 일곱 시에 시작합니다. 這場音樂會七點開始。

關鍵語彙

・토요일 星期六、週六

・한 달 一個月

・음악회 音樂會

・기간 期間

・일시 日時（日期及時間）

・장소 地點

關鍵文法

・N＋마다 每個～

・N＋동안 ～期間

※ [40~42] 다음을 읽고 맞지 않는 것을 고르십시오.

(제36회 TOPIK I 읽기)

40. (3점)

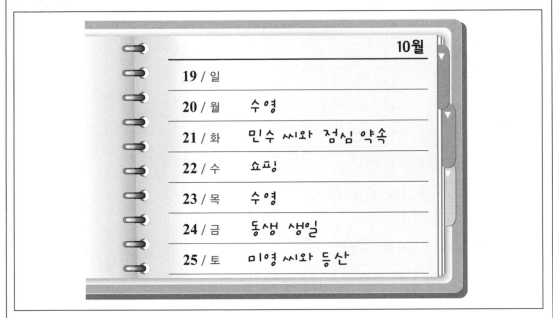

① 금요일에 민수 씨를 만납니다.

② 주말에 미영 씨와 산에 갑니다.

③ 일주일에 두 번 수영을 합니다.

④ 시월 이십이 일에 쇼핑을 합니다.

※ [40～42] 請閱讀以下文章，並選出不正確的選項。

（第36回 TOPIK I 閱讀）

40.（3分）

	10月
19 / 日	
20 / 一	游泳
21 / 二	和敏秀先生約吃午餐
22 / 三	購物
23 / 四	游泳
24 / 五	弟弟（妹妹）生日
25 / 六	和美英小姐登山

① 星期五和敏秀先生見面。

　　不符→和敏秀先生的約在星期二。

② 週末和美英小姐去山上。

　　相符→星期六和美英小姐登山。

③ 一週游泳二次。

　　相符→星期一和四游泳，一週二次。

④ 十月二十二日購物。

　　相符→十月二十二日星期三購物。

答案 ① 금요일에 민수 씨를 만납니다. 星期五和敏秀先生見面。

關鍵語彙

• 수영을 하다　游泳

• 점심　午餐

• 약속　約定、約會

• 쇼핑을 하다　購物

• 동생　弟弟；妹妹

• 생일　生日

• 등산　登山

• 금요일　星期五

• 주말　週末

- 산에 가다 去山上
- 일주일 一週
- 두 번 二次
- 요일 星期：월 一 / 화 二 / 수 三 / 목 四 / 금 五 / 토 六 / 일 日

關鍵文法
- N＋와/과 和～
- N＋에 在～（時間）

41. (3점)

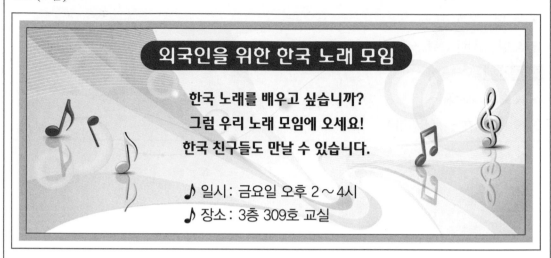

① 삼 층 교실에서 만납니다.

② 모임에서 노래를 배웁니다.

③ 네 시에 모임을 시작합니다.

④ 모임에 한국 사람들이 있습니다.

41.（3分）

專為外國人舉辦的韓國歌曲聚會

想學習韓國歌曲嗎？
那麼，請來我們的歌曲聚會！
也可以見到韓國朋友們。

日期及時間：星期五下午2～4點

地點：3樓309教室

---

① 在三樓教室見面。

　相符→地點在3樓309教室。

② 聚會中學習歌曲。

　相符→聚會邀請想要學習韓國歌曲的外國人。

③ 四點開始聚會。

　不符→聚會時間為2～4點，4點結束。

④ 聚會有韓國人。

　相符→參加聚會可以見到韓國朋友，代表聚會有韓國人。

答案 ③ 네 시에 모임을 시작합니다. 四點開始聚會。

關鍵語彙

- 외국인　外國人
- 노래　歌曲
- 모임　聚會
- 배우다　學習
- 만나다　見面
- 일시　日時（日期及時間）
- 금요일　星期五
- 오후　下午
- 장소　地點

・층 樓層

・호 號

・교실 教室

・시작하다 開始

關鍵文法

・N＋을/를 위한 為了～、為～著想

・V＋고 싶다 想～

・V＋(으)ㄹ 수 있다/없다 ①會～；不會、②可行～；不可行～

・N＋도 ～也

▶ 「文宣閱讀題」常考的主題：

　　전시회 포스터（展覽海報）、생활 계획표（生活計劃表）、관광 안내 전화（觀光說明電話）、기숙사 이용 안내문（宿舍使用介紹）、기차표（火車票）、메뉴판（餐廳菜單）、모임 안내문（聚會介紹）、식당 영업시간 안내（餐廳營業時間介紹）、약 봉지（藥袋）、연극 포스터（舞台劇海報）、영수증（收據）、영화표（電影票）、층별 안내도（各樓層介紹）、연주회 포스터（演奏會海報）、하숙집 광고（寄宿家庭廣告）、학생증（學生證）、학원 광고（補習班廣告）等。

 應考補充站

● 「文宣閱讀」模擬試題：可參考《新韓檢模擬試題＋完全解析》第三回模擬試題第40～42題（P.197～P.198）

● 「文宣閱讀」模擬試題解答&解析：可參考《新韓檢模擬試題＋完全解析》第三回模擬試題完全解析第40～42題（P.243～P.246）

四、掌握短文細節題（第43至45題）

「掌握短文細節」主要出題內容：

這類題型要閱讀短文，並找出符合短文敘述的選項，是選項中會使用其他相關語彙說明短文細節的題型。需留意，有時候也需要進一步推測短文中沒提及的情況。關鍵：

1. 要找出相似意義的文法或語彙。

2. 若前後句子為「時間先後（時態）」或「原因與結果」之連繫，要注意句子中使用的文法或句子和句子之間的連接副詞。

※ [43~45] 다음의 내용과 같은 것을 고르십시오.

(제41회 TOPIK I 읽기)

45. (3점)

> 저는 어제 연극을 봤습니다. 그 연극이 재미있어서 어머니께 표 두 장을 사 드렸습니다. 어머니는 내일 할머니와 연극을 보러 가실 겁니다.

① 어머니는 연극 표를 사셨습니다.

② 저는 어머니와 연극을 봤습니다.

③ 할머니는 내일 연극을 보실 겁니다.

④ 어머니는 저에게 연극 표를 주셨습니다.

※ [43～45] 請選擇和以下文章內容一致的選項。

（第41回 TOPIK I 閱讀）

45.（3分）

> 　　我昨天看了舞台劇。那齣劇很有趣，所以買了二張票給母親。母親明天要和奶奶一起去看劇。

解題 這一題要了解「敬語」，如「사 드렸습니다」（買給〔長輩〕～）、「보러 가실 겁니다」（〔長輩〕要去看）等。其中，「사 드리다」是「사 주다」的敬語，都是「買給～」的意思。主詞做某個動作時，其對象的年紀或地位比主詞高，就要用「사 드리다」。相反地，主詞的年紀或地位比對象高就要用「사 주시다」。另外，也要知道助詞「에게」（向、給）的敬語為「께」。

① 母親買了舞台劇的票。

　　不符→買票的不是母親，而是我。

② 我和母親一起看了舞台劇。

　　不符→我先看了舞台劇，然後送了母親二張票。

③ 奶奶明天要看舞台劇。

　　相符→ 她要和母親去看舞台劇。

④ 母親給了我舞台劇的票。

　　不符→我買票送給了母親。

答案 ③ 할머니는 내일 연극을 보실 겁니다. 奶奶明天要看舞台劇。

關鍵語彙

· 어제 昨天

· 연극 舞台劇

· 재미있다 有趣

· 표 票

· 사 주다 買給

· 내일 明天

· 어머니 母親

- 할머니　奶奶
- 보러 가다　去看

關鍵文法

- A/V＋아/어/여서　①因為～、②～接著
- V＋아/어/여 주다/드리다　幫忙～（「드리가」為「주다」的敬語）
- V＋(으)러 가다　去～
- A/V＋(으)ㄹ 것이다　①要～、②肯定會～

※ [43〜45] 다음의 내용과 같은 것을 고르십시오.

(제47회 TOPIK I 읽기)

43. (3점)

> 저는 오늘 이사를 했습니다. 친구가 도와줘서 이사가 금방 끝났습니다. 새집에서 친구와 저녁을 먹었습니다.

① 친구가 이사를 했습니다.

② 제가 친구를 도와줬습니다.

③ 지난주에 이사를 했습니다.

④ 이사한 집에서 식사를 했습니다.

※ [43〜45] 請選擇和以下文章內容一致的選項。

（第47回 TOPIK I 閱讀）

43.（3分）

> 我今天搬家。因為朋友幫我，所以很快就結束搬家。在新家跟朋友吃晚餐。

解題 這一題敘述搬家的事。因為已經搬完，所以三句都使用過去式。要解這一題，首先需要知道是誰搬家、誰幫助誰，以及在哪裡吃晚餐等行動的主詞及地點。

① 朋友搬家。

　　不符→我搬家。

② 我幫助朋友。

　　不符→朋友幫助我。

③ 上星期搬家。

　　不符→今天搬家。

④ 在搬過去的新家吃飯。

　　相符→晚上在新家跟朋友一起吃晚餐。

答案 ④ 이사한 집에서 식사를 했습니다. 在搬過去的新家吃飯。

關鍵語彙

- 오늘　今天
- 이사를 하다　搬家
- 도와주다　幫助
- 금방　馬上
- 끝나다　結束
- 새집　新家
- 저녁을 먹다　吃晚餐
- 지난주　上星期、上週
- 식사를 하다　用餐

關鍵文法

- A/V＋아/어/여서　①因為～、②～接著
- N＋에서　在～（場所）
- N＋와/과　跟～
- N＋에　在～（時間）

44. (3점)

> 오늘 저녁에 손님이 옵니다. 그래서 아침에 꽃도 사고 집도 청소했습니다.
> 회사가 끝나면 집에 일찍 가서 음식을 준비할 겁니다.

① 저녁에 청소를 할 겁니다.

② 손님과 저녁을 먹을 겁니다.

③ 음식을 벌써 준비했습니다.

④ 손님이 꽃을 사 올 겁니다.

（第36回 TOPIK I 閱讀）

44.（3分）

> 今晚客人要來訪。所以早上買了花，也打掃了家裡。公司結束後要提早回家準備食物。

解題 這題要了解時態。格式體現在式語型為「ㅂ/습니다」，過去式語型為「았/었/였습니다」，未來式語型為「(으)ㄹ 겁니다」。

① 晚上要打掃。

　 不符→早上已經打掃好了。

② 要和客人吃晚餐。

　 相符→下班要回家準備食物，為的是要和客人一起吃飯。

③ 菜已經準備好。

　 不符→已經買了花打掃了家裡，但食物晚上回家才要準備。

④ 客人會買花來。

　 不符→早上買了花，因為客人要來訪。

答案 ② 손님과 저녁을 먹을 겁니다. 要和客人吃晚餐。

關鍵語彙

- 오늘 今天
- 저녁 晚上
- 손님이 오다 客人來訪

- 그래서 所以
- 아침 早上
- 꽃 花
- 청소하다 打掃
- 끝나다 結束
- 일찍 提早、提前
- 준비하다 準備

關鍵文法

- N＋에 在～（時間）
- N＋도 N＋도～ ～也～也
- A/V＋고 ～然後
- A/V＋(으)면 ～的話
- V＋아/어/여서 ～接著
- A/V＋(으)ㄹ 것이다 ①要～、②肯定會～

▶ 「掌握短文細節」題型的常考主題：

　　일상생활（日常生活）、시험（考試）、물건（物品）、취미（興趣）、방문（拜訪）、친구（朋友）、생일（生日）、선물（禮物）、운동（運動）、음식（飲食）等。

🎙 應考補充站

- 「掌握短文細節」模擬試題：可參考《新韓檢模擬試題＋完全解析》第一回模擬試題第43～45題（P.27）
- 「掌握短文細節」模擬試題解答&解析：可參考《新韓檢模擬試題＋完全解析》第一回模擬試題完全解析第43～45題（P.73～P.75）

五、找主旨題（第46至48題）

「找主旨」主要出題內容：

這類題型是閱讀一小段「對話」或「文章」，並找出主旨的題型。要先找出文章的「關鍵詞」。需留意的是，找主旨與找符合內容的題目不同，因為選項符合內容，不代表是文章主旨。題型內容包含：

1. 從時間或情況找出核心想法→找相似的文法或語彙

2. 從原因或結果了解核心想法→找核心語彙

3. 透過附加的說明了解核心想法→找核心語彙

※ [46~48] 다음을 읽고 중심 생각을 고르십시오.

(제37회 TOPIK I 읽기)

46. (3점)

> 저는 휴일에 친구 집에 가려고 합니다. 친구와 같이 드라마를 보려고 합니다. 이야기도 많이 할 겁니다.

① 저는 집에서 드라마를 보고 싶습니다.

② 저는 친구에게 이야기를 하러 갈 겁니다.

③ 저는 친구와 드라마 이야기를 할 겁니다.

④ 저는 친구와 함께 휴일을 지내고 싶습니다.

※ [46～48] 請閱讀以下文章，並選擇主旨。

（第37回 TOPIK I 閱讀）

46. (3分)

> 我假日要去朋友家。打算和朋友一起看電視劇。也要和他多聊天。

① 我想在家看電視劇。

② 我要去找朋友聊天。

③ 我要和朋友聊電視劇。

④ 我想和朋友一起度過假日。

解題 話者說明假日的計劃。第一句就是主旨，以下的句子則說明要在朋友家做些什麼。

答案 ④ 저는 친구와 함께 휴일을 지내고 싶습니다. 我想和朋友一起度過假日。

關鍵語彙

・휴일 假日

・친구 집에 가다 去朋友家

・휴일을 지내다 度過假日

關鍵文法

・V＋(으)려고 하다 打算～

・V＋(으)ㄹ 것이다 要～

・V＋고 싶다 想～

・N＋(으)러 가다 去～

※ [46~48] 다음을 읽고 중심 생각을 고르십시오.

(제41회 TOPIK I 읽기)

46. (3점)

우리 언니는 시골 학교에서 학생들을 가르칩니다. 이번 주말에 언니가 집에 올 겁니다. 빨리 주말이 오면 좋겠습니다.

① 저는 시골에서 살고 싶습니다.

② 저는 언니를 빨리 보고 싶습니다.

③ 저는 주말에 집에 가고 싶습니다.

④ 저는 언니 학교에서 공부하고 싶습니다.

※ [46~48] 請閱讀以下文章，並選出文章的主旨。

（第41回 TOPIK I 閱讀）

46.（3分）

我姊姊在鄉下學校教學生。姊姊這週末會回家。若週末快點來就好了。

① 我想住在鄉下。

② 我想快點見到姊姊。

③ 我想在週末回家。

④ 我想在姊姊的學校念書。

解題 話者希望週末快來的理由，是因為姊姊要回家。由此可以知道，話者想念她姊姊。

答案 ② 저는 언니를 빨리 보고 싶습니다. 我想快點和姊姊見面。

關鍵語彙

・언니 姊姊（女生稱呼姊姊的用語）

・시골 鄉下

・학교 學校

・학생 學生

・가르치다 教導

- 이번 這次
- 주말 週末
- 집에 오다 回家
- 빨리 快

關鍵文法

- A/V＋(으)ㄹ 것이다　①要～、②肯定會～
- A/V＋(으)면 좋겠다　能～就好了

※ [46~48] 다음을 읽고 중심 생각을 고르십시오.
(제47회 TOPIK I 읽기)
47. (3점)

> 오늘 옷 가게에서 치마를 하나 샀습니다. 치마의 디자인이 정말 멋있습니다. 길이도 짧지 않아서 좋습니다.

① 요즘 짧은 치마가 유행입니다.
② 저는 그 옷 가게에 자주 갈 겁니다.
③ 저는 오늘 산 치마가 마음에 듭니다
④ 치마의 디자인은 중요하지 않습니다.

※ [46~48] 請閱讀以下文章，並選出文章的主旨。
（第47回TOPIK I閱讀）
47.（3分）

> 今天在服飾店買一件裙子。裙子的設計真的很帥。長度也不短，所以覺得很不錯。

① 最近在流行短裙。
② 我要常去那家服飾店。
③ 我喜歡今天買的裙子。
④ 裙子的設計不重要。

解題 作者先提到買了裙子，後面兩句分別說了「멋있다」（帥）、「짧지 않다」（不短），所以「좋다」（不錯）表示滿意這件裙子。

答案 ③ 저는 오늘 산 치마가 마음에 듭니다. 我喜歡今天買的裙子。

關鍵語彙

- 옷 가게　服飾店
- 치마　裙子
- 하나　一
- 디자인　設計
- 멋있다　帥
- 길이　長度
- 짧다　短
- 요즘　最近
- 유행이다　流行
- 자주　常常
- 마음에 들다　滿意、喜歡
- 중요하다　重要

關鍵文法

- A/V＋아/어/여서 좋다　～所以不錯
- A/V＋(으)ㄹ 것이다　①要～、②肯定會～
- A/V＋지 않다　不～
- N＋도　～也

※ [46~48] 다음을 읽고 중심 생각을 고르십시오.

(제36회 TOPIK I 읽기)

48. (3점)

> 형은 어릴 때 조용하고 말이 없었습니다. 그리고 혼자 있는 것을 좋아했습니다. 그런데 지금은 재미있는 말도 많이 하고 사람들도 자주 만납니다.

① 형은 옛날과 많이 다릅니다.

② 형은 요즘 말을 잘 안 합니다.

③ 형은 재미있는 이야기를 못 합니다.

④ 형은 옛날에 사람들을 자주 만났습니다.

※ [46~48] 請閱讀以下文章，並選出文章的主旨。

（第36回 TOPIK I 閱讀）

48.（3分）

> 哥哥在小時候很安靜，話不多。而且喜歡一個人。但現在說話很有趣，也常跟人見面。

① 哥哥跟以前很不一樣。

② 哥哥最近不常說話。

③ 哥哥不會說有趣的話。

④ 哥哥以前常常跟人見面。

解題 短文的內容在比較哥哥小時候跟現在如何不同，說明他的個性如何改變。要留意看「어릴 때」（小時候）、「그런데」（可是）、「지금은」（現在）等字彙。

答案 ① 형은 옛날과 많이 다릅니다. 哥哥跟以前不一樣。

關鍵語彙

- 형　哥哥
- 어릴 때　小時候
- 조용하다　安靜
- 말이 없다　話很少

- 혼자 있다 一個人
- 그런데 可是
- 옛날 以前
- 다르다 不同
- 요즘 最近
- 말을 잘 안 하다 不太愛說話
- 못 하다 無法做、不會做
- 자주 常常
- 만나다 見面

關鍵文法
- A/V＋(으)ㄹ 때 ～的時候
- A/V＋고 ～接著
- V＋는 것 ～的（動詞現在式名詞化）
- N＋도 ～也
- 못＋V 無法～、不會～
- V＋는＋N ～的（動詞現在式冠形詞化）

▶ 「找主旨」題型的常考主題：

취미（興趣）、옷차림（穿著）、친구（朋友）、가족（家人）、일（工作）、생활습관（生活習慣）、휴가（假日）、몸（身體）、건강（健康）、성격（個性）等。

應考補充站

- **「找主旨」模擬試題**：可參考《新韓檢模擬試題＋完全解析》第三回模擬試題第46～48題（P.200）
- **「找主旨」模擬試題解答&解析**：可參考《新韓檢模擬試題＋完全解析》第三回模擬試題完全解析第46～48題（P.249～P.251）

六、題組I：選出適合填入括號的語彙及符合文章內容的選項（第49至56題）

「選出適合填入刮號的語彙及符合文章內容的選項」主要出題內容：

這類題型為題組，一篇文章會有二道問題。題型內容包含：

1. 一題要選擇和文章內容有關的詞句或連接副詞。需在文章中找出關鍵語彙，並選出相關的選項。而在選擇連接副詞時，需要了解前後句子的關係。

2. 另一題要選擇和文章相同的內容，為此需要了解文章細節。留意重要的時間、事情、地點、方法、理由等，會更容易找到答案。

※ [49～50] 다음을 읽고 물음에 답하십시오.

(제36회 TOPIK I 읽기)

> 학교 앞에 새 카페가 문을 열었습니다. 이 카페에는 (　　㉠　　). 손님이 마시고 싶은 차를 준비해서 마시고 컵도 직접 씻습니다. 차를 마신 후에 차 값은 '돈을 넣는 곳'에 내면 됩니다. 이 카페는 편하게 오래 앉아 있을 수 있고 값도 싸서 인기가 많습니다.

49. ㉠에 들어갈 알맞은 말을 고르십시오. (3점)

　　① 손님이 별로 없습니다　　　　② 친한 직원이 있습니다

　　③ 일하는 사람이 없습니다　　　④ 주인이 차를 직접 만듭니다

50. 이 글의 내용과 같은 것을 고르십시오. (2점)

　　① 이 카페는 오래되었습니다.

　　② 카페의 차 값은 싸지 않습니다.

　　③ 손님은 차를 주문하고 기다립니다.

　　④ 이 카페는 편안해서 사람들이 좋아합니다.

※ [49～50] 請閱讀以下文章，並回答問題。

（第36回 TOPIK I 閱讀）

> 　　學校前新開了咖啡店。在這間咖啡店（　　㉠　　）。客人準備想喝的茶來喝，杯子也自己洗。喝茶後，將茶費交到「放錢處」即可。這家咖啡店可以舒適地久坐，而且價錢也便宜，因此很受歡迎。

49. 請選出適合填入㉠的話。（3分）

　　① 客人不多　　　　　　② 有親近的職員

　　③ 沒有工作的人　　　　④ 老闆親自泡茶

解題 這一題敘述學校前面的新咖啡店特別的地方。要知道填入㉠的詞句，就務必要了解㉠前後句子的內容。文章說客人不只要自行準備茶，也親自洗杯子還有付茶費。由此可以知道店裡沒有職員。

答案 ③ 일하는 사람이 없습니다. 沒有工作人員。

50. 請選出適合文章內容的選項。（2分）

　　① 這家咖啡店已經很久。

　　　　不符→是新開幕的咖啡店。

　　② 咖啡店的茶費不便宜。

　　　　不符→茶費便宜。

　　③ 客人點茶並等待。

　　　　不符→客人自行準備茶來喝，而且親自己洗杯子，所以不用等待。

　　④ 這家咖啡店很舒適，所以大家喜歡。

　　　　相符→舒適又可以坐很久，因此大家喜歡。

答案 ④ 이 카페는 편안해서 사람들이 좋아합니다.

　　　　這家咖啡店很舒適，所以大家喜歡。

關鍵語彙

· 새　新的

· 카페　咖啡店

· 문을 열다　開幕、開門

· 손님　客人

- 준비하다 準備
- 컵 杯子
- 직접 親自
- 씻다 洗
- 값 價錢
- 넣다 放（進去）
- 곳 地方
- 내다 付、交
- 편하게 舒服地、輕鬆地
- 오래 很久
- 앉아 있다 坐著
- 싸다 便宜
- 인기가 많다 受歡迎、人氣高
- 별로 不太
- 친하다 親近 → 친한 직원 親近的職員
- 직원 職員
- 일하다 工作 → 일하는 사람 工作人員
- 주인 老闆、主人
- 오래되다 很久
- 주문하다 點餐、訂購
- 편안하다 舒服、方便

關鍵文法

- V＋고 싶다 想～
- 별로＋（否定詞） 不太～
- V＋아/어/여서 ～接著
- V＋(으)ㄴ 후에 ～之後
- A＋게 ～地（形容詞副詞化）
- V＋(으)면 되다 ～就可以
- V＋(으)ㄹ 수 있다 ①會～、②可行～
- A/V＋지 않다 不～

※ [51～52] 다음을 읽고 물음에 답하십시오.
(제41회 TOPIK I 읽기)

> 눈은 한 번 나빠지면 다시 좋아지기 힘듭니다. 그래서 눈이 나빠지기 전에 눈 건강을 지켜야 합니다. 눈에 좋은 음식을 (㉠   ) 눈 운동을 하면 눈 건강에 좋습니다. 그리고 멀리 있는 산이나 나무를 보는 것도 좋습니다. 하지만 눈이 피곤할 때는 눈을 감고 쉬는 것이 제일 좋습니다.

51.   ㉠에 들어갈 알맞은 말을 고르십시오. (3점)
       ① 먹지만
       ② 먹거나
       ③ 먹는데
       ④ 먹으면

52.   무엇에 대한 이야기인지 맞는 것을 고르십시오. (2점)
       ① 눈에 좋은 음식
       ② 눈이 나빠지는 이유
       ③ 눈 운동을 하는 시간
       ④ 눈 건강을 지키는 방법

（第41回 TOPIK I 閱讀）

> 　　眼睛一旦變不好，就很難再好起來。因此，眼睛（視力）變差之前，必須要守護眼睛的健康。（　　㉠　　）對眼睛好的食物，做眼睛運動的話，對眼睛健康有益。還有看遠方的山或樹木也是好方法。但眼睛疲勞的時候，最好是閉上眼睛休息。

51. 請選出適合填入㉠的話。（3分）
　　① 吃，可是
　　② 吃或者
　　③ 吃，但是
　　④ 吃的話

解題 這一題敘述關於眼睛的健康。㉠句子開始介紹有益眼睛健康的幾個方法。短文使用「A或者B」的方式，敘述對眼睛有益的方法。由此可以知道，適合填入的選項為②「먹거나」吃或者。

答案 ② 먹거나 吃或者

52. 是關於什麼的敘述，請選出適合的選項。（2分）
　　① 對眼睛好的食物
　　② 眼睛（視力）變差的理由
　　③ 做眼睛運動的時間
　　④ 守護眼睛健康的方法

解題 這篇短文介紹守護眼睛健康的幾個方法。需留意的是，韓語的「눈」是指「眼睛」，但有時也會指「視力」。

答案 ④ 눈 건강을 지키는 방법 守護眼睛健康的方法

關鍵語彙
・눈 眼睛；視力
・한 번 一次、一旦
・나빠지다 變差 ↔ 좋아지다 變好
・다시 再次

- 건강　健康
- 힘들다　辛苦、吃力
- 그래서　因此
- 지키다　守護、保持
- 음식　食物
- 운동　運動
- 건강에 좋다　對健康有益
- 멀리 있다　在遠處
- 산　山
- 나무　樹木
- 피곤하다　疲倦
- 눈을 감다　閉上眼睛
- 쉬다　休息
- 제일　最
- 하지만　可是

關鍵文法

- A/V＋(으)면　～的話
- V＋기 힘들다　很難～
- A＋아/어/여지다　變得～
- N＋(이)나　～或者～
- V＋기 전에　～之前
- A/V＋아/어/여야 하다　應該要～
- N＋에 좋다　對～有益
- V＋는 것　～的（動詞現在式名詞化）
- A/V＋(으)ㄹ 때　～的時候
- V＋는 것이 좋다　～比較好、最好～

※ [51～52] 다음을 읽고 물음에 답하십시오.

(제47회 TOPIK I 읽기)

레몬은 요리에 많이 사용됩니다. 사람들은 레몬으로 차를 만들어서 마시기도 합니다. 레몬은 하얀 옷을 (㉠) 사용할 수도 있습니다. 레몬을 쓰면 옷이 더 하얗게 됩니다. 레몬은 이렇게 우리 생활에서 다양하게 사용됩니다.

51. ㉠에 들어갈 알맞은 말을 고르십시오. (3점)

① 빨고

② 빨 때

③ 빨아서

④ 빤 후에

52. 무엇에 대한 이야기인지 맞는 것을 고르십시오. (2점)

① 레몬의 맛과 색

② 레몬을 먹는 이유

③ 레몬으로 할 수 있는 일

④ 레몬으로 차를 만드는 방법

※ [51～52] 請閱讀以下文章，並回答問題。

（第47回 TOPIK I 閱讀）

> 檸檬主要用在料理上。大家也用檸檬來泡茶喝。檸檬也可以在（　㉠　）白色衣物使用。用檸檬的話，衣服變更白。如此生活很多地方都可以用檸檬。

51. 請選出適合填入㉠的話。（3分）

　　① 洗，然後

　　② 洗的時候

　　③ 洗了然後

　　④ 洗了之後

解題 這一題說明檸檬的功能。㉠前後句子說明檸檬讓衣物變更白，㉠要填入「빨 때」洗的時候。選項中，「빨고」、「빨아서」、「빤 후에」都指「洗了之後」的意思。

答案 ② 빨 때 洗的時候

52. 是關於什麼的敘述，請選出適合的選項。（2分）

　　① 檸檬的味道及顏色

　　② 吃檸檬的理由

　　③ 可以用檸檬做的事

　　④ 用檸檬泡茶的方法

解題 整篇都在說明檸檬的功能。檸檬不只在料理、泡茶等方面使用，也用在洗濯上。文章介紹檸檬在生活中有很多用途。

答案 ③ 레몬으로 할 수 있는 일 可以用檸檬做的事

關鍵語彙

・레몬 檸檬

・사용되다 使用

・차 茶

・하얗다 白 → 하얀 옷 白色衣服

・쓰다 使用

- 하양게 白地 → 하양게 되다 變白
- 생활 生活
- 다양하게 多樣地
- 빨다 洗濯
- 맛 味道
- 색 顏色
- 이유 理由
- 일 事情、工作
- 방법 方法
- 만들다 做、製作

關鍵文法

- N＋(으)로 用～
- V＋아/어/여서 ～接著
- A/V＋기도 하다 也會～
- V＋(으)ㄹ 수 있다/없다 ①會～；不會～、②可行～；不可行～
- A/V＋(으)면 ～的話
- A＋게 ～地（形容詞副詞化）
- A＋(으)ㄴ＋N ～的（形容詞冠形詞化）
- V＋는＋N ～的（動詞現在式冠形詞化）
- A/V＋고 ①～還有、②～，然後
- A/V＋(으)ㄹ 때 ～的時候
- V＋(으)ㄴ 후에 ～之後

※ [53~54] 다음을 읽고 물음에 답하십시오.

(제47회 TOPIK I 읽기)

> 지난 주말에 친구들과 같이 야구장에 갔습니다. 집에서 텔레비전으로 야구를 본 적은 많았지만 야구장에 간 것은 처음이었습니다. 그곳에는 사람들이 정말 많았습니다. 우리는 경기를 보면서 치킨도 먹고 함께 노래도 불렀습니다. 텔레비전으로 경기를 보는 것보다 (　　㉠　　) 더 재미있었습니다.

53.　㉠에 들어갈 알맞은 말을 고르십시오. (2점)

①주말에 잠자는 것이

②경기를 해 보는 것이

③친구 집에 가는 것이

④야구장에서 보는 것이

54.　이 글의 내용과 같은 것을 고르십시오. (3점)

①저는 야구장에 처음 가 봤습니다.

②야구장에서는 음식을 먹을 수 없습니다.

③경기를 본 후에 치킨을 먹으러 갔습니다.

④야구를 보러 온 사람이 별로 없었습니다.

> 上個週末跟朋友們一起去棒球場。雖然在家常常透過電視看過棒球，但是去棒球場是頭一次。那裡人真的非常多。我們邊看比賽邊吃炸雞也一起唱歌。比起透過電視看比賽，（　　㉠　　）更好玩。

53. 請選出適合填入㉠的話。（2分）

① 週末睡覺

② 試著比賽

③ 去朋友家

④ 在棒球場看

解題 這題在敘述首次去棒球場的經驗。文章先說明之前在家透過電視看比賽，而這次直接在現場看的新體驗，且這些體驗都很有趣。整篇文章最後比較看電視跟現場觀賞的經驗。㉠的句子開頭說比起用電視看比賽，由此可以猜測後面會說現場看的比賽如何。

答案 ④ 야구장에서 보는 것이 在棒球場看

54. 請選出和文章內容一致的選項。（3分）

解題 ① 我第一次去了棒球場。

相符→之前透過電視看，實際去棒球場是第一次。

② 棒球場不能吃食物。

不符→在棒球場邊看比賽，邊看吃炸雞。

③ 看完比賽後，去吃炸雞。

不符→在棒球場邊看比賽邊吃炸雞。

④ 來看棒球的人不太多。

不符→很多人來看棒球。

答案 ① 저는 야구장에 처음 가 봤습니다. 我第一次去了棒球場。

關鍵語彙

· 지난 上一次

· 주말 週末

- 야구장 棒球場
- 처음 第一次、首次
- 그곳 那裡
- 경기 比賽
- 치킨 炸雞
- 함께 一起
- 노래를 부르다 唱歌
- 잠자다 睡覺
- 가 보다 去看看
- 별로 없다 不太多

關鍵文法

- V＋(으)ㄴ 적이 있다/없다/많다 有過～；沒有過～；有過多次～
- V＋(으)ㄴ 것 ～的（動詞過去式名詞化）
- A/V＋지만 雖然～
- A/V＋(으)면서 邊～邊～、～同時～
- N＋(으)로 用～
- N＋보다 더 比起～更～
- V＋는 것 ～的（動詞現在式名詞化）
- V＋아/어/여 보다 試～
- V＋(으)ㄹ 수 있다/없다 ①會～；不會～、②可行～；不可行～
- V＋(으)러 가다/오다 去～；來～

※ [53～54] 다음을 읽고 물음에 답하십시오.

(제37회 TOPIK I 읽기)

저는 한국에 온 지 1년이 되었습니다. 가끔 고향 생각이 날 때는 서울타워에 올라가서 밤경치를 봅니다. 서울 시내는 (㉠) 밤경치가 아름답습니다. 그리고 서울타워에 갔다 오면 마음도 가벼워지고 기분도 좋아집니다.

53. ㉠에 들어갈 알맞은 말을 고르십시오. (2점)

　　① 복잡하면

　　② 복잡해서

　　③ 복잡하지만

　　④ 복잡하니까

54. 이 글의 내용과 같은 것을 고르십시오. (3점)

　　① 서울타워에 가서 밤경치를 봅니다.

　　② 고향 생각이 나면 서울타워를 봅니다.

　　③ 서울타워에 가면 고향 생각이 납니다.

　　④ 저는 일 년 전에 서울타워에 갔습니다.

※ [53～54] 請閱讀以下文章，並回答問題。

（第37回 TOPIK I 閱讀）

> 我來韓國有一年了。偶爾想起故鄉的時候，我會上去首爾塔看夜景。首爾市區（　　㉠　　），夜景很美麗。還有去一趟首爾塔的話，心裡變輕鬆，心情也變好。

53. 請選出適合填入㉠的話。（2分）

　　① 複雜的話

　　② 因為複雜

　　③ 雖然複雜

　　④ 因為複雜

解題 這題為找出適合文章表現的句子。㉠的後行句為「아름답다」（美麗），㉠可以表現為「～而且美麗」或「～但是美麗」，但選項的單字為「복잡하다」（複雜），由此可以知道先行句應該要表現「複雜但美麗」。

答案 ③ 복잡하지만 雖然複雜

54. 請選出和文章內容一致的選項。（3分）

解題 ① 去首爾塔看夜景。

　　　相符→想起家鄉就到首爾塔看夜景。

　　② 想起故鄉就看首爾塔。

　　　不符→想起故鄉，直接上首爾塔。

　　③ 去首爾塔會想起故鄉。

　　　不符→想起故鄉就去首爾塔。

　　④ 我在一年前去首爾塔。

　　　不符→一年前來韓國，而不去首爾塔。

答案 ① 서울타워에 가서 밤경치를 봅니다. 去首爾塔看夜景。

關鍵語彙

· 가끔 偶爾

· 고향 故鄉

- 생각이 나다　想起來
- 올라가다　上去
- 밤경치　夜景
- 시내　市區
- 아름답다　美麗
- 그리고　而且
- 갔다 오다　去一趟
- 마음　心
- 가벼워지다　變輕鬆
- 기분이 좋아지다　心情變好

關鍵文法

- V＋(으)ㄴ 지 ～되다　～過～
- A/V＋(으)ㄹ 때　～的時候
- A/V＋지만　雖然～
- A/V＋(으)면　～的話
- A＋아/어/여지다　變得～
- A/V＋아/어/여서　①因為～、②～接著
- A/V＋(으)니까　因為～

※ [55～56] 다음을 읽고 물음에 답하십시오.

(제47회 TOPIK I 읽기)

우리 집 고양이 이름은 미미입니다. 6개월 전에 제가 퇴근해서 집에 돌아올 때 길에서 만났습니다. 그때 미미는 다리를 다쳐서 힘들어 보였습니다. 그리고 배도 고픈 것 같았습니다. 저는 미미를 집으로 데려와서 밥을 주고 약도 발라 주었습니다. 처음에 미미는 저한테 가까이 오지 않았습니다. 하지만 이제는 (㉠   ).

55. ㉠에 들어갈 알맞은 말을 고르십시오. (2점)

① 밥을 잘 먹습니다

② 새 이름이 생겼습니다

③ 집으로 돌아갔습니다

④ 저와 있는 것을 좋아합니다

56. 이 글의 내용과 같은 것을 고르십시오. (3점)

① 저는 다친 고양이를 도와주었습니다.

② 저는 여섯 달 전에 고양이를 샀습니다.

③ 저는 길에서 고양이를 잃어버렸습니다.

④ 저는 처음부터 고양이와 친하게 지냈습니다.

※ [55～56] 請閱讀以下文章，並回答問題。.
（第47回 TOPIK I 閱讀）

> 我家貓咪的名字是米米。6個月以前，我下班回家的路上遇到牠。那時候，米米的腿受傷，看起來很不好受。而且覺得牠肚子也很餓。我把米米帶回家裡，給牠吃的也給牠擦藥。一開始米米不靠近我。但現在（　㉠　）。

55. 請選出適合填入㉠的話。（2分）
　　① 很喜歡吃
　　② 有了新的名字
　　③ 回家了
　　④ 喜歡跟我在一起

解題 這題敘述如何遇見貓咪米米的經驗。文章尾端有說「처음에」（一開始）「가까이 오지 않았습니다」（不靠近），接著下一個句子說「하지만 이제는」（但如今）。因此㉠要填入跟前面的句子相反的內容。

答案 ④ 저와 있는 것을 좋아합니다 喜歡跟我在一起

56. 請選出和文章內容一致的選項。（3分）
解題 ① 我幫助受傷的貓咪。
　　　　相符→帶貓咪回家治療牠。
　　② 我在六個月前買貓咪。
　　　　不符→在路上遇到貓咪並把牠帶回家。
　　③ 我在路上丟失貓咪。
　　　　不符→在路上遇到貓咪。
　　④ 我一開始就跟貓咪處得很好。
　　　　不符→一開始時貓咪不靠近我。

答案 ① 저는 다친 고양이를 도와주었습니다. 我幫助受傷的貓咪。

關鍵語彙
・우리 집 我家
・고양이 貓咪

- 퇴근하다　下班
- 돌아오다/돌아가다　回來；回去
- 길　道路
- 다리를 다치다　腿受傷
- 힘들다　辛苦
- 배가 고프다　肚子餓
- 데려오다（把人；動物）帶來
- 약　藥
- 발라 주다　給～擦
- 처음에　一開始
- 가까이 오다　靠近
- 이제는　如今
- 잘 먹다　喜歡吃
- 생기다　產生
- 도와주다　幫助
- 여섯 달 = 육개월　六個月
- 잃어버리다　遺失、丟失
- 처음부터　從一開始
- 친하게 지내다　很親密地相處

關鍵文法

- A/V＋(으)ㄹ 때　～的時候
- N＋전에　～以前
- A/V＋아/어/여서　①因為～、②～接著
- A＋아/어/여 보이다　看起來～
- A/V＋(으)ㄴ/는 것 같다　好像～；覺得～
- A/V＋지 않다　不～
- V＋는 것　～的（動詞現在式名詞化）
- A＋게　～地（形容詞副詞化）

※ [55~56] 다음을 읽고 물음에 답하십시오.

(제41회 TOPIK I 읽기)

우리 동네에는 '웃음 극장'이 있습니다. 저는 힘들 대마다 이 극장에 갑니다. 이곳에 가면 재미있는 공연을 볼 수 있기 때문입니다. 그런데 이 극장은 들어갈 때 돈을 내지 않고 나갈 때 돈을 냅니다. 이 극장에는 카메라들이 있어서 사람들의 웃는 모습을 찍습니다. 크게 많이 웃으면 돈을 적게 내고, 적게 웃으면 돈을 많이 냅니다. (㉠   ) 사람들은 이곳에서 많이 웃으려고 합니다.

55. ㉠에 들어갈 알맞은 말을 고르십시오. (2점)

① 그러면

② 그리고

③ 그러나

④ 그래서

56. 이 글의 내용과 같은 것을 고르십시오. (3점)

① 저는 웃음 극장에서 공연을 준비합니다.

② 저는 기분이 좋으면 웃음 극장에 갑니다.

③ 웃음 극장에서는 사람들의 사진을 찍습니다.

④ 웃음 극장에서는 사람들에게 돈을 받지 않습니다.

（第41回 TOPIK I 閱讀）

※ [55～56] 請閱讀以下文章，並回答問題。.

（第41回 TOPIK I 閱讀）

> 我們社區有「笑笑劇場」。每當感到辛苦的時候，我就去這劇場。因為來到這裡地方可以看到有趣的公演。但是這劇場並不是在進去時付錢，而是在出去時付錢。在這劇場有相機，會將大家大笑的樣子拍下來。大笑的話就付少點錢，少笑的話就付很多錢。（　　㉠　　）大家在這裡會多笑。

55. 請選出適合填入㉠的話。（2分）
　　① 那麼
　　② 而且
　　③ 但是
　　④ 因此

解題 這題要填入適合的連接副詞。因此要了解㉠前後句子內容。㉠的前一句說，「大笑的話就付少點錢，少笑的話就付很多錢」因此在中㉠要表現的是「正因為如此」，人們想會想多笑。「因此」的連接副詞有「그래서」、「그러니까」。

答案 ④ 그래서　因此

56. 請選出和文章內容一致的選項。（3分）
解題 ① 我在笑笑劇場準備公演。
　　　　不符→我去那裡看公演。
　　② 我心情好的話就去笑笑劇場。
　　　　不符→心情不好時去那裡。
　　③ 笑笑劇場拍人們的照片。
　　　　相符→劇場有相機，拍出大家笑的樣子。
　　④ 笑笑劇場不收費。
　　　　不符→會收費。但不是收入時場費，而是出場時收費。
答案 ③ 웃음 극장에서는 사람들의 사진을 찍습니다. 笑笑劇場拍人們的照片。

123

關鍵語彙

- 동네 社區
- 웃음 笑（「웃다」的名詞）
- 극장 劇場
- 힘들다 辛苦、吃力
- 공연 公演
- 이곳 這地方
- 들어가다 進去 ↔ 나가다 出去
- 돈을 내다 付錢
- 카메라 相機
- 웃는 모습 笑的樣子
- 찍다 拍攝
- 크게 大地
- 웃다 笑（「웃음」的動詞）
- 적게 少的

關鍵文法

- A/V＋(으)ㄹ 때 ～的時候
- N＋마다 每個～
- A/V＋(으)면 ～的話
- A/V＋기 때문이다 因為～
- A/V＋지 않다 不～
- V＋(으)려고 하다 打算～
- A/V＋아/어/여서 ①因為～、②～接著

▶ 「題組I」題型的常考主題：

　　동물（動物）、야외 행사（戶外活動）、야채와 과일의 효능（蔬果功能）、여행（旅行）、건강（健康）、문화 레저 시절 안내（文化休閒設施介紹）、이사（搬家）、정리（整理）、자연환경（自然環境）、경치（景觀）、시장（市場）、전화（電話）、외모（外表）、성격（個性）、음식（食物）、친구（朋友）、취미（興趣）、운동（運動）、물건（物品）等。

🎤 **應考補充站**

- **「題組I」模擬試題：**可參考《新韓檢模擬試題＋完全解析》第二回模擬試題第49～56題（P.113～P.116）
- **「題組I」模擬試題解答&解析：**可參考《新韓檢模擬試題＋完全解析》第二回模擬試題完全解析第49～56題（P.164～P.169）

七、句子排列題（第57至58題）

這類題型需要按照句子的內容，排列出正確的順序，所以需要掌握句子進行的面向。關鍵：

1. 若為說明文，列舉說明及介紹項目的文章居多。

2. 若為論說文，大多以「主張與根據」、「原因與結果」的方式呈現。

※ [57~58] 다음을 순서대로 맞게 나열한 것을 고르십시오.

(제36회 TOPIK I 읽기)

58. (2점)

> (가)그 남자는 지금 제 남자 친구입니다.
>
> (나)저는 우산이 없어서 그냥 건물 앞에 서 있었습니다.
>
> (다)그때 어떤 남자가 저에게 와서 우산을 주었습니다.
>
> (라)어느 날 회사 일이 끝나고 집에 가는데 갑자기 비가 왔습니다.

① (라)-(가)-(나)-(다)

② (라)-(가)-(다)-(나)

③ (라)-(나)-(가)-(다)

④ (라)-(나)-(다)-(가)

※ [57〜58] 請選出排列順序正確的選項。

（第36回 TOPIK I 閱讀）

58.（2分）

(가)那個男生現在是我的男朋友。

(나)我沒有雨傘，就站在了大樓前面。

(다)那時，有一個男生來給了我雨傘。

(라)有一天工作結束要回家，突然下起雨來。

解題 話者敘述遇到男友的過程。在下雨天，沒傘的情況中，一個男生給了她雨傘，後來和他變成了一對情侶。因此，順序為(라)-(나)-(다)-(가)。

答案 ④ (라)-(나)-(다)-(가)

關鍵語彙

- 우산 雨傘
- 남자 친구 男朋友
- 건물 房子
- 갑자기 突然
- 비가 오다 下雨
- 서 있다 站著
- 회사 일이 끝나다 工作結束

▷ 歷屆 TOPIK I 閱讀同類考題

有用的「連接副詞」：

- 그리고：還有
- 그러나、하지만、그렇지만、그런데：可是，但是
- 그러면、그럼：那麼
- 그러니까、그러므로、그래서：因此

57. (2점)

(가)모든 동물은 잠을 잡니다.

(나)하지만 개나 고양이는 열 시간쯤 잡니다.

(다)말은 하루에 세 시간만 자도 괜찮습니다.

(라)그런데 잠을 자는 시간은 동물마다 다릅니다.

① (가)-(나)-(다)-(라)

② (가)-(다)-(나)-(라)

③ (가)-(라)-(나)-(다)

④ (가)-(라)-(다)-(나)

※ [57~58] 請選出排列順序正確的選項。

（第35回 TOPIK I 閱讀）

57.（2分）

（가）所有動物會睡覺。

（나）可是狗或貓約睡十小時左右。

（다）馬一天只要睡三小時就可以。

（라）但每種動物的睡眠時間不同。

解題 文章敘述動物也要睡覺，並且以狗、貓、馬等動物為例說明每種動物
睡眠時間如何不同。由此可以知道排列順序為(가)-(라)-(다)-(나)。

答案 ④ (가)-(라)-(다)-(나)

關鍵語彙

- 모든 所有
- 동물 動物
- 잠을 자다 睡覺
- 하지만 但是
- 개 狗

- 고양이 貓
- 열 시간 十小時
- 쯤 左右
- 하루 一天
- 괜찮다 可以、無妨
- 말 馬
- 다르다 不同

關鍵文法

- N＋(이)나 ～或者～
- N＋만 只有～
- V＋아/어/여도 괜찮다/되다 ～也沒關係；～也可以
- N＋마다 每個～

▶ 「句子排列題」題型的常考主題：

　　동물（動物）、운동（運動）、일（工作）、볼펜（原子筆）或동전（硬幣）等物品使用，야채와 과일（蔬果）、개인 생활（個人生活）種種面貌等。

應考補充站

- 「句子排列題」模擬試題：可參考《新韓檢模擬試題＋完全解析》第一回模擬試題第57～58題（P.33）
- 「句子排列題」模擬試題解答&解析：可參考《新韓檢模擬試題＋完全解析》第一回模擬試題完全解析第57～58題（P.83～P.85）

八、題組Ⅱ：閱讀並掌握文章細節（第59至70題）

「閱讀並掌握文章細節」主要出題內容：

這類題型要求正確地了解文章中的每一句的細節。要知道「重點文法（連接詞、連結語尾等）」、「句子前後內容的關聯性」、「重點詞彙」等。閱讀文章的時候，要留意「時間」、「事情」、「場所」、「方法」、「理由」等重點，就比較容易找出答案。考題可以分為以下四種類型：

1. 填入句子&選擇相同內容（59-60）
2. 填入詞彙&選擇相同內容（61-62）
3. 找出製作文章的理由&選擇相同內容（63-64）
4. 填入詞彙&依據文章內容推測（65-70）

（一）填入句子&選擇相同內容（第59至60題）

要了解短篇文章的內容，然後把句子填入在適合的位子。要留意連接詞、時態、句子跟句子連結時句尾等。

※ [59～60] 다음을 읽고 물음에 답하십시오.

(제47회 TOPIK I 읽기)

우리 할머니는 '한글 공부방'에 다니십니다. (　ㄱ　) '한글 공부방'은 한글을 모르는 노인들이 다니는 곳입니다. (　ㄴ　) 할머니는 이곳에서 3 달 동안 한글을 배우셨습니다. (　ㄷ　) 할머니는 내일 선생님께 감사의 편지를 드리려고 합니다. (　ㄹ　) 그래서 오늘 열심히 편지를 쓰셨습니다

59. 다음 문장이 들어갈 곳을 고르십시오. (2점)

　　내일은 공부방의 졸업식이 있는 날입니다.

① ㄱ　　　　② ㄴ　　　　③ ㄷ　　　　④ ㄹ

60. 이 글의 내용과 같은 것을 고르십시오. (3점)

　　① 할머니는 이제 한글을 쓸 줄 아십니다.

　　② 할머니는 감사의 편지를 받으셨습니다.

　　③ 할머니는 '한글 공부방' 선생님이십니다.

　　④ 할머니는 졸업식 날 편지를 읽으셨습니다.

※ [59～60]請閱讀以下文章，並回答問題。

（第47回 TOPIK I 閱讀）

> 　　我奶奶在「韓文讀書教室」上課。（　　㉠　　）「韓文讀書教室」是讓不懂韓文的老人上課的地方。（　　㉡　　）奶奶在這教室學習了3個月的韓文。（　　㉢　　）奶奶明天要把感謝的信函給老師。（　　㉣　　）所以她今天努力寫信。

59. 請選出下列句子填入的地方。（2分）

　明天是讀書教室畢業典禮的日子。

　　①㉠　　　　②㉡　　　　③㉢　　　　④㉣

解題 文章先提到奶奶在「韓文讀書教室」上課。要填入的句子敘述「明天要畢業」，因此這句之前面有奶奶學習的內容，而後面才會說明天或明天以後的事。若句子要填入在 的位子，句子就要說明為何寫信，因此會使用到理由相關的文法。

答案 ③㉢

60. 請選擇符合文章內容的選項。（3分）

解題 ① 奶奶現在會寫韓文。

　　　相符→奶奶今天認真寫信給韓文老師。

　　② 奶奶收到了感謝的信。

　　　不符→奶奶想要把感謝的信給老師。

　　③ 奶奶是「韓文讀書教室」的老師。

　　　不符→奶奶在「韓文字讀書教室」學習韓文。

　　④ 奶奶在畢業日讀了信。

　　　不符→奶奶明天才要把信給老師。

答案 ① 할머니는 이제 한글을 쓸 줄 아십니다. 奶奶現在會寫韓文。

關鍵語彙

- 할머니 奶奶
- 한글 韓文
- 공부방 讀書教室
- 다니다 上～
- 노인 老人
- 곳 地方
- 배우다 學習
- 감사 感謝
- 드리다 給（「주다」的敬語）
- 열심히 認真地、努力地
- 졸업식 畢業典禮
- 날 日子
- 이제 現在、如今

關鍵文法

- N＋ 동안 ～時間、～期間
- V＋(으)려고 하다 打算～
- V＋(으)ㄹ 줄 알다 會～

※ [59～60] 다음을 읽고 물음에 답하십시오.

(제37회 TOPIK I 읽기)

우리 어머니와 아버지는 모두 일을 하셔서 집에 혼자 있는 날이 많았습니다. (㉠) 혼자 있으면 보통 게임을 하면서 시간을 보냈습니다. (㉡) 그런데 어머니가 강아지를 사 오시면서 제 생활이 달라졌습니다. (㉢) 강아지와 함께 놀고 같이 산책도 하면서 시간을 보내게 되었습니다. (㉣) 저는 게임보다 더 좋은 친구를 갖게 되었습니다.

59. 다음 문장이 들어갈 곳을 고르십시오. (2점)

한 번 컴퓨터 앞에 앉으면 밥도 안 먹고 게임을 할 때도 있었습니다.

① ㉠　　　　② ㉡　　　　③ ㉢　　　　④ ㉣

60. 이 글의 내용과 같은 것을 고르십시오. (3점)

① 우리 어머니는 게임을 좋아하십니다.

② 저는 요즘 어머니와 함께 산책을 합니다.

③ 우리 어머니는 집에 계실 때가 많습니다.

④ 저는 강아지와 보내는 시간이 즐겁습니다.

※ [59～60]請閱讀以下文章，並回答問題。

（第37回 TOPIK I 閱讀）

我的母親和父親都在工作，所以很多時候我都一個人在家。（ ㉠ ）自己一個人的話，通常會玩遊戲消磨時間。（ ㉡ ）但是母親買了一隻小狗後，我的生活就產生了變化。（ ㉢ ）我常和小狗一起玩，也一起散步來度過時間。（ ㉣ ）我有了比遊戲更好的朋友。

59. 請選出下列句子填入的地方。（2分）

曾經一坐在電腦前，飯也不吃，只顧著玩遊戲。

① ㉠　　　　② ㉡　　　　③ ㉢　　　　④ ㉣

解題 文章敘述說話者擁有小狗前，是如何對遊戲上癮。所以，要先提及他玩遊戲，再對他玩遊戲的習慣進一步說明。

答案 ② ㉡

60. 請選擇符合文章內容的選項。（3分）

解題 ① 我母親喜歡玩遊戲。

不符→文章沒有提到母親喜歡玩遊戲

② 最近我和母親一起散步。

不符→我常和小狗一起散步

③ 我母親常待在家裡。

不符→母親常在外面工作

④ 我和小狗度過的時間很開心。

相符→從「我有了比遊戲更好的朋友」可以知道我和小狗度過的時間很開心

答案 ④ 저는 강아지와 보내는 시간이 즐겁습니다.

我和小狗度過的時間很開心。

關鍵語彙

- 일하다　工作
- 혼자 있다　自己一個人
- 게임을 하다　玩遊戲
- 강아지　小狗
- 시간을 보내다　度過時間
- 사 오다　買來
- 생활　生活
- 달라지다　變不同
- 산책하다　散步
- 놀다　玩
- 함께　一起
- 갖다　擁有

關鍵文法

- A＋아/어/여지다　變得～
- V＋게 되다　變得～

（二）填入詞彙&選擇相同內容（第61至62題）

這類題型要正確了解每句的意思才得以回答。其中，第61題常出文法、詞彙、連接詞等不同題目。

※ [61~62] 다음을 읽고 물음에 답하십시오. (각 2점)

(제41회 TOPIK I 읽기)

> 제 이름은 김둘입니다. 할아버지께서 제 옆에 항상 친구가 있기를 바라셨습니다. 그래서 숫자 2로 이름을 지어 주셨습니다. 이 특별한 이름 덕분에 사람들이 저를 잘 기억합니다. 그리고 다른 사람들과 쉽게 친구가 될 수 있습니다. 할아버지께서 지어 주신 이름의 의미처럼 제 옆에는 항상 친구가 있습니다. 그래서(㉠)행복합니다.

61. ㉠에 들어갈 알맞은 말을 고르십시오.
    ① 아프지 않고
    ② 외롭지 않고
    ③ 바쁘지 않고
    ④ 급하지 않고

62. 이 글의 내용과 같은 것을 고르십시오.
    ① 우리 할아버지의 이름은 김둘입니다.
    ② 사람들은 제 이름을 잘 잊어버립니다.
    ③ 제 이름에는 특별한 의미가 있습니다.
    ④ 저는 이름 때문에 친구를 사귀기 힘듭니다.

> 我的名字是金二（김둘）。爺爺希望我身旁經常有朋友。所以用數字2來取我的名字。托這特別名字的福，人們很容易記住我。而且可以容易地和別人很容成為朋友。如同爺爺為我取名字的意義一樣，我週遭總是有朋友。因此（ ㉠ ）很幸福。

61. 請選填入㉠的選項。

　　① 不生病而且

　　② 不孤單而且

　　③ 不忙碌而且

　　④ 不急忙而且

解題 這一題要了解文章內容才可以選出答案。爺爺希望他身旁總是有朋友陪伴他，因此幫他取特別的名字。後來如爺爺所願，他身邊經常有朋友，讓他不會感到孤單。

答案 ② 외롭지 않고　不孤單而且

62. 請選擇符合文章內容的選項。

解題 ① 我爺爺的名字是金二。

　　　　不符→金二是我的名字。

　　② 人們常常忘記我的名字。

　　　　不符→我的名字特別，人們容易記住我的名字。

　　③ 我的名字有特別的意義。

　　　　相符→爺爺希望我不孤單一個人，因此幫我取「二」的名字。

　　④ 我因為名字的緣故，很難交朋友。

　　　　不符→因為名字特別，不只很好記，也容易交到朋友。

答案 ③ 제 이름에는 특별한 의미가 있습니다.　我的名字有特別的意義。

關鍵語彙

- 이름　名字
- 둘　二
- 할아버지　爺爺
- 옆　旁邊
- 항상　總是
- 바라다　期盼
- 숫자　數字
- 이름을 지어 주다　取名字
- 특별하다　特別
- 덕분에　托福
- 기억하다　記住
- 쉽게　容易地
- 친구가 되다　當朋友
- 의미　意義
- 행복하다　幸福
- 외롭다　孤單
- 급하다　急忙
- 잊어버리다　忘記
- 때문에　因為

關鍵文法

- A/V＋기를 바라다　期盼～
- V＋아/어/여 주다　幫忙～
- N＋덕분에　托～的福
- V＋(으)ㄹ 수 있다　①會～、②可行～
- A＋게　～地
- N＋처럼　～一樣、像～
- A/V＋지 않다　不～
- V＋기 힘들다　很難～

※[61~62] 다음을 읽고 물음에 답하십시오. (각 2점)

(제35회 TOPIK I 읽기)

지금은 동전과 지폐를 모두 사용합니다. 하지만 전에는 동전만 사용했습니다. 종이로 만든 지폐는 쉽게 찢어지고 더러워져서 (㉠   ) 못합니다. 그리고 가짜 돈을 만들기도 쉽습니다. 그래서 동전보다 지폐를 늦게 사용한 것입니다.

61. ㉠에 들어갈 알맞은 말을 고르십시오.

①오래 쓰지   ②가끔 내지   ③자주 만들지   ④계속 나오지

62. 이 글의 내용과 같은 것을 고르십시오.

①지폐는 잘 더러워집니다.

②옛날에도 지폐를 사용했습니다.

③지폐가 동전보다 먼저 나왔습니다.

④동전은 가짜 돈을 만들기 쉽습니다.

※ [61~62]請閱讀以下文章並回答問題。（各2分）

（第35回 TOPIK I 閱讀）

現今硬幣與紙鈔都使用。但是以前只使用硬幣。用紙做的紙鈔容易撕破且變髒，所以無法（   ㉠   ）。而且也容易製作偽鈔。因此，使用紙鈔的時間才比硬幣比較晚。

61. 請選填入㉠的選項。

① 長期使用   ② 偶爾付

③ 常常製作   ④ 繼續出來

解題 這篇說明紙鈔的使用時間為何比硬幣晚。文章先提到過去只使用硬幣，接著說明其理由。首先需要知道「찢어지다」（撕破）、「더러워지다」（變髒）、「오래 쓰다」（長期使用）等詞彙，也要知道「～지 못하다」（無法～）的文法。

答案 ① 오래 쓰지 長期使用

62. 請選擇符合文章內容的選項。

解題 ① 紙鈔容易變髒。

相符→紙鈔容易撕破且變髒，所以使用時期比硬幣晚。

② 以前也使用紙鈔。

不符→過去只有使用硬幣，後來才開始使用紙鈔。

③ 紙鈔比硬幣先出來。

不符→先開始使用硬幣，後來出才有紙鈔。

④ 硬幣容易製作偽幣。

不符→紙鈔容易製作偽鈔。

答案 ① 지폐는 잘 더러워집니다. 紙鈔容易變髒。

關鍵語彙

• 동전 硬幣

• 지폐 紙鈔

• 사용하다 使用

• 하지만 但是

• 전에는 以前

• 종이 紙張

• 쉽게 容易地

• 찢어지다 被撕破、被撕裂

• 더러워지다 變髒

• 오래 長期 → 오래 쓰다 長期使用

• 가짜 虛假 → 가짜 돈 偽鈔、偽幣

• 늦게 很晚地

• 가끔 偶爾

• 내다 付、交

• 계속 繼續

• 나오다 出來

• 잘 常常、容易、（程度）厲害

• 옛날 以前、過去

• 쉽다 容易

關鍵文法

- N＋만 只～
- A＋게 ～地
- A＋아/어/여지다 變得～
- V＋지 못하다 無法～、不會～
- N＋보다 比～
- V＋기 쉽다 容易～

（三）找出製作文章的理由&選擇相同內容（第63至64題）

※ [63～64] 다음을 읽고 물음에 답하십시오.
(제47회 TOPIK I 읽기)

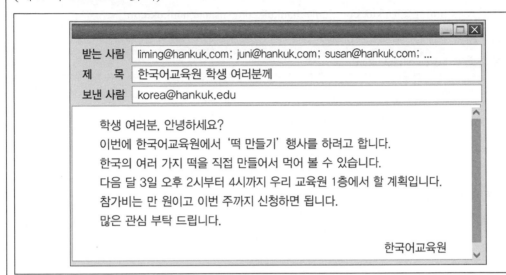

63. 왜 이 글을 썼는지 맞는 것을 고르십시오.(2점)

　① '떡 만들기'행사에 참가하려고

　② '떡 만들기'행사 소식을 알리려고

　③ '떡 만들기'행사에 필요한 돈을 모으려고

　④ '떡 만들기'행사를 도와줄 사람을 찾으려고

64. 이 글의 내용과 같은 것을 고르십시오. (3점)

　① 이번 주에 '떡 만들기'를 합니다.

　② 한국어교육원 삼 층에서 행사를 합니다.

　③ '떡 만들기'행사는 한 시간 동안 합니다.

　④ '떡 만들기'를 하려면 참가비를 내야 합니다.

※ [63～64] 請閱讀以下文章並回答問題。

（第47回 TOPIK I 閱讀）

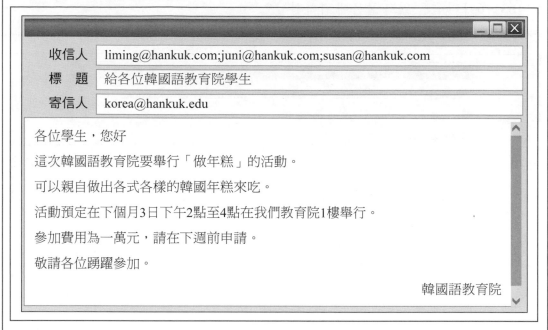

收信人　liming@hankuk.com;juni@hankuk.com;susan@hankuk.com
標　題　給各位韓國語教育院學生
寄信人　korea@hankuk.edu

各位學生，您好

這次韓國語教育院要舉行「做年糕」的活動。

可以親自做出各式各樣的韓國年糕來吃。

活動預定在下個月3日下午2點至4點在我們教育院1樓舉行。

參加費用為一萬元，請在下週前申請。

敬請各位踴躍參加。

韓國語教育院

63. 請挑選符合選項作者為何寫這篇文章。（2分）

　① 要參加「做年糕」活動

　② 要告知有關「做年糕」活動消息

　③ 要存「做年糕」活動所需的經費

　④ 要找尋人選能幫助「做年糕」活動

解題　文章為告知有「做年糕」的活動的內容，並公告活動日期、費用、申請截止日期等項目。由此可以知道這篇信函是為了要公告活動相關訊息。

答案　② '떡 만들기'행사 소식을 알리려고　要告知有關「做年糕」活動消息

64. 請選擇符合文章內容的選項。

解題　① 這星期有「做年糕」活動。

　　　不符→活動日期在下個月3日。

　　② 活動在韓國語教育院三樓舉行。

　　　不符→活動地點為韓國語教育院1樓。

③「做年糕」活動舉行一小時。

　　不符→活動時間為下午2點至4點。

④ 要參加「做年糕」活動，需要繳參加費用。

　　相符→要參加活動，需要繳一萬元參加費。

答案 ④ '떡 만들기'를 하려면 참가비를 내야 합니다. 要參加「做年糕」活動，需要繳參加費用。

關鍵語彙

- 받는 사람　收信人、收件人
- 제목　標題
- 보낸 사람　寄信人、寄件人
- 떡　年糕
- 행사　活動
- 여러 가지　各種、各式各樣
- 직접　親自、直接
- 먹어 보다　試吃、吃看看
- 층　樓層
- 계획　計畫
- 참가비　參加費
- 관심　關心、關懷
- 부탁 드리다　拜託（「부탁하다」的敬語）
- 신청하다　申請
- 참가하다　參加
- 소식　消息
- 알리다　告知
- 필요하다　需要
- 돈을 모으다　存錢
- 도와주다　幫助 → 도와줄 사람　能幫助的人
- 찾다　尋找
- 내다　付、交

關鍵文法

- V＋(으)려고　要～
- V＋(으)ㄹ＋N　～的（動詞未來式冠形詞化）
- V＋(으)ㄹ 수 있다　①會～、②可行～
- V＋(으)ㄹ 계획이다　打算～
- V＋(으)면 되다　～就好
- N＋동안　～時間、～期間
- V＋(으)려면　～的話
- V＋아/어/여야 하다/되다　應該要～

※ [63～64] 다음을 읽고 물음에 답하십시오.
(제36회 TOPIK I 읽기)

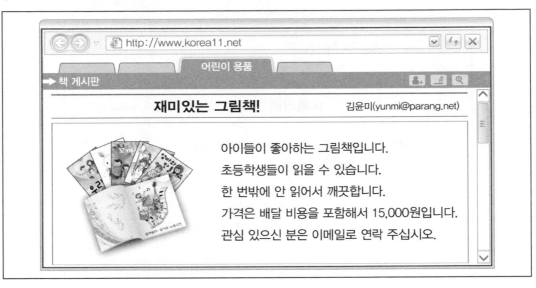

63. 김윤미 씨는 왜 이 글을 썼습니까? (2점)

　① 그림책을 팔고 싶어서

　② 그림책을 바꾸고 싶어서

　③ 그림책을 소개하고 싶어서

　④ 그림책에 대해 물어보고 싶어서

64. 이 글의 내용과 같은 것을 고르십시오. (3점)

　① 이 그림책은 새 책입니다.

　② 여러 번 읽었지만 깨끗합니다.

　③ 초등학교 가기 전에 읽는 책입니다.

　④ 책값에 배달 비용도 들어 있습니다.

（第36回 TOPIK I 閱讀）

63. 金允美小姐為何寫了這文章？（2分）

　　① 因為想要賣圖畫書

　　② 因為想要換圖畫書

　　③ 因為想要介紹圖畫書

　　④ 因為想要詢問關於圖畫書

解題 文章說明適合讀圖畫書的對象年齡、書的狀態及價錢。由此可以知
　　道，是因為想要賣書，所以寫了這文章。

答案 ① 그림책을 팔고 싶어서　因為想要賣圖畫書

64. 請選擇符合文章內容的選項。

解題 ① 這本圖畫書是新書。

　　　不符→文章中有說明「只讀過一次」，表示已非新書。

　　② 雖然讀過很多次，但很乾淨。

　　　不符→文章中有說明「只讀過一次」。

　　③ 是上小學前讀的書。

　　　不符→文章中有說明「適合小學生閱讀」。

　　④ 書錢包含運費。

　　　相符→文章中有說明「含運費用」。

答案 ④ 책값에 배달 비용도 들어 있습니다. 書錢包含運費。

關鍵語彙
- 그림책　圖畫書
- 아이들　孩子們
- 초등학생　小學生
- 한 번　一次
- 가격　價格
- 배달 비용　運費
- 포함하다　包含
- 관심 있다　有興趣
- 연락을 주다　聯絡

關鍵文法
- V＋(으)ㄹ 수 있다　①會～、②可行～
- N＋밖에　只有～
- A/V＋아/어/여서　①因為～、②～接著

4. 填入詞彙&依據文章內容推測（65-70）

저는 자기 전에 하루를 정리하면서 메모를 합니다. 먼저 오늘 일어난 일 중에서 잘 한 일 세 가지를 씁니다. 그렇게 하면 힘든 하루를 조금 잊을 수 있습니다. 그 다음에는 내일 할 일을 （　　㉠　　）. 그러면 중요한 일을 잊어버리지 않아서 좋습니다. 이렇게 메모를 하면 생각만 할 때보다 하루 하루를 훨씬 더 잘 정리할 수 있습니다.

65. ㉠에 들어갈 알맞은 말을 고르십시오. (2점)

　　① 적어 봅니다

　　② 적게 됩니다

　　③ 적을까 합니다

　　④ 적을 것 같습니다

66. 이 글의 내용과 같은 것을 고르십시오. (3점)

　　① 하루의 잘못한 일을 써서 정리합니다.

　　② 아침에 일어나서 오늘 할 일을 씁니다.

　　③ 잊어버린 일들은 자기 전에 메모합니다.

　　④ 메모를 하면서 하루의 일을 생각합니다.

※[65～66] 請閱讀以下文章，並回答問題。

（第37回 TOPIK I 閱讀）

> 　　我在睡前邊整理一整天（的事情）邊做備忘。首先把在今天發生的事中做得好的三件事寫下來。藉此可以稍微忘記一整天的辛苦。其次，（　㋐　）明天要做的事。這樣的話就不會忘記重要的事，所以很不錯。如此做備忘，跟只用想的比起來，可以更有效整理每一天。

65. 請選出適合填入（　㋐　）的選項。（2分）

①試著寫下來

②（情況）被寫下來

③有計畫寫下來

④好像寫下來

解題　「적다」有「寫」的意思，這一題要知道適合的文法。從前後句子內容來看，「적어 봅니다」有「試著寫」、「寫寫看」。「적을까 합니다」、「적을 것 같습니다」指還沒有寫，所以不適合句子內容。要說「적게 됩니다」之前應該先說明為何被寫下來的原因。

答案　① 적어 봅니다　試著寫下來

66. 請選出符合這篇文章內容的選項。（3分）

解題　① 把一天做錯的事寫下來整理。

　　不符→把做得好的事寫下來。

② 早上起來把今天要做的事寫下來。

　　不符→睡前整理一天做得好的事，同時也把隔天該做的事寫下來。

③ 睡前整理忘記的事。

　　不符→把隔天要做的事寫下來，不會忘記重要的事。

④ 邊做備忘，邊思考一天的事。

　　相符→一般睡前思考且整理今日與明日的事。

答案　④ 메모를 하면서 하루의 일을 생각합니다. 邊做備忘，邊思考一天的事。

- 자다 睡覺
- 하루 一天
- 정리하다 整理
- 메모를 하다 筆記、備忘
- 먼저 首先
- 일어나다 ①起來、②發生
- 잘 한 일 擅長的事
- 가지 種、類
- 잊다 忘記
- 할 일 該做的事
- 그러면 那麼
- 중요한 일 重要的事
- 잊어버리다 忘掉
- 생각하다 思考
- 훨씬 更加
- 적다 （填）寫
- 잘못하다 做錯

關鍵文法

- V＋기 전에 ～之前
- V＋(으)면서 邊～邊～、同時～
- N＋중에서 在～當中
- V＋(으)ㄹ 수 있다 ①會～、②可行～
- A/V＋아/어/여서 좋다 因為～不錯
- A/V＋(으)ㄹ 때 ～的時候
- N＋보다 比～
- V＋아/어/여 보다 試～
- V＋게 되다 變得～
- V＋(으)ㄹ까 하다 打算～

- A/V＋(으)ㄹ 것 같다　好像會～、覺得會～
- V＋아/어/여서　接著～
- V＋(으)ㄴ＋N　～的（動詞過去式冠形詞化）
- V＋(으)ㄹ＋N　～的（動詞未來式冠形詞化）

※ [65～66] 다음을 읽고 물음에 답하십시오.
(제35회 TOPIK I 읽기)

식혜는 한국의 전통 음료수입니다. 보통 모임이나 잔치에서 (㉠) 식혜를 마십니다. 이것은 식혜가 소화를 도와주기 때문입니다. 식혜는 달고 맛있어서 많은 사람들이 좋아합니다. 시원하게 마시면 더 좋습니다. 저는 식혜를 만드는 방법이 간단해서 자주 만들어 먹습니다. 하지만 만드는 데 시간이 오래 걸립니다.

65. ㉠에 들어갈 알맞은 말을 고르십시오. (2점)
① 운동을 한 후에
② 음식을 먹은 후에
③ 모임을 가기 전에
④ 음료수를 마시기 전에

66. 이 글의 내용과 같은 것을 고르십시오. (3점)
① 식혜는 빨리 만들 수 있습니다.
② 식혜는 달아서 사람들이 싫어합니다.
③ 식혜는 차갑게 마시면 더 맛있습니다.
④ 모임이나 잔치에 가면 식혜를 만듭니다.

※[65～66] 請閱讀以下文章，並回答問題。

（第35回 TOPIK I 閱讀）

> 　　甜米露是韓國的傳統飲料。通常在聚會或宴席上（　　㉠　　）喝甜米露。這是因為甜米露幫助消化。甜米露又甜又好喝，所以很多人喜歡喝。冰冰地喝更好。甜米露的做法很簡單，所以我常常做。但製作要花很久時間。

65.　請選出適合填入（　　㉠　　）的話。（2分）

　　　① 運動後

　　　② 吃完東西後

　　　③ 去聚會前

　　　④ 喝飲料前

解題 這一題問「通常什麼時候喝甜米露」，要留意句子前後的內容。下一句說明喝甜米露的理由說明「因為甜米露幫助消化」。由此可以知道，甜米露是吃完東西後幫助消化的飲料。

答案 ② 음식을 먹은 후에　吃完東西後

關鍵語彙

- 식혜　韓式酒釀、甜米露
- 전통　傳統
- 음료수　飲料
- 소화　消化
- 도와 주다　幫助

關鍵文法

- V＋(으)ㄴ 후에　～之後
- V＋기 전에　～之前
- A/V＋기 때문이다　因為～

66. 請選出符合這篇文章內容的選項。（3分）

解題 要知道「차갑게」跟「시원하게」是相似詞，都是「冰涼地」的意思。

① 甜米露可以很快地製做。

不符→做甜米露要花很久時間。

② 甜米露很甜，大家不喜歡。

不符→甜米露又甜又好喝，所以很多人喜歡喝。

③ 甜米露冰冰地喝更好喝。

相符→冰冰地喝更好。

④ 去聚會或宴席就會做甜米露。

不符→不是做甜米露，而是喝甜米露。

答案 ③ 식혜는 차갑게 마시면 더 맛있습니다. 甜米露冰冰地喝更好喝。

關鍵語彙

· 빨리 快

· 달다 甜

· 시원하다 涼快

· 차갑다 冰涼

· 오래 久

· (시간이) 걸리다 花（時間）

※ [67~68] 다음을 읽고 물음에 답하십시오.

(제47회 TOPIK I 읽기)

　　얼마 전 인주시에서는 사용하지 않는 기찻길 주변을 공원으로 새롭게 만들었습니다. 사람들은 공원을 산책하거나 기찻길을 따라 걸으면서 사진을 찍습니다. 기찻길 옆에는 오래된 기차를 고쳐서 만든 카페가 하나 있습니다. 그 카페 안에는 (　　㉠　　) 많이 있습니다. 그래서 그 카페에 들어가면 옛날 분위기를 느낄 수 있습니다.

67.　㉠에 들어갈 알맞은 말을 고르십시오. (2점)

　　　① 예쁜 꽃들이

　　　② 맛있는 차와 커피가

　　　③ 오래된 물건들이

　　　④ 사진을 찍는 사람들이

68.　이 글의 내용과 같은 것을 고르십시오. (3점)

　　　① 기찻길에 아직도 기차가 다닙니다.

　　　② 기찻길 주변이 공원으로 바뀌었습니다.

　　　③ 기찻길 위에서 사진을 찍으면 안 됩니다.

　　　④ 기찻길 옆에 기차 모양의 카페가 많습니다.

（第47回 TOPIK I 閱讀）

> 　　不久前仁州市把不使用的鐵路周邊重新改裝為公園。人們會在公園散步，或者邊沿著鐵路走邊拍照。鐵路旁有一個咖啡廳，是將老舊的火車改裝而成。那家咖啡廳裡有很多（　　㉠　　）。所以進去那家咖啡店，可以感受得到以前的氛圍。

67.　　請選出適合填入（　　㉠　　）的選項。（2分）

　　① 漂亮的花

　　② 好喝的茶與咖啡

　　③ 以前舊的物品

　　④ 拍照的人

解題 要找出填入的詞彙，務必要了解前後句子的意思。最後一句說在咖啡店可以感受得到以前的氛圍。由此可以知道，前面的句子應該提及相關的內容。

答案 ③ 오래된 물건들이　以前舊的物品

68.　　請選出符合這篇文章內容的選項。（3分）

　　① 鐵路上現在還是有火車在運作。

　　　　不符→鐵路已改裝為公園，火車已經變成咖啡店。

　　② 鐵路周邊變為公園。

　　　　相符→鐵路已改為公園，人們在這裡散步也會拍照。

　　③ 在鐵路上不可拍照。

　　　　不符→在鐵路上可以拍照，也可以散步。

　　④ 鐵路旁邊有火車模樣的咖啡店。

　　　　不符→咖啡店在鐵路旁邊，這家是把火車改裝的。

答案 ② 기찻길 주변이 공원으로 바뀌었습니다. 鐵路周邊變為公園。

關鍵語彙

- 결정하다　做決定
- 어렵다　難
- 혼자(서)　獨自、一個人
- 필요하다　需要
- (물건을) 고르다　挑選（東西）
- 따라 하다　跟著做
- 마음이 편하다　心裡輕鬆自在
- 하지만　但是
- 작다　小
- 하나씩　一個一個
- 힘든 일　辛苦的事
- 생각나다　想起
- 어떤 것　某種東西
- 선택하다　選擇
- 오래　很久
- 앞으로　以後
- 함께　一起

關鍵文法

- V＋지 못하다　無法～
- V＋는 것　～的（動詞現在式名詞化）
- V＋지 않아도 되다＝안 V＋아/어/여도 되다　不～也可以
- N＋부터　～開始
- V＋아/어/여 보다　試～
- V＋(으)려고 하다　打算～
- A/V＋(으)ㄹ 때　～的時候
- A/V＋지 않다　不～
- V＋(으)ㄹ 것이다　①要～、②肯定會～

※ [67~68] 다음을 읽고 물음에 답하십시오.
(제37회 TOPIK I 읽기)

꽃이나 나무가 오래 살려면 물과 공기, 햇빛이 필요합니다. (　　　㉠　　　) 막으려면 화분을 한곳에 모아 놓아야 합니다. 물에 젖은 수건을 화분 아래에 놓는 것도 좋은 방법입니다. 집안에서 공기가 잘 통할 수 있게 방문을 열어 놓으면 좋습니다. 마지막으로, 여행을 오래 할 때는 햇빛이 잘 들어오지 않는 곳에 화분을 놓는 것이 좋습니다.

67. ㉠에 들어갈 알맞은 말을 고르십시오. (2점)
　　① 햇빛을 보는 것을
　　② 공기가 들어오는 것을
　　③ 화분에 꽃이 피는 것을
　　④ 물이 빨리 없어지는 것을

68. 이 글의 내용과 같은 것을 고르십시오. (3점)
　　① 수건을 화분 안에 넣어 놓아야 합니다.
　　② 화분을 여러 방에 나누어 놓아야 합니다.
　　③ 방문을 열어서 공기가 통하게 해야 합니다.
　　④ 여행 전에는 화분을 햇빛에 놓고 가야 합니다.

※ [67～68] 請閱讀以下文章，並回答問題。

（第37回 TOPIK I 閱讀）

> 花或者樹木要活久，需要水、空氣及陽光。若要防止（　　㉠　　），就要把花盆集中放在一個地方。把濕的毛巾放在花盆底下也是一個好方法。為了使屋內空氣流通良好，最好將房門打開著。最後，要長期旅行的時候，最好把花盆放在陽光進不來的地方比較好。

67. 請選出適合填入（　　㉠　　）的選項。（2分）

① 看到陽光

② 空氣進來

③ 花盆的花開

④ 水分快速消失

解題 要找出填入的詞彙，務必要了解前後句子的意思。文章先提出水、空氣與陽光為植物的重要因素，接著進一步說明如何維持各種方法。㉠的下一個句子說，利用濕毛巾也是好方法。由此可以知道，㉠在說如何防止水分流失。

答案 ④ 물이 빨리 없어지는 것을　水分快速消失

68. 請選出符合這篇文章內容的選項。（3分）

① 毛巾要放在花盆裡。

　　不符→濕毛巾要放在花盆下面。

② 花盆要分散在幾間房間。

　　不符→花盆要集中放在一個地方才得以防止水分流失。

③ 要打開房門來讓空氣流通。

　　相符→文章說打開房門來使空氣順利流通比較好。

④ 旅行前要把花盆放在陽光照的地方。

　　不符→長期旅行時要把花盆放在陽光不進來的地方。

答案 ③ 방문을 열어서 공기가 통하게 해야 합니다. 要打開房門來讓空氣流通。

- 꽃　花
- 나무　樹木
- 오래 살다　活久
- 공기　空氣
- 햇빛　陽光
- 필요하다　需要
- 막다　防止、阻擋
- 화분　花盆
- 한곳　一個地方
- 모아 놓다　集放
- 젖다　弄濕
- 수건　毛巾
- 놓다　放（在上面）
- 방법　方法
- 집안　家裡
- 공기가 통하다　空氣流通
- 방문　房門
- 열어 놓다　開著
- 마지막으로　最後
- 들어오다　進來
- 곳　地方
- 꽃이 피다　花開
- 없어지다　消失
- 넣어 놓다　放進去
- 여러　多個
- 나누어 놓다　分放著

關鍵文法

・V＋(으)려면　要～的話
・V＋아/어/여 놓다　～完
・V＋아/어/여야 하다/되다　應該要～
・N＋는 것　～的（動詞現在式名詞化）
・V＋(으)ㄹ 수 있다　①會～、②可行～
・V＋게　使得～
・V＋(으)면 좋다　若～就好
・V＋는 것이 좋다　～比較好、最好～
・A/V＋지 않다　不～
・V＋게 하다　使得～
・V＋아/어/여서　～接著

다음 달에 친한 친구가 결혼을 합니다. 외국에서 결혼식을 하는데 저는 회사 일 때문에 못 갑니다. 그래서 휴대 전화로 영상을 찍어서 친구에게 (㉠). 저는 친구와 어릴 때 함께 다닌 학교와 우리의 추억이 있는 여러 장소를 찍을 겁니다. 그리고 고향 친구들이 축하 인사를 하는 것도 찍을 겁니다. 친구가 그것을 보고 기뻐하면 좋겠습니다.

69. ㉠에 들어갈 알맞은 말을 고르십시오.

① 보내러 갑니다

② 보내려고 합니다

③ 보낼 수 없습니다

④ 보낸 적이 없습니다

70. 이 글의 내용으로 알 수 있는 것을 고르십시오.

① 저는 친구의 결혼을 축하해 주고 싶습니다.

② 저는 고향 친구들과 결혼식에 가려고 합니다.

③ 친구는 고향에 와서 결혼식을 하려고 합니다.

④ 친구는 제가 찍은 영상을 보고 좋아했습니다.

※ [69～70] 請閱讀以下文章，並回答問題。（各3分）

（第47回 TOPIK I 閱讀）

> 　　下個月我的好朋友要結婚。在國外舉行婚禮，可是我因為工作無法參加。所以用手機拍影片（　　㉠　　）。我要拍小時候跟朋友一起讀過的學校及有我們兩人回憶的幾個場所。而且也要拍故鄉朋友的道賀詞。希望朋友看到這影片會很開心。

69.　請選擇㉠適合的詞句。

① 去寄

② 打算寄

③ 無法寄

④ 沒寄過

解題 文章敘述作者將為朋友的婚禮做準備，而不是事先做好的事情。所以句子語尾需要使用未來式說明即將近行。「-(으)려고 하다」為「即將要～」的用法。

答案 ② 보내려고 합니다　打算寄

70.　請選出從這篇文章可以得知的內容。

① 我想祝賀朋友的婚禮。

　　相符→文章敘述要用什麼方法祝賀朋友的婚禮。

② 我打算跟家鄉朋友們一起去參加婚禮。

　　不符→我因為工作，無法參加婚禮。

③ 朋友想要來家鄉舉行婚禮。

　　不符→朋友要在國外舉行婚禮。

④ 朋友看到我拍的影片後很喜歡。

　　不符→我計畫拍影片來寄給朋友，影片還沒拍。

解題 要知道不能參加朋友婚禮的原因。另外，也要了解表示計劃跟未來的語尾「-(으)려고 하다」、「-(으)ㄹ 것이다」。

答案 ① 저는 친구의 결혼을 축하해 주고 싶습니다. 我想祝賀朋友的婚禮。

- 다음 달　下個月
- 친하다　親密 → 친한 친구　要好的朋友
- 결혼하다　結婚
- 외국　外國
- 결혼식을 하다　舉行婚禮
- 휴대 전화　手機
- 영상을 찍다　拍影片
- 보내다　寄、送；度過
- 어릴 때　小時候
- 함께　一起
- 학교를 다니다　上學
- 추억　回憶
- 여러　多個
- 장소　場所
- 고향　故鄉 → 고향 친구　故鄉朋友
- 축하　祝賀 → 축하 인사를 하다　說祝賀的問候
- 기뻐하다　高興

關鍵文法

- N＋때문에　因為～
- 못＋V　無法～、不會～
- N＋(으)로　用～
- V＋(으)려고 하다　打算～
- A/V＋(으)ㄹ 때　～的時候
- V＋(으)ㄹ 것이다　①要～、②肯定會～
- V＋는 것　～的（動詞現在式的名詞化）
- V＋(으)러 가다　去～
- V＋(으)ㄹ 수 있다/없다　①會～；不會～、②可行～；不可行～
- V＋(으)ㄴ 적이 있다/없다　以前～過；沒～過
- V＋고 싶다　想～
- V＋고　～然後

※ [69~70] 다음을 읽고 물음에 답하십시오. (각3점)

(제36회 TOPIK I 읽기)

우리 집에는 나무가 하나 있습니다. 제가 태어났을 때 우리 아버지가 심으신 것입니다. 그래서 저하고 나이가 같습니다. 어릴 때는 그 나무가 저보다 작았는데 지금은 저보다 큽니다. 제가 물을 주고 키워서 나무와 정이 많이 들었습니다. 그러나 이제 그 나무와 헤어져야 합니다. 다음 주에 우리 가족이 이사를 하기 때문입니다. 저는 그 나무가 무척 (㉠   ).

69. ㉠에 들어갈 알맞은 말을 고르십시오.
① 보고 싶을 겁니다
② 보고 싶었습니다
③ 좋아지고 있습니다
④ 좋아지려고 합니다

70. 이 글의 내용으로 알 수 있는 것은 무엇입니까?
① 저는 이사를 가서 나무를 심을 겁니다.
② 저는 나무와 헤어지게 되어서 슬픕니다.
③ 저는 나무 때문에 이사를 갈 수 없습니다.
④ 저는 나무가 보고 싶을 때 그 집에 갈 겁니다.

> 我家有一棵樹。那棵樹是在我出生的時候，我爸爸種的。所以那棵樹的年紀跟我一樣。小時候，那棵樹比我矮，可是現在比我高。我澆水培養它，對它很有情。如今要跟它分開。因為我家下週要搬家。我（　　㉠　　）那棵樹。

69. 請選擇㉠適合的詞句。

① 會想念

② （之前）很想念

③ 正在變好

④ 快要變好

解題 這題需要知道適合的文法。作者從小就培養那棵樹，如今即將要搬家，要跟那棵樹分開，在此可以推測作者說一定會想念它。因此，㉠要加「想念」的動詞跟未來式用法。

答案 ① 보고 싶을 겁니다　會想念

70. 從短文可以了解的內容是什麼？

解題 ① 我搬家要種一棵樹。

　　 不符→文章沒有提及作者搬家後的計畫。

② 我要跟那棵樹分開，為此感到傷心。

　　 相符→最後一句說「一定會很想念那棵樹」，由此可以知道作者因離別感到悲傷的情感。

③ 我因為那棵樹，不能搬家。

　　 不符→文章已經提及作者全家要搬出去。

④ 當我想念那棵樹時，要去那家。

　　 不符→文章只有提到作者會想念那棵樹，但並沒說要去那裡看。

答案 ② 저는 나무와 헤어지게 되어서 슬픕니다.

　　 我要跟那棵樹分開，為此感到傷心。

關鍵語彙

- 우리 집　我家
- 나무　樹木
- 태어나다　出生
- 심다　種植
- 같다　一樣、相同
- 어릴 때　小時候
- 작다　小 ↔ 크다　大
- 물을 주다　澆水
- 키우다　養
- 정이 들다　有感情
- 헤어지다　分手
- 이제　如今
- 이사를 하다　搬家
- 무척　非常
- 보고 싶다　想念、懷念
- 좋아지다　變好
- 슬프다　悲傷、傷感

關鍵文法

- A/V＋(으)ㄹ 때　～的時候
- N＋보다　比～
- V＋아/어/여야 하다　應該要～
- A/V＋기 때문이다　因為～
- A/V＋(으)ㄹ 것이다　①要～、②肯定會～
- A＋아/어/여지고 있다　正在～中
　←A＋아/어/여지다　變得～（與「V＋고 있다」（正在～）的組合）
- A＋아/어/여지려고 하다　要變得～
　←A＋아/어/여지다　變得～
　（與「V＋(으)려고 하다」（想要～、快要～）的組合）

・V＋게 되다　變得～

・N＋때문에　因為～

・V＋(으)ㄹ 수 없다　①不會～、②不可行～

※ [59~60] 다음을 읽고 물음에 답하십시오.
(제41회 TOPIK I 읽기)

걷기는 많은 사람들이 쉽게 할 수 있는 운동입니다. (　　㉠　　) 걷는 것은 건강에 도움이 많이 됩니다. (　　㉡　　) 다리만 움직이면서 걷는 것이 아니고 온몸이 움직이게 되기 때문입니다. (　　㉢　　) 그런데 걷기 운동을 할 때에는 천천히 걷기 시작해서 조금씩 빨리 걷는 것이 좋습니다. (　　㉣　　) 이렇게 하는 것이 건강에 도움이 더 많이 됩니다.

59. 다음 문장이 들어갈 곳을 고르십시오. (2점)

어린 아이부터 나이가 많은 사람까지 모두 쉽게 할 수 있습니다.

① ㉠
② ㉡
③ ㉢
④ ㉣

60. 이 글의 내용과 같은 것을 고르십시오. (3점)
① 사람들은 걸을 때 온몸이 움직이게 됩니다.
② 다리만 움직이면서 걷는 것이 건강에 좋습니다.
③ 걷기 운동은 처음부터 빨리 걷는 것이 좋습니다.
④ 천천히 오래 걷는 것이 건강에 더 도움이 됩니다.

（第41回 TOPIK I 閱讀）

> 　　走路是很多人很容易做得到的運動。（　　㉠　　）走路對健康很有幫助。（　　㉡　　）因為走路不只要擺動你的腿，全身都要動。（　　㉢　　）但走路運動要從緩慢的速度開始，漸漸把速度加快比較好。（　　㉣　　）這麼做對健康更有益處。

59.　請選出下列句子填入的地方。（2分）

> 從小孩到年紀大的人都容易做得到。

① ㉠

② ㉡

③ ㉢

④ ㉣

解題 文章先提到走路是很容易做得到的運動。這段說明走路很容易，接著說明走路對健康有益、要如何走路效果最好等項目。所以，走路不分年齡都容易做得到的句子要填入在㉠的位子。

答案 ① ㉠

60.　請選擇符合文章內容的選項。（3分）

解題 ① 人走的時候，全身都會動。

　　　相符→走路的時候不只腿動，而全身都會動。

② 只有腿動來走路對健康有幫助。

　　　不符→走路的時候全身都會動。

③ 走路運動從一開始就快步比較好。

　　　不符→走路要從緩慢速度開始，慢慢變快速。

④ 以緩慢速度長時間走路對健康更有幫助。

　　　不符→要從緩慢速度漸漸變快速對健康更有益處。

答案 ① 사람들은 걸을 때 온몸이 움직이게 됩니다. 人走的時候，全身都會動。

關鍵語彙

- 걷기 = 걷는 것　走路
- 쉽게　很容易地
- 건강　健康
- 도움이 되다　有幫助
- 다리　腿
- 움직이다　動
- 온몸　全身
- 천천히　緩慢地 ↔ 빨리　快速地
- 어린 아이　小孩
- 나이가 많은 사람　年紀大的人
- 처음부터　從一開始
- 오래　長時間、長期

關鍵文法

- V＋(으)ㄹ 수 있다　①會～、②可行～
- V＋는 것　～的（動詞現在式名詞化）
- N＋만　只～
- V＋(으)면서　同時～
- V＋게 되다　變得～
- A／V＋기 때문이다　因為～
- A／V＋(으)ㄹ 때　～的時候
- V＋는 것이 좋다　～比較好、最好～
- N＋부터 N＋까지　從～到～

요즘 옛날 영화를 다시 보여 주는 극장이 많습니다. 10년 전 영화인 '첫사랑'도 다음 주부터 여러 극장에서 볼 수 있습니다.'첫사랑'은 내용이 아름다워서 많은 사람들이 잊지 못하는 영화입니다. (㉠   )영화에 나온 음악은 요즘에도 인기가 많습니다. 이번에 크고 좋은 화면으로 이 영화를 다시 볼 수 있어서 사람들이 많이 기다리고 있습니다.

61. ㉠에 들어갈 알맞은 말을 고르십시오.

① 그리고

② 그러면

③ 그러나

④ 그래도

62. 이 글의 내용과 같은 것을 고르십시오.

① '첫사랑'은 새로 나온 영화입니다.

② '첫사랑'을 보여 주는 극장이 많습니다.

③ 사람들은 영화 '첫사랑'에 관심이 없습니다.

④ 요즘은 '첫사랑'에 나온 음악을 잘 안 듣습니다.

※ [61～62]請閱讀以下文章並回答問題。（各2分）

（第47回 TOPIK I 閱讀）

> 最近很多電影院再次上映以前的電影。10年前上映過的電影《初戀》也從下禮拜開始可以在很多電影院觀賞。《初戀》的劇情優美，因此是許多人難忘的電影。（　　㉠　　）電影中的歌曲最近也受歡迎。這次可以用又大又優質的畫面觀賞這部電影，大家都很期待。

61.　請選填入㉠的選項。

　　① 而且

　　② 那麼

　　③ 但是

　　④ 就算～，還是～

解題 這篇介紹以前的電影到現在還是被人喜愛。文章中這部叫《初戀》的電影劇情優美，很多人喜歡這部。接著也說電影音樂最近仍然受到歡迎。㉠前後句子都說這部電影的哪些因素被人喜好。就是「以具備一個條件，而且還有其他條件」的內容來說明大家喜歡這部電影。因此，兩句要用「그리고」連繫。

答案 ① 그리고　而且

62.　請選擇符合文章內容的選項。

解題 ①《初戀》是新上映的電影。

　　　不符→《初戀》是十年前的電影。

　　② 很多電影院上映《初戀》。

　　　相符→下禮拜開始可以在很多電影院觀賞《初戀》。

　　③ 大家對《初戀》沒興趣。

　　　不符→很多人期待重新觀賞《初戀》。

　　④ 最近不常聽《初戀》裡的音樂。

　　　不符→《初戀》的音樂最近也受歡迎。

答案 ② '첫사랑'을 보여 주는 극장이 많습니다. 很多電影院上映《初戀》。

- 요즘 最近
- 옛날 以前
- 보여 주다 給～看
- 첫사랑 初戀
- 다음 주 下禮拜
- 여러 多個
- 내용 內容
- 아름답다 美麗、優美
- 잊지 못하다 難忘
- 나오다 出來 → 영화에 나오다 電影中出現
- 음악 音樂
- 인기가 많다 受歡迎
- 이번 這次
- 크다 大
- 화면 畫面
- 그리고 而且
- 그러면 那麼
- 그러나 但是
- 그래도 即使、還是
- 새로 新的 → 새로 나오다 新出
- 관심이 없다 沒興趣
- 잘 안 들다 不常聽

關鍵文法

- N＋부터 從～
- V＋(으)ㄹ 수 있다 ①會～、②可行～
- A/V＋아/어/여서 因為～
- V＋지 못하다 無法～、不會～
- V＋(으)ㄴ＋N ～的（動詞過去式冠形詞化）
- N＋(으)로 用～
- V＋는＋N ～的（動詞現在式冠形詞化）

174

※ [63∼64] 다음을 읽고 물음에 답하십시오.

(제41회 TOPIK I 읽기)

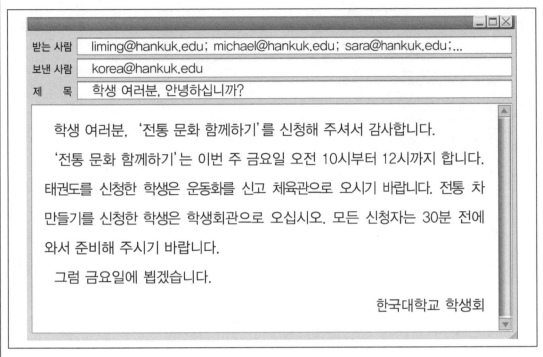

63. 학생회에서는 왜 이 글을 썼는지 맞는 것을 고르십시오.(2점)

① 전통 문화 함께하기를 소개하려고

② 전통 문화 함께하기 신청자를 확인하려고

③ 전통 문화 함께하기 신청 방법을 알려 주려고

④ 전통 문화 함께하기 시간과 장소를 안내하려고

64. 이 글의 내용과 같은 것을 고르십시오. (3점)

① 신청자는 모두 운동화를 신어야 합니다.

② 신청자는 아홉 시 반까지 모여야 합니다.

③ 신청자는 금요일까지 전통 차를 준비해야 합니다.

④ 신청자는 체육관에 모인 후에 학생회관으로 갈 겁니다.

※ [63~64] 請閱讀以下文章並回答問題。

（第41回 TOPIK I 閱讀）

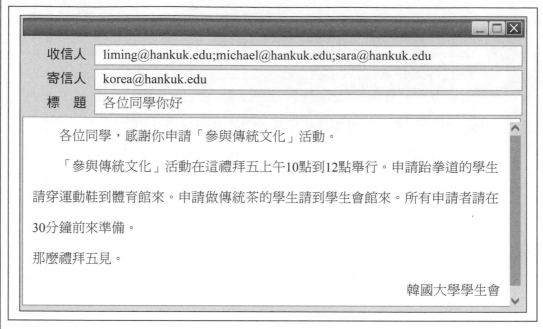

63. 請挑選符合作者為何寫這篇文章的選項。（2分）

① 為要介紹參與傳統文化活動

② 為要確認參與傳統文化活動的申請者

③ 為要告知參與傳統文化活動的申請方法

④ 為要說明參與傳統文化活動的時間及場所

解題 文章第一句說「感謝申請」。從這句可以知道之前已經有申請的過程，這篇要告知後續的活動相關訊息。短文公告要集合的日期、時間、場所及準備事項等。

答案 ④ 전통 문화 함께하기 시간과 장소를 안내하려고

為要說明參與傳統文化的活動時間及場所

64. 請選擇符合文章內容的選項。

解題 ① 申請者都要穿運動鞋。

不符→申請跆拳道的學生才需要穿運動鞋。

② 申請者要在九點半前聚集。

相符→活動從上午10點開始，所有申請者要在提前30分鐘到場準備。

③ 申請者要在禮拜五以前準備傳統茶。

不符→不用準備傳統茶，禮拜五直接到學生會館即可。

④ 申請者先在體育館聚集，之後再到學生會館移動。

不符→申請跆拳道的申請者要去體育館，申請傳統茶活動的學生要去學生會館。

答案 ② 신청자는 아홉 시 반까지 모여야 합니다. 申請者要在九點半前聚集。

關鍵語彙

• 받는 사람　收信人、收件人
• 제목　標題
• 보낸 사람　寄信人、寄件人
• 여러분　各位
• 전통 문화　傳統文化
• 함께하기　一起做、一起參與
• 신청하다　申請
• 이번 주　這星期
• 금요일　星期五
• 오전　上午
• 태권도　跆拳道
• 운동화　運動鞋
• 신다　穿（鞋）
• 체육관　體育館
• 전통 차　傳統茶
• 만들기　製作
• 학생회관　學生會館

- 모든 所有
- 신청자 申請者
- 준비하다 準備
- 바라다 期盼
- 뵙다 拜見
- 소개하다 介紹
- 확인하다 確認
- 방법 方法
- 알려 주다 告知
- 시간 時間
- 장소 場所、地點
- 안내하다 導覽、簡單說明
- 모두 全都
- 모이다 聚集

關鍵文法

- V＋(으)려고 打算～
- N＋부터 N＋까지 從～到～
- V＋(으)ㄴ＋N ～的（動詞過去式冠形詞化）
- A/V＋기 바라다 期盼～
- N＋전에 ～之前
- A/V＋겠 要～
- A/V＋아/어/여야 하다 應該要～
- V＋(으)ㄴ 후에 ～之後
- V＋(으)ㄹ 것이다 ①要～、②肯定會～

※ [65~66] 다음을 읽고 물음에 답하십시오.

(제41회 TOPIK I 읽기)

> 저는(㉠)오랫동안 생각만 하고 빨리 결정하지 못합니다. 결정하는 것이 어려워서 혼자서는 필요한 물건을 잘 고르지 못합니다. 그래서 저는 친구가 옆에 있으면 친구가 하는 것을 따라 합니다. 그렇게 하면 제가 결정하지 않아도 돼서 마음이 편합니다. 하지만 지금부터는 제가 작은 일부터 하나씩 결정해 보려고 합니다.

65. ㉠에 들어갈 알맞은 말을 고르십시오. (2점)

① 마음이 편할 때

② 힘든 일을 할 때

③ 친구가 생각날 때

④ 어떤 것을 선택할 때

66. 이 글의 내용과 같은 것을 고르십시오. (3점)

① 제 친구는 내 결정을 따라 합니다.

② 저는 오래 생각하지 않고 결정합니다.

③ 저는 앞으로 친구와 함께 결정할 겁니다.

④ 저는 혼자 물건을 고르는 것이 어렵습니다.

※ [65～66] 請閱讀以下文章，並回答問題。

（第41回 TOPIK I 閱讀）

> 我（　　㉠　　）只會長時間的思考，卻無法迅速決定。因為很難做決定，所以自己一個人不太能挑選需要的物品。所以，我如果有朋友在旁邊，就跟著朋友做。這麼做的話，我不用決定也可以所以心裡舒坦。但是，從現在起，我要試著從小事情開始一一做決定。

65. 請選出適合填入（　　㉠　　）的選項。（2分）

① 心裡感到輕鬆時

② 做辛苦的事情時

③ 想起朋友時

④ 選擇某件事時

解題 這一題要知道第一句的「생각만 하다」（只會思考）及「결정하지 못하다」（無法決定）2個動詞。從這2個動詞可以推測作者「只有在想，卻不能決定」。一般要選擇某件事的時候覺得很難決定。

答案 ④ 어떤 것을 선택할 때 選擇某件事時

66. 請選出符合這篇文章內容的選項。（3分）

① 我朋友跟著我的決定。

　　不符→我跟著朋友做決定。

② 我不會想很久就決定。

　　不符→我想很久，而且無法決定。

③ 我以後要跟朋友一起決定。

　　不符→我以後要從小事試著自行決定。

④ 我覺得很難自己挑東西。

　　相符→我常覺得做決定很難，因此不太敢自己一個人挑東西。

答案 ④ 저는 혼자 물건을 고르는 것이 어렵습니다. 我覺得自己挑東西很難。

關鍵語彙

- 오랫동안　長時間
- 결정하다　做決定
- 어렵다　難
- 혼자(서)　獨自、自己
- 필요하다　需要
- (물건을) 고르다　挑選（東西）
- 따라 하다　跟著做
- 마음이 편하다　心裡輕鬆
- 하지만　但是
- 작다　小
- 하나씩　一個一個
- 힘든 일　辛苦的事
- 생각나다　想起
- 어떤 것　某種東西
- 선택하다　挑選
- 오래　很久
- 앞으로　以後
- 함께　一起

關鍵文法

- V＋지 못하다　無法～、不能～
- V＋는 것　～的（動詞現在式名詞化）
- V＋지 않아도 되다＝안 V＋아/어/여도 되다　不～也可以
- N＋부터　從～開始
- V＋아/어/여 보다　試～
- V＋(으)려고 하다　打算～
- A/V＋(으)ㄹ 때　～的時候
- A/V＋지 않다　不～
- V＋(으)ㄹ 것이다　①要～、②肯定會～

※ [67~68] 다음을 읽고 물음에 답하십시오.

(제41회 TOPIK I 읽기)

사람들은 결혼할 때 보통 많은 사람들을 초대합니다. 다른 사람들에게 결혼하는 모습을 보여 주고 싶기 때문입니다. 그런데 요즘에는 가족과 가까운 친구들만 (㉠   ) '작은 결혼식'을 하는 사람들이 생겼습니다. 이런 결혼식을 하는 사람들은 적은 돈으로 결혼을 준비합니다. 이렇게 하면서 가까운 사람들과 함께 결혼의 기쁨을 나눕니다.

67. ㉠에 들어갈 알맞은 말을 고르십시오. (2점)
    ① 초대해서
    ② 초대해도
    ③ 초대하거나
    ④ 초대하려면

68. 이 글의 내용과 같은 것을 고르십시오. (3점)
    ① 이 결혼식은 돈이 많이 들지 않습니다.
    ② 이 결혼식을 하는 사람이 많아졌습니다.
    ③ 이 결혼식에 사람들을 많이 초대합니다.
    ④ 이 결혼식은 보여 주는 것이 중요합니다.

※ [67～68] 請閱讀以下文章，並回答問題。

（第47回 TOPIK I 閱讀）

> 人們結婚的時候通常邀請很多人。因為想要給別人看他結婚的樣子。但是最近有些人舉辦「小婚禮」，這婚禮只會（　　㉠　　）家人跟幾個好友。舉行這種婚禮的人用少數的錢準備結婚。他們這麼做還可以和親近的人一同分享結婚的喜悅。

67. 請選出適合填入（　　㉠　　）的選項。（2分）

① 邀請來　　　　　② 即使邀請

③ 邀請或者　　　　④ 若要邀請

解題 這一題可說是文法題。先要了解句子前後內容連結。從句子內容可以知道㉠要填「邀請」的字彙。這時「邀請」跟「舉行婚禮」要以動詞先後連接的用法表示前後內容有連續性。表示先後連貫性的用法為「초대해서」。

答案 ① 초대해서　邀請來

68. 請選出符合這篇文章內容的選項。（3分）

① 這婚禮不用花費大筆錢。

　　相符→可以用少額準備婚禮。

② 舉行這種婚禮的人變多。

　　不符→最近有一些人會舉辦這種婚禮。

③ 這婚禮邀請很多人

　　不符→只邀請家人跟幾個好友。

④ 這種婚禮給別人看很重要。

　　不符→婚禮的傳統觀念就是想給別人看，但小婚禮用簡單方式來跟周圍的人分享結婚的喜悅。

答案 ① 이 결혼식은 돈이 많이 들지 않습니다.

　　這婚禮不用花費大筆錢。

- 결혼하다　結婚
- 보통　通常
- 초대하다　邀請
- 다른 사람　別人
- 모습　樣子
- 보여 주다　給～看
- 요즘　最近
- 가족　家人
- 가깝다　距離近、關係親近 → 가까운 친구　親近的朋友
- 작다　小
- 결혼식　婚禮
- 생기다　產生
- 적다　少 → 적은 돈　小錢
- 준비하다　準備
- 이렇게　如此地
- 함께　一同
- 기쁨　喜悅
- 나누다　分享、分給
- 돈이 들다　花費
- 많아지다　變多
- 중요하다　重要

關鍵文法

- A/V＋(으)ㄹ 때　～的時候
- A/V＋기 때문이다　因為～
- V＋아/어/여서　①因為～、②～接著
- N＋(으)로　用～
- V＋(으)면서　邊～邊～、同時～
- A/V＋아/어/여도　即使～還是～

- ・A/V＋거나　〜或者〜
- ・A/V＋(으)려면　〜的話
- ・A/V＋지 않다　不〜
- ・A＋아/어/여지다　變得〜
- ・V＋는 것　〜的（動詞現在式名詞化）

(제41회 TOPIK I 읽기)

아버지는 요리에 관심이 없어서 거의 요리를 하지 않으셨습니다. 그런데 지난달에 어머니가 다리를 다쳐서 요리를 못 하게 되었습니다. 그때부터 아버지는 요리를 (㉠). 아버지의 요리는 맛있을 때도 있고 맛없을 때도 있었습니다. 그런데 음식의 맛과 관계없이 어머니는 항상 맛있게 드셨습니다. 그 후로 아버지는 요리하는 것을 좋아하게 되었습니다.

69. ㉠에 들어갈 알맞은 말을 고르십시오.
　　① 하실 수 없었습니다
　　② 하실 것 같았습니다
　　③ 하시기 시작했습니다
　　④ 해 주신 적이 없었습니다

70. 이 글의 내용으로 알 수 있는 것은 무엇입니까?
　　① 아버지는 요즘 요리에 관심을 갖게 되셨습니다.
　　② 아버지는 오래 전부터 요리 학원에 다니셨습니다.
　　③ 어머니는 아버지가 요리하는 것을 도와주셨습니다.
　　④ 아버지가 만든 음식의 맛이 점점 좋아지고 있습니다.

※ [69～70] 請閱讀以下文章，並回答問題。（各3分）

（第41回 TOPIK I 閱讀）

> 　　父親對做菜沒興趣，所以幾乎沒做過菜。可是上個月因為母親的腿受傷，結果就無法做菜。從那個時候開始，父親（　　㉠　　）菜。父親的菜有時好吃，有時不好吃。但是不管菜的味道如何，母親始終吃得很開心。那之後父親變得喜歡做菜。

69. 請選出適合填入㉠詞句。

　　① 無法做了

　　② 好像做了

　　③ 開始做了

　　④ 從未做過

解題 這題需要知道適合填入句子的文法。㉠句子的前半部寫說「그때부터」（從那個時候開始），由此可以推測句尾可能接「～기 시작하다」（開始～）。另外，㉠句子之前，寫說父親不做菜，但㉠句子後面敘述父親做的菜如何。從這些來看，適合填入㉠的話為「하시기 시작했습니다」（開始做了），就是文法「-기 시작하다」的用法。

答案 ③ 하시기 시작했습니다　開始做了

70. 從這個文章的內容可以了解什麼？

解題 ① 父親最近開始對做菜有興趣。

　　　相符→從「父親變得喜歡做菜」可以知道他對做菜有興趣。

　　② 父親從很久以前開始就上烹飪教室。

　　　不符→父親以前不做菜。

　　③ 母親幫助父親做了菜。

　　　不符→文章沒提母親有沒有幫助父親做菜。

　　④ 父親做的菜越來越好吃。

　　　不符→父親的菜有時好吃，有時不好吃。

答案 ① 아버지는 요즘 요리에 관심을 갖게 되셨습니다.

　　　父親最近開始對做菜有興趣。

- 아버지　父親
- 요리　料理
- 관심이 없다　沒興趣
- 그런데　但是
- 지난달　上個月
- 거의　幾乎
- 어머니　母親
- 다리를 다치다　腿受傷
- 그때부터　從那個時候
- 때　時候
- 맛　味道
- 관계없이　無關地
- 항상　總是
- 드시다　吃（「먹다」的敬語）
- 좋아하다　喜歡

關鍵文法

- A/V＋아/어/여서　因為～
- A/V＋지 않다　不～
- V＋게 되다　變得～
- V＋기 시작하다　開始～
- A/V＋(으)ㄹ 때도 있고 V＋(으)ㄹ 때도 있다　有時會～有時也會～
- N＋와/과 관계없이　和～無關地
- V＋는 것　～的（動詞現在式名詞化）
- V＋(으)ㄹ 수 있다/없다　①會～；不會、②可行～；不可行～
- A/V＋(으)ㄹ 것 같다　好像～
- V＋(으)ㄴ 적이 있다/없다　曾經有；沒有過～
- A＋아/어/여지다　變得～

188

※ [69~70] 다음을 읽고 물음에 답하십시오. (각 3점)

(제37회 TOPIK I 읽기)

> 저는 지난 주말에 아주 특별한 사진관에 갔습니다. 그 사진관에는 사진을 찍기 위한 모든 준비가 다 되어 있었습니다. 사진을 찍기 전에 화장도 해 주고 머리도 해 주었습니다. 그리고 저에게 어울리는 옷도 빌려 주었습니다. 거울 속의 제 모습이 마음에 들었습니다. 이렇게 멋진 모습으로 사진을 (㉠   ) 친구들에게도 소개할 생각입니다.

69. ㉠에 들어갈 알맞은 말을 고르십시오.

① 찍을까 해서

② 찍으려고 해서

③ 찍어야 하기 때문에

④ 찍을 수 있기 때문에

70. 이 글의 내용으로 알 수 있는 것은 무엇입니까?

① 사진관에서 사진 찍는 방법을 배울 수 있습니다.

② 사진이 마음에 들지 않으면 다시 찍어도 됩니다.

③ 손님은 특별한 준비 없이 사진관에 가도 됩니다.

④ 손님은 기다리지 않고 사진을 찍을 수 있습니다.

> 　　我上週末去一家非常特別的照相館。那家照相館為了拍照將一切都準備齊全。在拍照前幫我化妝也幫我做髮型。而且也把適合我的衣服借給我。我很滿意鏡中我的樣子。能以這麼帥氣的樣子（　　㉠　　），因此打算也要介紹給朋友。

69. 請選擇㉠適合的詞句。
　　① 有意要拍，所以
　　② 打算要拍所以
　　③ 因為必須要拍所以
　　④ 因為可以拍

解題 這題要知道符合句子內容的文法。文章先提及作者對照相館的服務很滿意，再說為此打算給朋友介紹這家照相館。㉠的句子說明為何想要把照相館給別人介紹，因此要使用「表示理由」的用法。表示原因或理由的文法有「-아/어/여서」、「-(으)니까」、「-기 때문에」等。

答案 ④ 찍을 수 있기 때문에 因為可以拍

70. 從短文可以了解的內容是什麼？
解題 ① 在照相館可以學習拍照的方法。
　　　　不符→照相館準備好拍照相關服務，但沒有教導拍照方法的項目。
　　② 若不喜歡照片，可以重拍。
　　　　不符→有化妝、衣服、頭髮等造型相關服務，但沒提及可以重拍。
　　③ 客人不需要特別準備，可以直接去照相館。
　　　　相符→照相館為客人準備好拍照相關服務，所以直接到那裡即可。
　　④ 客人不用等待，可以馬上拍照。
　　　　不符→服務項目中沒有不等待這項。

答案 ③ 客人不需要特別準備，可以直接去照相館。

關鍵語彙

- 지난　上一次
- 특별한　特別的
- 사진관　照相館
- 사진을 찍다　拍照
- 준비　準備
- 다 되어 있다　已經具備齊全
- 화장을 하다　化妝
- 머리를 하다　做頭髮
- 어울리다　適合
- 빌려 주다　借給
- 거울　鏡子
- 속　裡頭
- 모습　樣子、模樣
- 마음에 들다　滿意、喜歡
- 멋진 모습　帥氣的樣子
- 소개하다　介紹

關鍵文法

- V＋기 위한＋N　為要～的～
- V＋기 전에　～之前
- V＋아/어/여 주다　幫忙～
- N＋에게/한테 어울리다　對～很適合
- N＋(으)로　用～
- V＋(으)ㄹ 생각이다　有意要～
- V＋(으)ㄹ까 하다　有意要～
- V＋(으)려고 하다　打算做～
- V＋아/어/여야 하기 때문에　因為要～的緣故
- V＋아/어/여야 하다　務必要～
- A/V＋기 때문에　因為～的緣故

- V＋(으)ㄹ 수 있기 때문에 因為可以～
- V＋(으)ㄹ 수 있다 可以～
- A/V＋(으)면 ～的話
- V＋아/어/여도 되다 也可以～
- A/V＋지 않다 不～

▶ 「題組II」題型的常考主題：

　　우정（友誼）、자연환경（自然環境）、추억（回憶）、가족（家人）、공고（公告）、영화소개（電影介紹）、공부（學習）、운동（運動）、사물 원인（事物由來）、성격（個性）、결혼（結婚）、요리（做菜）、애완동물（寵物）、특별 경험（特別經驗）、전통음식（傳統食物）、옷（音樂）、음악（衣服）、전통문화（傳統文化）、식물（植物）等。

📣 應考補充站

- **「題組II」模擬試題**：可參考《新韓檢模擬試題＋完全解析》第三回模擬試題第59～70題（P.206～P.211）
- **「題組II」模擬試題解答&解析**：可參考《新韓檢模擬試題＋完全解析》第三回模擬試題完全解析第59～70題（P.260～P.271）

TOPIK I 必備文法篇

一、必備文法
二、類似文法比較

凡例：

（1）形容詞 → A

　　　動詞 → V

　　　名詞 → N

（2）所有文法都和單字原形的「詞根」組合在一起

一、必備文法

▶ A/V＋고

- 意思：還有
- 以「-아/어/여요＋그리고」將二個句子簡化成一個句子的用法。
- 連接方式：形容詞原形詞根或動詞原形詞根＋고

  例 영화를 봐요. 그리고 커피를 마셔요. → 영화를 보고 커피를 마셔요.
  看電影。還有喝咖啡。 → 看電影，還有喝咖啡。

▶ V＋고 싶다

- 意思：想～
- 表示說話者的希望。
- 連接方式：動詞原形詞根＋고 싶다
- 相似文法：-(으)면 좋겠다、-았/었/였으면 좋겠다

  例 고향에 계신 부모님이 보고 싶습니다.
  想念在家鄉的父母親。

▶ V＋고 싶어하다

- 意思：想～
- 「-고 싶다」的動詞，一般用在描述第三人希望做某種行動。
- 說話者表示自己的希望時使用「-고 싶다」；說話者從客觀角度說明第三人想法的時候才使用「-고 싶어하다」。

  例 친구는 여행을 가고 싶어합니다.
  朋友想去旅行。

▶ V＋고 있다

（1）意思：正在～

- 表示動作正在進行中，或一段期間內持續行動。
- 連接方式：動詞原形詞根＋고 있다
- 相似文法：-아/어/여 있다（但「-아/어/여 있다」表示動作**結束後狀態依舊持續**，可參考P207；「-고 있다」則表示**動作進行中。**）

  例 지금 친구와 저녁을 먹고 있습니다.
  現在正在和朋友吃晚餐。

  例 요즘 운전을 배우고 있습니다.
  最近在學開車。

（2）意思：～著

- 表示動作完成，且**狀態持續**。
- 一般表示「穿著～」常使用此文法。

  例 그 사람은 오늘 청바지를 입고 있습니다.
  那個人今天穿牛仔褲。

▶ A/V＋거나

- 意思：～或者～
- 表示「-거나」的前者或後者的狀態或動作。

  例 휴가 때는 보통 집에서 드라마를 보거나 청소를 합니다.
  休假的時候通常在家看電視劇或打掃。

▶ V＋기

- 意思：～的
- 將動詞名詞化。
- 連接方式：動詞詞根＋기 → 名詞化

　　例 외국어를 배울 때 듣기, 말하기, 읽기, 쓰기가 다 중요합니다.
　　　學外語的時候，聽、說、讀、寫都重要。

> 小叮嚀：「V＋는 것」也是動詞名詞化的方法之一。「V＋기」、「V＋는 것」二者都是將動詞名詞化的方法。在講「興趣」的時候，常使用「V＋기」。

▶ A/V＋기도 하다

- 意思：也～

　　例 그 책이 재미있기도 하고 웃기기도 합니다.
　　　那本書好看，也好笑。

▶ V＋기로 하다

- 意思：決定要～、約定～
- 連接方式：動詞原形詞根＋기로 하다
- 對未來的計劃或想法做決定，由於是已經決定好的事，所以「-기로 하다」一般用過去式。

　　例 내일 친구와 백화점 앞에서 만나기로 했습니다.
　　　和朋友約好明天在百貨公司前見面。

　　例 오늘부터 열심히 살기로 했습니다.
　　　決定從今天起認真生活。

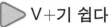 V+기 쉽다

- 意思：容易～
- 反義文法：V+기 어렵다（很難～）
- 另外，也有「V+기 좋다」（很好～）「안 좋다」（不好～）、「V+기 편리하다」（方便～）「불편하다」（不方便～）等句型。

  例 이 책은 단어가 간단해서 읽기 쉽습니다.
  這本書單字簡單，容易讀。

A/V+기 때문에

- 意思：因為～
- 表示理由或原因。放在後文之前，表示因為前文中的原因，導致後文的行為產生。
- 連接方式：接續在「動詞」、「形容詞」或「名詞＋이다」的詞根後面。
- 過去式：-았/었/였기 때문에
- 常用在書面語。

  例 내일 회의가 있기 때문에 오늘 준비를 다 해야 합니다.
  明天有會議，所以今天要做好準備。

A/V+기 때문이다

- 意思：因為～
- 和「-기 때문에」意思相同，但此文法用在句尾。

  例 새 회사에서 열심히 일합니다. 일이 재미있기 때문입니다.
  在新公司認真工作。因為工作很有趣。

▶ V＋기 전에

· 意思：～之前
· 表示做某種行動之前，有時候是指特定的一段期間。
· 連接方式：動詞詞根加＋기 전에

> 例 식사하기 전에 손을 씻습니다.
> 用餐前先洗手。

> 例 회사에 다니기 전에 대학생이었습니다.
> 上班前是個大學生。

▶ A/V＋게

（1）意思：「形容詞＋게」 → ～地（形容詞副詞化）

· 修飾接續的動詞，例如：
　재미있다 → 재미있게（有趣 → 有趣地）
　즐겁다 → 즐겁게（愉快 → 愉快地）

> 例 주말에 친구와 즐겁게 식사했습니다.
> 週末和朋友開心地吃了飯。

（2）意思：「動詞＋게」 → 使得～（表示狀態）

· 表示後面行動的目的。
· 相似文法：V＋도록，例如：
　공부하게＝공부하도록（（使某人）能學習）

> 例 어머니는 제가 열심히 공부하게 도와 주십니다.
> 母親幫助我能夠努力學習。

▶ V+게 되다

· 意思：變得～

· 指行動產生變化，變得和過去不同，一般為非依照主詞意志所發生的變化。

· 有時候也會和形容詞一起使用。

 오늘부터 이 일을 제가 하게 되었습니다.

　　從今天起，這工作由我來做。（之前不是）

> 小叮嚀：形容詞的情況變化一般用「A＋아/어/여지다」表示，例如：예뻐지
> 　　　　다（變漂亮）、건강해지다（變健康）。（可參考P216）

▶ V+게 하다

· 意思：使得～

· 表示使動。

· 指使某個人做某行動，一般用「N＋에게 ～게 하다」。

 선생님은 우리에게 청소를 하게 하셨습니다.

　　老師叫我們打掃。

▶ V+겠

（1）意思：表示意志

· 表示話者心意堅定的意志。

例 오늘부터 공부를 열심히 해야겠습니다.

　　今天起要用功讀書。

（2）意思：表示猜測

· 大多在猜測某一個人的情緒時使用。

例 선생님 : 1등을 해서 기분이 좋겠다.
　老師：拿第1名，你一定很高興。（猜測）

例 학생 : 네, 앞으로 더 열심히 하겠습니다.
　學生：是的，以後要更用功。（意志）

（3）意思：禮貌表現

例 처음 뵙겠습니다. 잘 부탁드리겠습니다.
　初次見面。請多多指教。

ㄴ

▶ V+는

- 意思：現在式冠形詞
- 當動詞要修飾後面接續的名詞時，使用「는」來表示動詞的功能。

  例 지금 노래하는 사람이 유명한 가수입니다.
  現在唱歌的人是有名的歌手。

▶ V+는 것

- 意思：～的
- 將動詞名詞化的方法之一。
- 將品詞變成名詞，因此「V+는 것」可以當成主詞或受詞。

  例 저는 시내를 구경하는 것을 좋아합니다.
  我喜歡逛市區。

▶ V+는 것이 좋다

- 意思：～比較好、最好～

  例 건강을 위해서 운동을 하는 것이 좋다.
  為了健康，最好要運動。

▶ V+는 동안

- 意思：～的期間
- 做某行動的時間當中。
- 連接方式：動詞詞根＋는 동안
- 使用此文法時，有時候此文法先後句的主詞和內容會不同。

例 엄마가 부엌에서 음식을 만드시는 동안 저는 방에서 숙제를 했습니다.
媽媽在廚房煮菜的時候，我在房間寫了作業。

· 過去式一樣使用「V＋는 동안」，時態變化表現在句尾。

例 이번에 여행하는 동안 많은 사람들을 만났습니다.
這次旅行期間遇到了不少人。

· 不規則變化：
動詞詞根結尾有「ㄹ」時，「ㄹ」會脫落，例如：
살다 → 사는 동안（生活 → 生活的期間）
만들다 → 만드는 동안（做 → 做的期間）

例 한국에 사는 동안 제주도에 꼭 한 번 가 보고 싶습니다.
在韓國生活的期間，想一定要去一次濟州島。

□

N＋동안

- 意思：～時間、～期間
- 修飾接續的動詞
- 容易與「N＋만에」混淆，「동안」是指「某段期間當中」、「만에」是指「過了某段時間之後」。（可參考P247，「동안」跟「만에」的比較）

  例 친구와 오랫<u>동안</u> 연락을 하지 못했습니다.

  和朋友很久沒連絡了。

N＋때문에

- 意思：因為～
- N為原因或理由，是後行句內容的根據。

  例 이 일 <u>때문에</u> 요즘 매일 바쁩니다.

  因為這件事，最近每天都很忙。

▶ N＋마다

· 意思：每個～

> 例 **사람마다** 성격이 다릅니다.
> 每個人的個性都不同。

▶ N＋만

· 意思：只有～（可參考P249，「만/밖에/뿐」的比較）
· 可接續肯定或否定的敘述詞。

> 例 저는 **책만** 샀습니다.
> 我只有買書。

> 例 저는 **책만** 안 샀습니다.
> 我只有書沒買。

▶ N＋만에

· 意思：過了～才～
· 「N＋만에」表示經過一段時間後現在才發生；「N＋동안」表示在某段時間當中發生。（可參考P247，「동안」跟「만에」的比較）

> 例 3년 **만에** 만났습니다.
> 時隔3年才見面。

ㅂ

▶ A/V＋ㅂ/습니다

- 意思：格式體語尾
- 所謂「格式體」是指在正式場合、不熟的關係或是對外比較正式的關係之間使用的語尾，常用在研討會、演講、公司等場合或公告事項等。
- 連接方式：形容詞、動詞詞根結尾沒有尾音加「-ㅂ니다」；有尾音加「-습니다」，例如：

  따뜻하다 → 따뜻합니다（暖和）

  읽다 → 읽습니다（念、讀）
- 不規則變化：動詞詞根結尾有「ㄹ」時，「ㄹ」會脫落，直接加上「-ㅂ니다」，例如：

  만들다 → 만듭니다（製作、做）
- 過去式：-았/었/였습니다
- 未來式或表意志：-(으)ㄹ 겁니다、-겠습니다

  例 저는 매일 아침 뉴스를 봅니다. 그리고 아침을 먹습니다.

  我每天早上看新聞。還有吃早餐。

▶ N＋밖에

- 意思：只有～、只不過～（可參考P249，「만/밖에/뿐」的比較）
- 強調對象名詞很少的表現。
- 「N＋밖에」後面一定要接續「안/못/～지 않다/없다」等否定的內容。

  例 어제 할 일이 많아서 세 시간밖에 못 잤습니다.

  昨天有很多事要做，所以只睡了三小時。

▶ 별로 A/V＋지 않다

- 意思：不怎麼～、不太～
- 「별로」是副詞，用來表現情況、程度、頻率時，意思為「不太～」。
- 「별로」修飾動詞的時候，通常會和「잘」（好好地；擅長）、「많이」（多）、「자주」（常常）等程度、頻率副詞一起使用。
- 「별로」後面一定要接「안/못/～지 않다/없다」（不怎麼～）等否定的內容。

   저는 컴퓨터 게임을 별로 자주 하지 않습니다.
    我不太常玩電動。

▶ N＋보다

- 意思：比起～
- 常在比較二個對象的時候使用。
- 一般有「N1＋보다 N2＋이/가」、「N2＋이/가 N1＋보다」二種型式，在句中擺放順序不拘，但此時N2為主詞。

   인터넷 쇼핑은 직접 가게에 가서 사는 것보다 편리합니다.
    網路購物比親自去店裡買方便。

▶ N＋부터 N＋까지

- 意思：從～到～
- 「부터」是表示時間、地點或動作開始的補助詞；「까지」是表示時間或空間終結的補助詞。
- 相似文法：N＋에서 N＋까지（可參考P219）

  例 근무 시간은 아침 9시부터 오후 6시까지입니다.
    工作時間從早上9點到下午6點。

N＋뿐

- 意思：只有～（可參考P249，「만/밖에/뿐」的比較）
- 此文法後面只限用敘述詞「이다/아니다」。

例 교실에는 저뿐입니다.
　　教室裡只有我。

ㅇ

> ### V＋아/어/여 놓다

- 意思：～好
- 表示完成某動作後，保持其狀態。
- 「놓다」是「放」的意思，表示前面的動作完成後，把它持續放著；常一起使用的動詞有「하다」（做）、「만들다」（製作）、「씻다」（洗）等，完成動作後可以保持狀態的動詞才能與「놓다」組合。

  例 음식을 만들어 놓고 손님을 기다립니다.
  　　菜做好後等客人。

> ### A/V＋아/어/여도

- 意思：即使～還是～
- 承認前文的情況，同時也表示「即使有前面的情況，還是～」。

  例 어려워도 한국어 공부를 계속 할 겁니다.
  　　即使難，還是要繼續學韓文。

> ### V＋아/어/여도 괜찮다/되다

- 意思：～也沒關係、可以～
- 相似文法：V＋아/어/여도 상관없다
- 表示允許和同意對方，或得到對方的許可和允許。

  例 도서관 밖에서는 자유롭게 이야기를 해도 됩니다.
  　　在圖書館外面可以自由地聊天。

  例 제가 살게요. 많이 드셔도 괜찮아요.
  　　我請客。請多吃點也沒關係。

▶ V＋아/어/여 드릴까요?

- 意思：要不要我幫忙～
- 為和動詞一起使用的語尾，「-아/어/여 줄까요?」的敬語表達。
- 說話者提出建議表示想要做某些行動幫助聽話者。

　例 가방이 무거워 보여요. 제가 들어 드릴까요?
　　包包看起來很重。要不要我幫您提？

▶ V＋아/어/여 보다

- 意思：試～
- 表示經驗或試著做某一件事。
- 常與「-아/어/여 봤어요」（～過）、「-아/어/여 보세요」（請試著～）、「-아/어/여 볼게요」（會試著～）等語尾組合：
(1)-아/어/여 봤어요 曾做過～，例如：
　　저는 한국에 가 봤어요. （我去過韓國。）
(2)-아/어/여 보세요 請試試～，例如：
　　한국에 가 보세요. （請你去韓國看看。）
(3)-아/어/여 볼게요 我要試試～，例如：
　　한국에 가 볼게요. （我會去韓國看看。）
- 有時候與「-(으)ㄴ 적이 있다」（曾經做過～）組合，以「V＋아/어/여 본 적이 있다」強調過去曾經嘗試做過某行動。（可參考P212）

　例 가：동대문에 가 봤어요?
　　　去過東大門嗎？

　　나：아직 못 가 봤어요.
　　　還沒去過。

　　가：동대문에 가 보세요. 물건이 예쁘고 싸요.
　　　請去東大門看看。東西漂亮又便宜。

　　나：네, 가 볼게요.
　　　好，我會去看看。

▶ V＋아/어/여 본 적이 있다/없다

- 意思：試過～；沒試過～
- 是「-아/어/여 보다」（試著～）和「-(으)ㄴ 적이 있다」（有過～）的組合，強調過去曾經試過某行動。
- 「-아/어/여 보다」有嘗試做的意思，因此對於不順利且不愉快的事，不會用「-아/어/여 보다」，而會用「-(으)ㄴ 적이 있다」。

 한국에 갔을 때 한복을 입어 본 적이 있는데 정말 예뻤습니다.
去韓國的時候穿過韓服，真的很漂亮。

어렸을 때 아파서 입원한 적이 있습니다.
小時候因為生病住院過。

▶ A＋아/어/여 보이다

- 意思：看起來～
- 和形容詞一起使用，用來表達說話者對於親自看到的情況說出想法。

 오늘 어머니의 얼굴이 특별히 밝아 보입니다.
今天母親的臉看起來特別明亮。

▶ A/V＋아/어/여서（1）

- 意思：因為～
- 表示理由、原因，接續在前文之後，表示因為某種原因，導致後文的結果。
- 特點：不表示時態，時態表示在語尾。
- 前面接「N＋이다」時要用「N＋여서/이어서」，但口語更常用「N＋라서/이라서」。
- 相似文法：-(으)니까、-기 때문에（可參考P248，「-기 때문에」、「-(으)니까」的比較）

例 날씨가 맑아서 공원에 사람이 많습니다.

　= 날씨가 맑으니까 공원에 사람이 많습니다.

　= 날씨가 맑기 때문에 공원에 사람이 많습니다.

　因為天氣晴朗，所以公園人多。

▶ V＋아/어/여서（2）

- 意思：～接著
- 用來表示在某種動作之後接著做某個行為，且後面的行動和前面的行動有延續性。
- 接在動詞後面，和「가다/오다」（去/來）及「만나다」（見面）、「전화하다」（打電話）、「일어나다」（起來）、「건너다」（越過）、「지나다」（經過）、「모으다」（收集）等動詞一起使用。

例 아침에 일어나서 세수를 하니까 정신이 맑아졌습니다.

　早上起床洗臉，精神變得清醒。

▶ V＋아/어/여야겠다

- 意思：應該要～
- 強調要做某行動。
- 使用「-겠」（要～）反應說話者的意志，一般接續在動詞後面。

例 더우니까 음식을 조심해서 먹어야겠습니다.

　天氣熱，飲食要注意。

▶ A/V＋아/어/여야 되다/하다

- 意思：應該要～
- 強調「應當要」、「必須要」。
- 接續在形容詞、動詞後面。
- 「되다」多用在口語，「하다」是「되다」的書面語，但也會用在口語上。

     오늘까지 이 일을 다 끝내야 합니다.
    今天為止要完成這件事。

▶ A/V＋아/어/여(요)

- 意思：非格式體語尾；口語的現在式語尾
- 按照詞根母音分成「아、어、여」，詞根母音以「ㅏ、ㅗ」結尾加「아」；不以「ㅏ、ㅗ」結尾加「어」；「하다動詞」或「하다形容詞」一律加「해」，例如：

가다 → 가요（去）　　　　　오다 → 와요（來）

살다 → 살아요（居住）　　　주다 → 줘요（給）

먹다 → 먹어요（吃）　　　　공부하다 → 공부해요（念書）

일하다 → 일해요（工作）

- 不規則變化：

    ①「으」不規則：

    쓰다 → 써요（寫）　　　　예쁘다 → 예뻐요（漂亮）

    바쁘다 → 바빠요（忙）

    ②「르」不規則：

    다르다 → 달라요（不同）　　모르다 → 몰라요（不知道）

    ③「ㅂ」不規則（形容詞為主）：

    쉽다 → 쉬워요（容易）　　　어렵다 → 어려워요（難）

    덥다 → 더워요（熱）　　　　춥다 → 추워요（冷）

④「ㄷ」不規則（部分動詞）：

　듣다 → 들어요（聽）　　　　　　　걷다 → 걸어요（走步）

⑤「ㅎ」不規則（形容詞為主）：

　그렇다 → 그래요（是的）　　　　　어떻다 → 어때요（如何）

⑥「ㅅ」不規則（部分動詞）：

　붓다 → 부어요（腫起來）　　　　　낫다 → 나아요（痊癒、好起來）

例 저는 인터넷으로 신문을 읽어요.

　我用網路讀報紙。

▶ V＋아/어/여 주세요

- 意思：請～
- 說話者要求對方做某種行動的語尾。
- 敬語表達：V＋아/어/여 주시겠어요?
- 反義文法：V＋아/어/여 줄게요（說話者想要幫忙別人時使用）
- 按照詞根母音分成「아요、어요、여요」。詞根母音以「ㅏ、ㅗ」結尾加「아 주세요」；不以「ㅏ、ㅗ」結尾加「어 주세요」；「하다動詞」或「하다形容詞」一律加「-해 주세요」，例如：

　사다 → 사 주세요（買 → 請買給我）

　기다리다 → 기다려 주세요（等 → 請等一下）

　빌리다 → 빌려 주세요（借 → 請借我）

　소개하다 → 소개해 주세요（介紹 → 請幫我介紹）

例 잠깐만 기다려 주세요.

　請您稍等一下。

▶ V＋아/어/여 줄게요

- 意思：我幫你～
- 說話者用柔和的語氣表現自己意志的語尾。

- 反義文法：V＋아/어/여 주세요（說話者請求對方幫忙時使用。可參考P215）
- 也可以用疑問的型式「V＋아/어/여 줄까요?」詢問對方的意願。
- 敬語表達：V＋아/어/여 드릴게요

 제가 문을 열어 줄게요.
　　我幫你開門。

▶ V＋아/어/여 줄까요?

- 意思：要不要幫你～？
- 說話者用疑問的方式表示有幫助對方的意願。
- 說「V＋아/어/여 줄까요?」後，通常會等待對方的回答。
- 和「V＋아/어/여 줄게요」一樣表示說話者的意願和意志，但此文法是更尊重對方反應的語尾。
- 敬語表達：V＋아/어/여 드릴까요?（可參考P211）

 모르는 것이 있으면 제가 가르쳐 줄까요?
　　你若有不懂的，要不要我教你？

▶ A＋아/어/여지다

- 意思：變得～
- 形容詞的情況與過去相比產生變化時，用此文法表示改變的狀態。
- 因變化已在表面上展現，所以此文法一般使用「過去式」來表達變化；若敘述客觀的現象或常識、常理時，會使用「現在式」。
- 當先行句用「A/V＋(으)면」假設某種情況時，「A＋아/어/여지다」的句尾使用「現在式」或「未來式」。

 매일 운동을 해서 요즘 건강해졌어요.
　　每天運動，所以最近變健康了。

　　감기에 걸렸을 때는 따뜻한 물을 자주 마시면 좋아져요.
　　感冒的時候，常喝溫水就會好轉。

▶ V+아/어 있다

- 意思：正～著
- 表示一個動作做完後持續其狀態。
- 主要和「열리다」（被開）、「닫히다」（被關）、「꺼지다」（被關上）、「켜지다」（被開著）、「놓이다」（被放）、「앉다」（坐）、「서다」（站）、「눕다」（躺）等被動詞或自動詞一起使用，被動詞和自動詞都不需要受詞。
- 詞根以「ㅏ、ㅗ」母音結尾加「-아 있다」；不以「ㅏ、ㅗ」母音結尾加「-어 있다」，例如：

  앉다 → 앉아 있다（坐 → 坐著）

  서다 → 서 있다（站 → 站著）
- 相似文法：與「-고 있다」意思相似，但「-고 있다」強調動作的進行；「-아/어/여 있다」強調動作結束後狀態的持續。

  例 저 의자에 앉아 있는 사람이 제 가장 친한 친구입니다.

  坐在那邊椅子上的是我最要好的朋友。

▶ 안 A/V+아/어/여도 괜찮다

- 意思：不用～、不～也沒關係
- 相似文法：안 A/V+아/어/여도 되다（可參考P220）、안 A/V+아/어/여도 상관없다
- 反義文法：A/V+아/어/여야 되다/하다（應該要～）
- 若不加否定詞「안」，「V+아/어/여도 괜찮다」有「～也沒關係」的意思。（可參考P210）

  例 마음에 들지 않으시면 안 사셔도 괜찮습니다.

  若您不喜歡，不買也沒關係。

▶ N（時間）＋에

- 意思：在～（時間）
- 「에」在此是表示「時間」的助詞，時間名詞後面要加「에」，例如：
  아침에（早上的時候）、열 시에（十點的時候）、다음 주에（下星期的時候）、가을에（秋天的時候）
- 지금（現在）、오늘（今天）、어제（昨天）、그저께（前天）、내일（明天）、모레（後天）、언제（何時）、아까（剛才）、이따가（稍後）等時間名詞後面不用加助詞「에」。

  例 저는 아침에 일어나서 신문을 읽습니다.
  我早上起床看報紙。

▶ N（場所）＋에 가다

- 意思：去～（場所）
- 「에」在此是表示「方向」的助詞，前面的名詞通常是目的地。

  例 매일 산책하러 공원에 갑니다.
  每天去公園散步。

▶ N＋에 가서

- 意思：去～，然後～
- 「에」在此是表示「方向」的助詞，前面的名詞通常為目的地，後面接上「가서」表示到目的地後所接續的行動。
- 「N＋에 가서」前後動作的主詞一定要相同。

  例 이번 휴가에는 한국에 가서 구경하기로 했습니다.
  這次休假決定去韓國逛逛。

▷ N（場所）＋에서

- 意思：在～
- 表示在某個場所做某動作，因此「N＋에서」後面一定要接動詞。

    例 친구들과 영화관 앞에서 만나려고 합니다.
    打算和朋友們在電影院前見面。

▷ N＋에서 N＋까지

- 意思：從～到～
- 一般用在場所。
- 表時間範圍用「～부터～까지」（從～到～）。
- 「에서」是「(으)로부터」的意思，指「從某種時間、地點、年齡層開始」。

    例 대만에서 한국까지 비행기로 약 2시간 반 정도의 시간이 걸립니다.
    從台灣到韓國搭飛機約要花2小時半左右。

▷ N＋와/과

- 意思：和～
- 相似文法：與「N＋하고」意思相同，口語常用「N＋하고」，書面體常用「N＋와/과」。另外，比「N＋하고」更口語化的用法有「N＋(이)랑」。
- 「和N」、「N和N」都可以用「와/과」，此時前後的名詞是對等關係，因此順序可以顛倒。
- 連接方式：名詞沒有尾音加「와」；有尾音加「과」。

    例 저는 아침에 빵과 우유를 먹습니다.
    我早上吃麵包和牛奶。

▶ 안＋A/V

- 意思：不～
- 放在形容詞、動詞前面表示否定。
- 相似文法：A/V＋지 않다（可參考P244）
- 若為「하다動詞」，「안」就要放在「하다」前面；若為「하다形容詞」，「안」還是直接放在形容詞前面。
- 「안」與「못」的差異：「안」單純表示否定；「못」表示雖然有意願，但因為種種因素無法做到。因此，「안」和形容詞、動詞都可以組合，但「못」不和形容詞組合。

例 오늘 시험이 있는데 공부를 많이 안 해서 마음이 불안합니다.
今天有考試，但沒念什麼書，所以內心感到不安。

▶ 안 A/V＋아/어/여도 되다

- 意思：不用～、不需要～
- 若接「하다動詞」，「안」要放在「하다」前面。
- 相似文法：A/V＋지 않아도 되다
- 反義文法：A/V＋아/어/여야 하다/되다

例 목적지까지 한 번에 가는 버스가 있어서 안 갈아타도 됩니다.
有公車直達目的地，因此不用轉乘。

▶ A/V＋았/었/였다

- 意思：形容詞、動詞的過去式語尾
- 詞根母音以「ㅏ、ㅗ」結尾加「-았다」；以其他母音結尾加「-었다」；「하다」一律加「-했다」。
- 口語體是「-았/었/였어요」；正式場合使用的格式體為「-았/었/였습니다」。

例 어제 인터넷 쇼핑에서 원피스를 하나 샀습니다.
昨天在網路購物買了一件洋裝。

▶ A/V＋았/었/였으면 좋겠다

（1）意思：若能～就好了

・表示說話者自己的希望。

> 例 내일 눈이 왔으면 좋겠어요.
>
> 若明天下雪就好了。

（2）意思：希望能～

・要求或希望別人如何或做某種行動，比起「-아/어/여 주세요」，此文法的表達更加婉轉；對於希望發生的事或狀態，表示強烈希望的時候使用。

・連接方式：詞根母音以「ㅏ、ㅗ」結尾加「-았으면 좋겠다」；以其他母音結尾加「-었으면 좋겠다」；「하다動詞」和「하다形容詞」一律加「-했으면 좋겠다」。

・相似文法：A/V＋(으)면 좋겠다/하다、A/V＋았/었/였으면 하다

> 例 저에게 연락해 주셨으면 좋겠습니다.
>
> 希望能與我聯絡。

小叮嚀：基本上此文法與「A/V＋(으)면 좋겠다」（能～就好了）意思相同，但「A/V＋았/었/였으면 좋겠다」表達更強烈的希望。這時，「았/었/였」並非表示時態或行動完成，而是表示說話者強烈的希望，因此若對於不太能實現的情況表達希望，就要使用「A/V＋았/었/였으면 좋겠다」。

> 例 한국을 좋아하기 때문에 한국에서 살 수 있었으면 좋겠습니다.
>
> 因為我喜歡韓國，若能住在韓國就好了。

▶ A/V＋(으)ㄴ/는

- 意思：形容詞或動詞現在式冠形詞化
- 修飾後面接續的名詞。
- 形容詞連接方式：詞根結尾沒有尾音加「ㄴ」；有尾音加「은」，例如：
  예쁜 옷（漂亮的衣服）、밝은 방（明亮的房間）
- 現在式動詞連接方式：詞根加「는」，不分結尾有無尾音，例如：
  지금 식사하는 사람（現在用餐的人）、지금 읽는 책（現在看的書）
- 過去式動詞連接方式：詞根結尾沒有尾音加「ㄴ」；有尾音加「은」，例如：
  어제 말한 상품（昨天說的商品）、아까 먹은 음식（剛才吃的食物）

  例 인터넷 쇼핑에서 사는 상품은 대부분 가격이 쌉니다.
  網路購物買的商品價格大部分很便宜。

  건조한 날씨 때문에 비가 오지 않아서 물이 부족합니다.
  因為乾燥的天氣，不下雨所以缺水。

▶ A/V＋(으)ㄴ/는 것 같다

- 意思：好像～、覺得～
- 猜測某種情況或行動的時候使用。
- 敘述較主觀的感覺或判斷時，常使用此文法。
- 形容詞連接方式：詞根結尾沒有尾音加「-ㄴ 것 같다」；有尾音加「-은 것 같다」，例如：
  피곤한 것 같다.（好像很累。）、좋은 것 같다.（好像不錯。）
- 現在式動詞連接方式：詞根加「-는 것 같다」，不分結尾有無尾音，例如：
  집에 가는 거 같다.（好像回家了。）
  음악을 듣는 것 같다.（好像在聽音樂。）
- 過去式動詞連接方式：詞根結尾沒有尾音加「-ㄴ 것 같다」；有尾音加「-은 것 같다」，例如：

오래 기다린 것 같다. (好像等了很久。)、여러 번 읽은 것 같다. (好像讀了很多次。)

例 동생이 오늘 기분이 좋은 것 같습니다.
弟弟/妹妹今天心情好像不錯。

밖에 비가 오는 것 같습니다.
外面好像在下雨。

▶ A/V＋(으)ㄴ/는 편이다

- 意思：還算～
- 表示主詞比較屬於某一塊。
- 形容詞連接方式：詞根結尾沒有尾音加「-ㄴ 편이다」；有尾音加「-은 편이다」，例如：
  깨끗한 편이다. (還算乾淨。)、분위기가 좋은 편이다. (氣氛還算不錯。)
- 動詞連接方式：詞根加「-는 편이다」，不分結尾有無尾音。動詞前面一般會加副詞使得意思更清楚，例如：
  음악을 자주 듣는 편이다. (算常聽音樂。)

例 저는 키가 크고 마른 편입니다.
我算個子高且瘦。

▶ V＋(으)ㄴ 다음에 ＝ V＋(으)ㄴ 후(에)

- 意思：～之後
- 表示先前的行動做完，之後再做。
- 只接在動詞後面，前面的行動和後面的行動主詞要相同。
- 相似文法：V＋(으)ㄴ 후에、V＋고 나서
- 連接方式：動詞詞根結尾沒有尾音加「-ㄴ 다음에」；有尾音加「-은 다음에」。

例 여행지에 도착한 다음에 부모님께 전화를 드렸습니다.
到旅行地之後打了電話給父母。

A/V＋(으)니까

- 意思：因為～
- 表示理由、原因，接續在先行句之後，表示有某種原因，導致後行句的結果。
- 連接方式：詞根結尾沒有尾音加「-니까」；有尾音加「-으니까」；「名詞이다」要說「名詞＋니까/이니까」，例如：
  바쁘니까（因為很忙）、회의 중이니까（因為開會中）
- 過去式：-았/었/였으니까
  未來或意志：(으)ㄹ 거니까、겠으니까

   오늘은 회의 때문에 바쁘니까 내일 다시 연락드리겠습니다.
  今天因為開會很忙，我明天再聯絡您。

V＋(으)ㄴ 적이 있다/없다

- 意思：有過～；沒有過～
- 強調過去經驗的用法。
- 常跟「V＋아/어/여 보다」組合說「V＋아/어/여 본 적이 있다」。
- 只接在動詞後面。動詞詞根結尾沒有尾音就加「-ㄴ 적이 있다/없다」，有尾音就加「-은 적이 있다/없다」。

   저는 병원에 입원한 적이 없습니다.
  我沒住過院。

V＋(으)ㄴ 후(에)＝V＋(으)ㄴ 다음에

- 意思：～後
- 做完某個行動的後續表現。
- 相似文法：V＋(으)ㄴ 다음에（可參考P223，「V＋(으)ㄴ 다음에」）

  例 퇴근한 후에 뭐 할 거예요?
  下班後要做什麼？

224

▶ A/V＋(으)ㄹ 것 같다

- 意思：可能～、好像～
- 對未來、沒經驗或不在眼前的情況做猜測。
- 接在形容詞、動詞後面。詞根結尾沒有尾音就加「-ㄹ 것 같다」，有尾音就加「-을 것 같다」，例如：

  크다 → 클 것 같다（大 → 好像大）

  있다 → 있을 것 같다（有 → 好像有）

- 若用於過去情況，是指回想當時猜測的內容，以「-(으)ㄹ 것 같았다」來表示，例如：

  클 것 같았다（回想之前猜測可能很大）。

  例 영화 상영 시간이 거의 다 되어서 지금 가면 표가 없을 것 같습니다.

  電影上映時間快到，現在去可能沒有票。

▶ A/V＋(으)ㄹ 것이다

- 意思：①要～；表示說話者對未來的計劃跟意志，只接在動詞後面。

  ②肯定會～；表示猜測某種情況或某人的行動，主詞通常不是第一人稱，接在形容詞、動詞後面。

- 此語尾口語式的非格式體是「-(으)ㄹ 거예요」；格式體是「-(으)ㄹ 겁니다」。
- 形容詞、動詞詞根結尾沒有尾音加「-ㄹ 것이다」，有尾音加「-을 것이다」，例如：

  친절할 것이다（肯定很親切）、먹을 것이다（（我）要吃；意志）/（可能會吃；猜測）

- 當猜測過去的情況或行動是否完成時，要說「-았/었/였을 것이다」，例如：

  어제 회의를 했을 거예요.（應該是昨天開會。）

  例 언어 공부를 더 하기 위해서 내년에 유학을 갈 겁니다.

  為要多念語言，明年要去留學。（說話者的意志）

  한 시간 전에 출발했으니까 지금쯤 도착했을 거예요.

  一小時前出發，現在應該到了。（猜測行動已經完成）

▶ V+(으)ㄹ게요

- 意思：表示約定或意志
- 用於說話者跟對方表示主張跟意志時，因此只接在動詞後面。
- 動詞詞根結尾沒有尾音就加「-ㄹ게요」；有尾音就加「-을게요」。
- 格式體是「-겠습니다」。

　例 오늘 월급을 받았으니까 저녁은 제가 살게요.
　　今天領薪水，我來請你吃晚餐。

▶ A/V+(으)ㄹ까 봐

- 意思：擔心～
- 常使用在對於還沒發生的事情表示擔心或憂慮的情況。
- 「-(으)ㄹ까 봐」的前後文通常為二種不同的句型。
- （1）會接續「걱정되다」（擔心）、「무섭다」（害怕）、「고민되다」（煩惱）、「긴장되다」（緊張）等語彙，例如：
　　시험에서 떨어질까 봐 걱정됩니다.（很擔心考試落榜。）
- （2）擔心某種情況發生，所以先採取預防的動作，例如：
　　비가 올까 봐 우산을 가지고 왔습니다.（怕下雨，所以帶雨傘來。）
- 一般不接續未來式，而是過去式或現在式。
- 對過去情況或行動、或是對行動完成的狀態表示憂慮時，就要說使用過去時態的語尾「-았/었/였을까 봐」。

　例 처음 해외여행을 가니까 길을 잃어버릴까 봐 걱정됩니다.
　　第一次去海外旅行，所以擔心迷路。

　　친구가 버스에서 잘못 내릴까 봐 버스 정류장에 마중 나갔습니다.
　　擔心朋友下錯公車，所以到公車站去接他。

▶ A/V＋(으)ㄹ까요?

- 意思：要不要～？
(1) 使用在向對方提出建議時，只搭配動詞一起使用。
　　a.當主詞是「我們」時：
　　　①向對方提出「我們」要不要一起做某種行動的建議。這時候「-(으)ㄹ까요」跟「-(으)ㄹ래요」的意思相同。
　　　②向對方提出一起做某件事的建議，因此只能搭配動詞一起使用。
　　　③回答時不能使用「-(으)ㄹ까요」語尾，因「-(으)ㄹ까요」疑問句語尾，通常會以「-아/어/여요」語尾來回答，例如：
　　　가：우리 영화 볼까요? (＝우리 영화 볼래요?) (我們看電影好不好？)
　　　나：좋아요. 영화 봐요. (好。看電影。)
　　b.當主詞是「我」時：
　　　①向對方詢問願不願意讓「我」幫助或協助你某種行動或動作。
　　　②一般用「-(으)ㄹ까요」來詢問對方願不願意接受。
　　　③在提出建議後，通常以「-(으)세요」語尾回答，例如：
　　　가：제가 도와 드릴까요? 我幫忙你好嗎？
　　　나：네, 도와 주세요. 好，請幫助我。
(2) 使用在提出疑問時，說話者針對某件事詢問對方。可搭配形容詞、動詞使用，例如：
　　수미 씨가 내일 모임에 참석할까요? 秀美小姐明天會參加聚會嗎？
- 形容詞、動詞詞根結尾沒有尾音就加「-ㄹ까요」，有尾音就加「-을까요」，例如：
　가다 → 갈까요? (去 → 去嗎？)
　먹다 → 먹을까요? (吃 → 吃嗎？)

▶ V+(으)ㄹ까 하다

- 意思：打算～
- 表示說話者打算要做某種行動或事情，若有更不錯的想法，可能會改變主意。當中的「하다」（做）是「생각하다」（想）的意思。
- 動詞詞根結尾沒有尾音就加「-ㄹ까 하다」，有尾音就加「-을까 하다」，例如：

  가다 → 갈까 하다（去 → 在想要不要去）

  먹다 → 먹을까 하다（吃 → 在想要不要吃）

- 表示過去有某種想法，就要說「-(으)ㄹ까 했다」，例如：

  보다 → 볼까 했다（看 → 想過要不要看）

- 不規則變化：

（1）動詞詞根結尾有「ㄹ」時，直接加上「-까 하다」。（可參考P256，「ㄹ不規則變化」），例如：

  살다 → 살까 하다（住 → 在想要不要住）

  놀다 → 놀까 하다（玩 → 在想要不要玩）

（2）部份動詞的詞根結尾有「ㄷ」時，「ㄷ」改為「ㄹ」。（可參考P255，「ㄷ不規則變化」），例如：

  듣다 → 들을까 하다（聽 → 在想要不要聽）

  걷다 → 걸을까 하다（走 → 在想要不要走）

（3）部份動詞詞根結尾有「ㅂ」的少數動詞，「ㅂ」會脫落。（可參考P257，「ㅂ不規則變化」），例如：

  돕다 → 도울까 하다（幫助 → 在想要不要幫助）

例 이번 휴가 때는 해외여행을 갈까 합니다.

我在想這次休假要不要去海外旅行。

▶ A/V+(으)ㄹ 때

- 意思：～的時候
- 接續在形容詞、動詞後面。當接續在動詞後面時，表示「～的時候」。
- 形容詞、動詞詞根結尾沒有尾音加「-ㄹ 때」，有尾音加「-을 때」，例如：

  사다 → 살 때（買 → 買的時候）

  맑다 → 맑을 때（晴朗 → 晴朗的時候）

- 用在過去式，要說「-았/었/였을 때」，例如：

  어리다 → 어렸을 때（年幼 → 年幼的時候）

- 不規則變化：

（1）詞根結尾有「ㄹ」，直接加上「때」。（可參考P256，「ㄹ不規則變化」），例如：

  살다 → 살 때（住；生活 → 住的時候；生活的時候）

  놀다 → 놀 때（玩 → 玩的時候）

（2）部份詞根結尾有「ㄷ」的一些動詞，「ㄷ」改為「ㄹ」。（可參考P255，「ㄷ不規則變化」），例如：

  듣다 → 들을 때（聽 → 聽的時候）

  걷다 → 걸을 때（走 → 走的時候）

  묻다 → 물을 때（問 → 問的時候）

（3）部份詞根結尾有「ㅂ」的大多數形容詞跟少數動詞，「ㅂ」會脫落。（可參考P257，「ㅂ不規則變化」），例如：

  덥다 → 더울 때（熱 → 熱的時候）

  시끄럽다 → 시끄러울 때（吵 → 吵的時候）

  돕다 → 도울 때（幫助 → 幫助的時候）

例 외국에서 살 때 몸이 아프면 부모님이 생각납니다.

  在國外生活的時候，若身體不舒服就會想起父母。

▶ V＋(으)ㄹ 생각이다

- 意思：有～的計畫、有～的打算
- 這時候的「생각」（想法）指的是「계획」（計畫）。
- 表示說話者計畫或打算做某種行動，或者用確定的語氣猜測別人要做某件事。
- 動詞詞根結尾沒有尾音加「-ㄹ 생각이다」，有尾音加「-을 생각이다」，例如：

  사다 → 살 생각이다（買 → 計畫買）

- 當以過去式時態表現時，表示過去原本有某種想法，此時要說「-(으)ㄹ 생각이었다」（計畫～），例如：

  만나다 → 만날 생각이었다（見面 → 計畫見面）

- 不規則變化：

（1）動詞詞根結尾有「ㄹ」時，直接加上「생각이다」。（可參考P256，「ㄹ不規則變化」），例如：

　　살다 → 살 생각이다（住 → 計畫住）

　　만들다 → 만들 생각이다（製作、做 → 計畫製作、計畫做）

（2）部份動詞詞根結尾有「ㄷ」時，「ㄷ」會變成「ㄹ」。（可參考P255，「ㄷ不規則變化」），例如：

　　듣다 → 들을 생각이다（聽 → 計畫聽）

　　묻다 → 물을 생각이다（問 → 計畫問）

（3）部份動詞詞根結尾有「ㅂ」時，「ㅂ」會脫落。（可參考P257，「ㅂ不規則變化」），例如：

　　돕다 → 도울 생각이다（幫助 → 計畫幫助）

例 학교를 졸업하면 취업할 생각입니다.

　　學校畢業就計劃就業。

▶ V＋(으)ㄹ 수 있다

- 意思：
（1）會～。表示有能力做某件事。
（2）可行～。表示條件與情況可以做某件事。
- 相反詞：V＋(으)ㄹ 수 없다、V＋못。
- 動詞詞根結尾沒有尾音加「-ㄹ 수 있다」，有尾音加「-을 수 있다」，例如：
  쓰다 → 쓸 수 있다（寫 → 會寫）
  읽다 → 읽을 수 있다（念、讀 → 會念、會讀）
- 用在過去式，表示過去可以做的某些行動，此時要說「-(으)ㄹ 수 있었다」，例如：
  타다 → 탈 수 있었다（搭 → 會搭）
- 不規則變化：
  ①動詞詞根結尾為「ㄹ」時，直接加上「수 있다」。（可參考P256，「ㄹ不規則變化」），例如：
    만들다 → 만들 수 있다（製作、做 → 會製作、會做）
  ②部份動詞詞根結尾為「ㄷ」時，「ㄷ」會變成「ㄹ」。（可參考P255，「ㄷ不規則變化」），例如：
    듣다 → 들을 수 있다（聽 → 會聽）
    묻다 → 물을 수 있다（問 → 會問）
  ③部份動詞詞根結尾有「ㅂ」時，「ㅂ」會脫落。（可參考P257，「ㅂ不規則變化」），例如：
    돕다 → 도울 수 있다（幫助 → 會幫助）

例 저는 수영을 배웠습니다. 수영할 수 있습니다.
  我學過游泳。我會游泳。

  운전할 수 있다.
  會開車。

▶ N+을/를 위해서

· 意思：為了～、為～著想

· 有時可以跟「N＋때문에」交替使用，但「N＋을/를 위해서」有「為了N好」的意思，而「N＋때문에」則是強調「因為N的緣故」，因此語氣較強。

　例 많은 대학생들이 취업을 위해서 노력하고 있습니다.
　很多大學生為了就業而努力。

▶ V+(으)러 가다/오다

· 意思：去～；來～

· 「-(으)러」表示去某地方的目的。「-(으)러」會接續「가다/오다」成為複合動詞。

· 動詞詞根結尾沒有尾音加「-러 가다」，有尾音加「-으러 가다」，例如：

　보다 → 보러 가다（看 → 去看）

　읽다 → 읽으러 가다（念、讀 → 去念、去讀）

· 過去式表現為「-(으)러 갔다/왔다」，例如：

　타다 → 타러 갔다（搭 → 去搭了）

· 不規則變化：

（1）動詞詞根結尾有「ㄹ」時，直接加「-러 가다/오다」。（可參考P256，「ㄹ不規則變化」），例如：

　　놀다 → 놀러 가다/오다（玩 → 去玩；來玩）

（2）部份動詞詞根結尾有「ㄷ」時，「ㄷ」會變成「ㄹ」。（可參考P255，「ㄷ不規則變化」），例如：

　　듣다 → 들으러 오다（聽 → 來聽）

　　묻다 → 물으러 오다（問 → 來問）

（3）部份動詞詞根結尾有「ㅂ」時，「ㅂ」會脫落。（可參考P257，「ㅂ不規則變化」），例如：

　　돕다 → 도우러 오다（幫助 → 來幫助）

例 제 친구는 콘서트 표를 사러 갔습니다.

我朋友去買演唱會票。

> V+(으)려고 하다

- 意思：打算～
- 表示說話者打算或計劃做某種行動。
- 動詞詞根結尾沒有尾音加「-려고 하다」，有尾音加「-으려고 하다」，例如：

  가다 → 가려고 하다（去 → 打算去）

  잡다 → 잡으려고 하다（抓 → 打算抓）

- 過去式表現為「-(으)려고 했다」，表示過去原本有某種計劃，但沒有實行，例如：

  가다 → 가려고 했다（去 → 打算去了）

- 不規則變化：

（1）動詞詞根結尾有「ㄹ」時，直接加「-려고 하다」。（可參考P256，「ㄹ不規則變化」），例如：

  놀다 → 놀려고 하다（玩 → 打算玩）

（2）部份動詞詞根結尾有「ㄷ」時，「ㄷ」會變成「ㄹ」。（可參考P255，「ㄷ不規則變化」），例如：

  듣다 → 들으려고 하다（玩 → 打算玩）

  묻다 → 물으려고 하다（問 → 打算問）

（3）部份動詞詞根結尾有「ㅂ」時，「ㅂ」會脫落。（可參考P257，「ㅂ不規則變化」），例如：

  돕다 → 도우려고 하다（幫助 → 打算幫助）

  눕다 → 누우려고 하다（躺 → 打算躺）

例 내일부터 운동을 하려고 합니다.

打算明天起運動。

오늘부터 달리기를 하려고 했습니다. 그런데 비가 와서 못 했습니다.

原本打算今天開始跑步。但因為下雨，所以無法跑。

▶ V+(으)려면

- 意思：要～的話
- 通常放在先行句，接續的後行句為說明「要滿足先行句內容的話，就需要做哪些動作」。
- 後行句常接續「-아/어/여야 하다」（應該～）或命令句「-(으)세요」（請～）等表示「應當要如何」。
- 動詞詞根結尾沒有尾音就加「-려면」，有尾音就加「-으려면」，例如：

  만나다 → 만나려면（見面 → 要見面的話）

  먹다 → 먹으려면（吃 → 要吃的話）

- 不規則：

（1）動詞詞根結尾有「ㄹ」時，直接加「-려면」。（可參考P256，「ㄹ不規則變化」），例如：

  살다 → 살려면（住 → 要住的話）

（2）部份動詞詞根結尾有「ㄷ」時，「ㄷ」會變成「ㄹ」。（可參考P255，「ㄷ不規則變化」），例如：

  듣다 → 들으려면（聽 → 要聽的話）

  묻다 → 물으려면（問 → 要問的話）

（3）部分動詞詞根結尾有「ㅂ」時，「ㅂ」會脫落。（可參考P257，「ㅂ不規則變化」），例如：

  돕다 → 도우려면（幫助 → 要幫助的話）

  눕다 → 누우려면（躺 → 要躺的話）

> 例 유학을 가려면 먼저 유학에 필요한 서류들을 알아 봐야 합니다.
>
> 要去留學的話，先要詢問留學需要哪些文件。

▶ N+(으)로

- 意思：表示方向、工具、手段、方法、材料、身分
（1）意思為「往N方向」，「-(으)로」是表示「方向」的助詞，例如：

  회사로（往公司方向）、왼쪽으로（往左邊）

（2）意思為「利用N」。N指的是「交通工具」。「-(으)로」為利用交通工具的助詞，是「N＋을/를 타고」的意思，例如：

오토바이로 가다/오다（騎摩托車去/來）、　1호선으로（搭乘1號線）

（3）利用一些手段、方法、材料，跟「N＋을/를 사용해서」（利用～）相同意思，例如：

한국 드라마로（用韓劇）、젓가락으로（利用筷子）、전화로（用電話）

（4）以～的身分，例如：

교환 학생으로（以交換學生身分）

· 名詞最後一個字沒有尾音或以「ㄹ」結尾加「로」，有尾音加「으로」，例如：

비행기로（搭飛機）、색깔로（用顏色）、옷으로（用衣服）

▶ N＋(으)로 가다

· 意思：往～（場所）去

· 比起「N＋에 가다」（去～），表示「方向」的語氣更強。因此，和東、西、南、北或左、右等跟表示方向的「쪽」（邊）一起使用的時候，一般不說「-에」，要說「-(으)로」，例如：

동쪽으로 가다（往東邊去）、왼쪽으로 가다（往左邊去）

· 名詞最後一個字結尾沒有尾音或有「ㄹ」尾音要加「로」，有尾音加「-으로」，例如：

회사로 가다（往公司方向去）、집으로 가다（往家方向去）

例 친구와 헤어진 후에 할 일이 생각나서 회사로 다시 돌아갔습니다.
跟朋友分手後，想到要做的事，因此再回到公司。

▶ A/V＋(으)면

· 意思：～的話

· 對某種情況或行動加以假設來表示條件的時候使用。

· 特點：「-(으)면」的句子通常假設一種情況或表示條件，因此後面來「會

～」的內容。句尾一般用現在式「-아/어/여요」或未來式「-(으)ㄹ 거예요」。

· 形容詞、動詞詞根結尾沒有尾音就加「면」，有尾音就加「-으면」，例如：

만나다 → 만나면（見面 → 見面的話）

먹다 → 먹으면（吃 → 吃的話）

· 不規則變化：

（1）動詞詞根結尾有「ㄹ」時，直接加「-면」。（可參考P256，「ㄹ不規則變化」），例如：

살다 → 살면（住 → 住的話）

（2）部份動詞詞根結尾有「ㄷ」時，「ㄷ」會變成「ㄹ」。（可參考P255，「ㄷ不規則變化」），例如：

듣다 → 들으면（聽 → 聽的話）

묻다 → 물으면（問 → 問的話）

（3）部份動詞詞根結尾有「ㅂ」時，「ㅂ」會脫落。（可參考P257，「ㅂ不規則變化」），例如：

돕다 → 도우면（幫助 → 幫助的話）

눕다 → 누우면（躺 → 躺的話）

例 만나면 꼭 안부 전해 주세요.

見面的話，請務必轉達問候。

▶ A/V＋(으)면 되다

· 意思：～就好

·「되다」是「可行」的意思。

· 形容詞、動詞詞根結尾沒有尾音加「면」，有尾音加「으면」，例如：

가다 → 가면 되다（去 → 去就好）

읽다 → 읽으면 되다（讀 → 讀就好）

· 不規則變化：

（1）動詞詞根結尾有「ㄹ」時，直接加「-면 되다」。（可參考P256，「ㄹ不規則變化」），例如：

놀다 → 놀면 되다（玩 → 玩就好）

（2）部份動詞詞根結尾有「ㄷ」時，「ㄷ」會變成「ㄹ」。（可參考P255，「ㄷ不規則變化」），例如：

듣다 → 들으면 되다（聽 → 聽就好）

묻다 → 물으면 되다（問 → 問就好）

（3）部份動詞詞根結尾有「ㅂ」時，「ㅂ」會脫落。（可參考P257，「ㅂ不規則變化」），例如：

돕다 → 도우면 되다（幫助 → 幫助就好）

눕다 → 누우면 되다（躺 → 躺就好）

例 그 곳에 가려면 지하철을 한 번만 타면 됩니다.
要去那裡，只要搭一次捷運就好。

V+(으)면서

・意思：邊～邊～、～同時～
・表示在同一時間、或同一段期間同時做2件事。
・動詞詞根結尾沒有尾音加「면서」，有尾音加「으면서」，例如：

생각하다 → 생각하면서（想 → 邊想邊～）

읽다 → 읽으면서（讀、念 → 邊讀邊～、邊念邊～）

・不規則變化：

（1）動詞詞根結尾有「ㄹ」，直接加「-면서」。（可參考P256，「ㄹ不規則變化」），例如：

울다 → 울면서（哭 → 邊哭邊～）

（2）部份動詞詞根結尾有「ㄷ」時，「ㄷ」會變成「ㄹ」。（可參考P255，「ㄷ不規則變化」），例如：

듣다 → 들으면서（聽 → 邊聽邊～）

묻다 → 물으면서（問 → 邊問邊～）

（3）部份詞根結尾有「ㅂ」的少數動詞，「ㅂ」會脫落。（可參考P257，「ㅂ不規則變化」），例如：

돕다 → 도우면서（幫助 → 邊幫助邊～）

눕다 → 누우면서（躺 → 邊躺邊～）

例 기분이 좋을 때는 음악을 들<u>으면서</u> 춤을 춥니다.

心情不錯的時候，邊聽音樂邊跳舞。

▷ V+(으)면 안 되다

· 意思：不可以～

· 表示禁止、不允許、不應該做某一種行動。

· 動詞詞根結尾沒有尾音加「면서」，有尾音加「으면서」，例如：

기다리다 → 기다리<u>면 안 되다</u>（等 → 不可以等）

읽다 → 읽<u>으면 안 되다</u>（讀、念 → 不可以讀、不可以念）

· 不規則變化：

（1）動詞詞根結尾有「ㄹ」時，直接加「-면 안 되다」。（可參考P256，「ㄹ不規則變化」），例如：

울다 → 울<u>면 안 되다</u>（哭 → 不可以哭）

（2）部份動詞詞根結尾有「ㄷ」時，「ㄷ」會變成「ㄹ」。（可參考P255，「ㄷ不規則變化」），例如：

듣다 → 들<u>으면 안 되다</u>（聽 → 不可以聽）

묻다 → 물<u>으면 안 되다</u>（問 → 不可以問）

（3）部份動詞詞根結尾有「ㅂ」時，「ㅂ」會脫落。（可參考P257，「ㅂ不規則變化」），例如：

눕다 → 누우<u>면 안 되다</u>（躺 → 不可以躺）

例 공공장소에서 담배를 피우<u>시면 안 됩니다</u>.

在公共場所不能抽菸。

▷ V+(으)세요

（1）意思：請～

· 主詞就是說話者要求對方做某種行動的時候使用的句尾。

· 動詞詞根結尾沒有尾音加「-세요」，有尾音加「-으세요」，例如：

주다 → 주<u>세요</u>（給 → 請給）

읽다 → 읽으세요（讀、念 → 請讀、請念）

- 常跟「-아/어/여 주다」（～給）或「-아/어/여 보다」（～看）一起組合，例如：

V＋아/어/여 주다＋(으)세요 → -아/어/여 주세요（請給～）

請你幫我～（可參考P205，「-아/어/여 주다」）

V＋아/어/여 보다＋(으)세요 → -아/어/여 보세요（請看～）

請試試～（可參考P201，「-아/어/여 보다」）

- 不規則變化：

①動詞詞根結尾有「ㄹ」時，去掉「ㄹ」加上「-세요」。（可參考P256，「ㄹ不規則變化」），例如：

만들다 → 만드세요（做 → 請做）

②部份動詞詞根結尾有「ㄷ」時，「ㄷ」會變成「ㄹ」。（可參考P255，「ㄷ不規則變化」），例如：

듣다 → 들으세요（聽 → 請聽）

③部份動詞詞根結尾有「ㅂ」時，「ㅂ」會脫落。（可參考P257，「ㅂ不規則變化」），例如：

눕다 → 누우세요（躺 → 請躺）

例 이 일을 내일까지 끝내세요.

請明天就要完成這件事。

（2）意思：平述句敬語非格式體語尾

- 在平述句，說話者對他所提的對象表示尊敬的時候，會使用非格式體語尾「-(으)세요」。

- 形容詞、動詞詞根結尾沒有尾音加「-세요」，有尾音加「-으세요」，例如：

예쁘다 → 예쁘세요（漂亮）

읽다 → 읽으세요（讀、念）

- 使用對象：長輩、地位高的社會人士、客人等需要表示尊重的人。

- 不規則變化：

①動詞詞根結尾有「ㄹ」時，去掉「ㄹ」加上「-세요」。（可參考P256，「ㄹ不規則變化」），例如：

살다 → 사세요（居住 → 請居住）

②部份動詞詞根結尾有「ㄷ」時，「ㄷ」會變成「ㄹ」。（可參考P255，「ㄷ 不規則變化」），例如：

듣다 → 들으세요（聽 → 請聽）

걷다 → 걸으세요（走 → 請走）

③部份動詞詞根結尾有「ㅂ」時，「ㅂ」會脫落。（可參考P257，「ㅂ不規 則變化」），例如：

눕다 → 누우세요（躺 → 請躺）

例 어머니는 매일 우리를 위해 도시락을 싸 주<u>세요</u>.

媽媽每天為我們包便當。

N＋을/를 통해

· 意思：透過～

· 跟「-을/를 통해서」相同意思。

· 名詞結尾沒有尾音加「를 통해」，有尾音加「을 통해」，例如：
뉴스를 통해（透過新聞）、신문을 통해（透過報紙）

例 우리는 뉴스나 신문<u>을 통해서</u> 매일 새로운 소식들을 알게 됩니다.

我們透過電視新聞或報紙，得知每日新的消息。

N＋이/가 있다/없다

· 意思：有；沒有～

· 名詞結尾沒有尾音加「가 있다/없다」，有尾音加「이 있다/없다」，例如：
친구가 있다（有朋友）、약속이 없다（沒有約）。

例 요즘 바빠서 시간<u>이</u> 없습니다.

最近很忙，所以沒有時間。

근처에 사거리<u>가</u> 있습니다.

附近有十字路口。

▷ N＋(이)나

（1）意思：～或者～

· 當提到2個（或以上）的名詞時使用。

· 名詞結尾沒有尾音就加「나」，有尾音就加「이나」，例如：

친구나 가족（朋友或家人）、가족이나 친구（家人或朋友）。

> 例 사람들은 어려운 일이 생기면 가족이나 친구에게 먼저 연락합니다.
>
> 人們遇到困難的事，先跟家人或朋友連絡。

（2）意思：覺得N遠超過標準

· N一般是數量。

· N的數量遠超過說話者所想的，憑說話者主觀的看法。

> 例 기념품을 열 개나 샀습니다.
>
> 買了整整十個紀念品。（說話者覺得十個很多）
>
> 1층까지 내려가는 동안 아는 사람을 열 명이나 만났습니다.
>
> 下去到1樓的時候，遇到十名認識的人。

（3）意思：在許多選擇項目中選一個簡單、方便的項目。

> 例 시간이 좀 남으니까 커피나 한 잔 할까요?
>
> 還有點時間，要不要喝一杯咖啡？（可以選別的，但覺得咖啡最方便且容易選擇）

▷ N＋에 좋다

· 意思：對～有益、對～有幫助

> 例 과일에는 비타민이 많이 들어있어서 건강에 좋습니다.
>
> 水果含有豐富的維他命，對健康有益。

▶ N＋와/과

· 意思：跟～

（1）將2個以上的對象對等連結。前後的名詞可以互換。

例 새로 이사한 집에 컴퓨터와 의자가 필요합니다.
新搬的家需要電腦跟椅子。

（2）一起做某種行動的對象。

例 오늘 친구들과 식사했습니다.
今天跟朋友們用餐。

· 名詞結尾沒有尾音就加「와」，有尾音就加「과」，例如：
침대와 책상（床跟書桌）、책상과 침대（書桌跟床）。

· 更口語的講法：N＋(이)랑、하고

ㅈ

▶ A/V＋잖아요

- 意思：是～，不是嘛
- 確認的語氣。當作說話者跟聽話者都知道而用確認的口氣說。
- 有時用在說明理由的情況。

  例 좀 조용히 해 주세요. 지금 회의하고 있잖아요.
  請稍微安靜一下。現在在開會嘛。

▶ V＋지 마세요

- 意思：請不要～
- 說話者阻止聽話者做某種行動的時候使用。
- 動詞詞根加「-지 마세요」，例如：
  보다 → 보지 마세요（看 → 請不要看）
  먹다 → 먹지 마세요（吃 → 請不要吃）

  例 텔레비전을 너무 가까이서 보지 마세요.
  請不要太近距離看電視。

▶ A/V＋지만

- 意思：雖然～、但是～
- 用於承認先行句的內容，但是後行句要提出跟先行句相反的內容。
- 「A/V＋아/어/여요＋그렇지만」（「但是」的連接副詞）連成一句的用法，
  例如：
  예뻐요. 그렇지만 → 예쁘지만（漂亮。但是 → 雖然漂亮）

  例 이번에 새로 들어간 회사는 힘들지만 일이 재미있습니다.
  這次新進的公司雖然辛苦，但工作很有趣。

▶ V+지 말다

- 意思：不要～
- 表示阻止別人做某種行動。
- 動詞詞根加「-지 말다」，例如：

만나다 → 만나지 말다（見面 → 不要見面）

- 用在非格式體句尾就變成「-지 마세요」，格式體句尾為「-지 마십시오」，例如：

기다리지 마세요.＝기다리지 마십시오.（請不要等。）（格式體/非格式體）

- 「-지 말고」是「-지 마세요＋그리고」的組合，是指「不要做～，而要做～」，例如：

가지 말고 기다리세요.（不要走請等我。）

例 내일은 회사에 지각하지 마세요.
　　明天上班請不要遲到。

▶ V+지 못하다

- 意思：無法～、不能～
- 跟「못～」（不能～）相同意思。
- 只接在動詞後面，例如：

하다 → 하지 못하다（做 → 無法做）

例 요즘 손을 다쳐서 요리를 하지 못합니다.
　　最近因為手受傷，不能煮菜。

▶ A/V+지 않다

- 意思：不～
- 跟「안～」意思相同。

例 날씨가 좋지 않아서 모임을 취소했습니다.
　　因為天氣不好，所以取消聚會。

ㅊ

▷ N+처럼

- 意思：像～、～一樣
- 「-처럼」後面通常會接續形容詞或動詞。
- 跟「같이」意思相同。

例 봄이지만 날씨가 여름처럼 덥습니다.
　　雖然是春天，但天氣像夏天一樣熱。

▶ N＋하고

・意思：跟～

（1）「還有」的意思。將2個以上的對等名詞做連結。「-하고」前後的名詞位置可以互換，例如：

　　침대하고 책상（床跟書桌）、책상하고 침대（書桌跟床）。

　例 새로 이사한 집에 컴퓨터하고 의자가 필요합니다.
　　新搬的家需要電腦跟椅子。

（2）一起做某種行動的對象。

　例 오늘 친구들하고 식사했습니다.
　　今天跟朋友們用餐。

・更口語的講法：N＋(이)랑；書面語的表現：N＋와/과（可參考P242）

▶ N＋한테

・意思：跟～、給～

・助詞表示主詞做某種行動的對象，例如：
　가족한테（對家人）

・「-한테」表示說話者單方面對對方做某種行動時使用。相對地，「-하고」用於對等關係。（可參考P248，「하고」跟「한테」的比較）

・「-한테」的書面語是「-에게」。

　例 친구에게 비밀을 이야기하면 기분이 좋아집니다.
　　跟朋友說祕密，心情變很好。

二、類似文法比較

▶ 「-는 동안」跟「-(으)면서」的比較

文法	共同點	差異
-는 동안 （～的期間）	・表示同時間做的行動。 ・只能接續在動詞後面。	・先行句跟後行句的主詞常常不同。 제가 책을 읽는 동안 친구는 음악을 들었습니다. 　我在看書的時候，朋友在聽音樂。
-(으)면서 （邊～邊～）		・先行句跟後行句的主詞一定要相同。 저는 책을 읽으면서 음악을 들었습니다. 　我邊看書，邊聽音樂。

▶ 「동안」跟「만에」的比較

文法	共同點	差異
동안 （～期間）	・表示某個時段或期間。 ・與名詞一起使用。	・表達被敘述的時間名詞於期間所發生的事情。 10년 동안 친구를 못 만났습니다. 　過去10年，一直沒遇見朋友。
만에 （時隔～）		・表達被敘述的時間名詞，在期間過了之後，如今所發生的事情。 10년 만에 친구를 만났습니다. 　10年沒見的朋友，現在終於見面。

「하고」跟「한테」的比較

文法	共同點	差異
하고 （和～）	・表示做某種行動的 對象。 ・接在名詞後面。	・使用「하고」的前後名詞是對等、互動的 關係。 例 형하고 나는 내일 여행을 갑니다. 　哥哥跟我明天去旅行。 　내일 형하고 여행을 가기로 했습니다. 　跟哥哥説好明天一起去旅行。
한테 （向～、給～）		・主詞主動跟一個對象做某種行動。 例 나는 친구한테 이메일을 보냈습니다. 　我寄e-mail給朋友。

 「-아/어/여서」、「-(으)니까」、「-기 때문에」的比較

文法	共同點	差異
-아/어/여서 （因為～）	・表示理由跟原因。 ・動詞、形容詞皆可 使用。	・不表示過去式，過去跟現在一律用「아/어/여 서」表示。 ・不能用在命令句、勸誘句（跟「-기 때문에」一 樣）。 例 커피를 좋아해서 카페를 열었습니다. 　因為喜歡咖啡，所以開咖啡店。
-(으)니까 （因為～）		・過去式：-았/었/였으니까 ・可以用在命令句、勸誘句。 例 비가 오니까 우산을 가지고 가세요. 　因為下雨，所以請帶雨傘去。
-기 때문에 （因為～）		・過去式：-았/었/였기 때문에 ・不能用在命令句、勸誘句（跟「-아/어/여서」 一樣）。 例 커피를 좋아하기 때문에 카페를 열었습니다. 　因為喜歡咖啡，所以開咖啡店。

▶「만/밖에/뿐」的比較

- 「만」、「밖에」、「뿐」都是「只有」的意思。但所接續的敘述詞在使用上有差異。

文法	差異	例句
만 （只～）	後面所接續的敘述詞不分肯定或否定。	例 저는 책만 샀습니다. 我只了買書。 例 저는 책만 안 샀습니다. 我只有書沒買。 例 저는 책만 압니다/모릅니다. 我只懂書。/我只有不懂書。
밖에 （只～）	敘述詞只接續否定。	例 저는 책밖에 없습니다. 我只有書。 例 저는 책밖에 안 샀습니다. 我只買了書。 例 저는 책밖에 모릅니다. 我只懂書。
뿐 （只～）	只能接續「이다/아니다」的敘述詞。	例 저한테는 책뿐입니다. 我有的只是書。 例 저는 책뿐 아니라 사전도 샀습니다. 我不只買書，也買了辭典。

「-고 있다」跟「-아/어/여 있다」的比較

- 「-고 있다」表示動作正在進行，「-아/어/여 있다」表示動作做完成後，其狀態的持續。
- 「-고 있다」主要跟一般動詞一起使用，但「-아/어/여 있다」只跟被動詞、自動詞等不需要受詞的動詞一起使用。

文法	例句
-고 있다 （正在～）	例 저는 의자에 앉고 있습니다. 我正坐在椅子上。 例 지금 책상 위에 책을 놓고 있습니다. 現在正把書放在書桌上。 例 지금 문을 열고 있습니다. 現在正在開門。
-아/어/여 있다 （正～著）	例 저는 의자에 앉아 있습니다. 我坐在椅子上。（已經坐好，然後一直坐著） 例 지금 책상 위에 책이 놓여 있습니다. 現在書正放在書桌上。 例 지금 문이 열려 있습니다. 現在門正開著。

▶ 後面接續否定意義的「副詞」或「代名詞」

- 有些「副詞」跟「代名詞」帶有否定的意思。因此，通常後面接續「안」
  （不）、「못」（無法）、「-지 않다」（不）、「없다」（沒有）等否定副
  詞。
- 比較常用的詞語約是「별로」（不太）、「하나도」（一點都）、「전혀」
  （完全）、「아무것도」（什麼都）、「아무도」（任何人都）、「밖에」
  （只有）等。

文法	例句
별로〜지 않다/안〜/못〜/없다 （不太）	例 감기에 걸려서 별로 입맛이 없습니다. 因為感冒，所以沒什麼胃口。
하나도〜지 않다/안〜/못〜/없다 （一點都不〜）	例 열심히 공부한 것이 하나도 시험에 나오지 않아서 속상합니다. 用功讀書的內容沒有一題出現在考題，所以傷 心難過。
전혀〜지 않다/안〜/못〜/없다 （完全不〜）	例 저는 담배를 전혀 안 피웁니다. 我完全不抽菸。
아무것도〜지 않다/안〜/못〜/없다 （什麼都不〜）	例 이번 일에 대해서 아무 것도 듣지 못했습니다. 對於這次的事，什麼都沒聽說。
아무도〜지 않다/안〜/못〜/없다 （任何人都不〜）	例 방 안에 아무도 없는 것 같습니다. 房間裡好像沒有人。
N＋밖에 〜지 않다/안〜/못〜/없다 （只有N）	例 할 일이 너무 많아서 3시간 밖에 못 잤습니다. 要做的事太多，只睡了3小時。

「안」跟「못」的比較

文法	共同點	差異
안 （不～）	・表示否定。 ・跟「하다」動詞一起使用的話，「안」跟「못」都放在「하다」前面，例如： 「운동하다」（運動）的否定：운동 <u>안</u> 하다（不運動）、운동 <u>못</u> 하다（無法運動；不會運動）。	・單純否定後面所接續的形容詞、動詞。 ・形容詞、動詞都可以使用。 ・形容詞原形有「하다」時，則「안」放在形容詞前面，例如： 「깨끗하다」（乾淨）的否定，「안 깨끗하다」（不乾淨）。 例 오늘은 주말이라서 학교에 안 갑니다. 　　今天是週末，所以不去上學。
못 （無法～）		・表示雖然有意願，但因為一些原因所以沒辦法做到。「못」只接續在名詞後面。 ・「못」有時候可以表示程度不好。 ・後面只接續動詞。 例 오늘 몸이 아파서 학교에 못 갑니다. 　　今天身體不舒服，所以無法去上學。

 「-(으)면 좋겠다」跟「-았/었/였으면 좋겠다」的比較

文法	共同點	差異
-(으)면 좋겠다 （能～ 就好了） -았/었/였으면 좋겠다 （能夠～ 就好了）	（1）表示說話者希望或想要發生的情況。一般是對現狀表達不滿，所以假設與現實不一樣的情況。 例 옷이 조금만 더 <u>크면/컸으면</u> 좋겠<u>어요</u>. 　　若衣服稍微大一點就好。 （2）要求或希望別人（包括聽話者）做某種行動。比「-아/어/여 주세요」還要柔和的表達。 例 저에게 연락해 주시<u>면</u> 좋겠습니<u>다</u>. 　　希望能夠跟我聯絡。 ・「좋겠다」可以換「하다」。但「좋겠다」的語氣更強。	・一般為實現可能性較大的事情的假設。 例 시간이 되시면, 오늘 오후에 만나<u>면</u> 좋겠습니다. 　　若你時間方便，希望今天下午見面。 ・若對比較難實現的事情表示希望，則使用「-았/었/였으면 좋겠다」。 例 저는 나이가 많습니다. 다시 젊어<u>졌으면</u> 좋겠습니다. 　　我年紀大。若能再變年輕就好了。

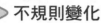

▶ 不規則變化

1.「'으'불규칙」（「으」不規則變化）

　　詞根以「으」結尾的動詞、形容詞，當後面接續「-아/어/여」（包括「았/었」）開頭的語尾時，「으」會脫落。若「으」前一個字的母音是「ㅏ、ㅗ」時，後面要加上「아」，後面接續其他母音時，則要加上「어」。若前面沒有字，「으」脫落後一律加上「어」。

- 바쁘다＋**아요** → 바빠요（忙）
- 예쁘다＋**어서** → 예뻐서（漂亮）
- 크다＋**었어요** → 컸어요（大）

原形	-ㅂ/습니다	-고	-(으)면	-아/어요	-았/었어요	-아/어/여서
바쁘다 （忙）	바쁩니다	바쁘고	바쁘면	바빠요	바빴어요	바빠서
아프다 （疼）	아픕니다	아프고	아프면	아파요	아팠어요	아파서
기쁘다 （喜悦）	기쁩니다	기쁘고	기쁘면	기뻐요	기뻤어요	기뻐서
크다 （大）	큽니다	크고	크면	커요	컸어요	커서
쓰다 （寫；用；苦）	씁니다	쓰고	쓰면	써요	썼어요	써서
예쁘다 （漂亮）	예쁩니다	예쁘고	예쁘면	예뻐요	예뻤어요	예뻐서

　例 배가 너무 <u>아파서</u> 학교에 못 갔습니다.
　　因為肚子太痛，所以沒辦法去上學。

　　영화가 <u>슬퍼서</u> 울었습니다.
　　因為電影很悲傷，所以哭了。

2.「'르'불규칙」（「르」不規則變化）

詞根以「르」結尾的形容詞與動詞，後面接續「-아/어/여」（包括「-았/었」）開頭的語尾時，「르」中的「一」會脫落，然後加上「르」形成「ㄹ르」。若「一」前一個字的母音是「ㅏ、ㅗ」時，後面要加上「아」，後面接續其他母音時，則要加上「어」。

- **모르다＋아요** → **모ㄹ＋ㄹ＋아요** → **몰라요**（不知道）
- **부르다＋어요** → **부ㄹ＋ㄹ＋어요** → **불러요**（叫；唱）

原形	-ㅂ/습니다	-고	-(으)면	-아/어/여요	-았/었/였어요	-아/어/여서
다르다 （不同）	다릅니다	다르고	다르면	달라요	달랐어요	달라서
모르다 （不知道）	모릅니다	모르고	모르면	몰라요	몰랐어요	몰라서
빠르다 （快）	빠릅니다	빠르고	빠르면	빨라요	빨랐어요	빨라서
부르다 （叫；唱）	부릅니다	부르고	부르면	불러요	불렀어요	불러서

例 출퇴근 시간에는 자동차보다 대중교통이 훨씬 <u>빨라서</u> 저는 항상 지하철을 탑니다.

上下班的巔峰時間，大眾運輸比汽車快很多，所以我經常搭地鐵。

옛날에 해외에서 길을 <u>몰라서</u> 고생한 적이 있습니다.

以前在國外不知道路，所以受過苦。

3.「'ㄷ'불규칙」（「ㄷ」不規則變化）

詞根以「ㄷ」結尾的部份動詞，後面接續母音開頭的字時，「ㄷ」要改為「ㄹ」。

· 듣다＋**어요** → 들어요（聽）

· 걷다＋**으면** → 걸으면（走）

原形	-ㅂ/습니다	-고	-는 것	-(으)면	-(으)세요	-아/어/여요	-았/었/였어요
듣다 （聽）	듣습니다	듣고	듣는 것	들으면	들으세요	들어요	들었어요
걷다 （走）	걷습니다	걷고	걷는 것	걸으면	걸으세요	걸어요	걸었어요
묻다 （問）	묻습니다	묻고	묻는 것	물으면	물으세요	물어요	물었어요

例 저는 음악 듣는 것을 좋아하지만 바빠서 자주 들을 수 없습니다.

　　我喜歡聽音樂，但因為很忙，所以無法常聽。

例 모르는 것이 있으면 물어 보세요.

　　有不懂的就請提問。

一般「ㄷ」詞根的語尾變化屬於規則變化							
原形	-ㅂ/습니다	-고	-는 것	-(으)면	-(으)세요	-아/어/여요	-았/었/였어요
받다 （收受）	받습니다	받고	받는 것	받으면	받으세요	받아요	받았어요
닫다 （關閉）	닫습니다	닫고	닫는 것	닫으면	닫으세요	닫아요	닫았어요
믿다 （相信）	믿습니다	믿고	믿는 것	믿으면	믿으세요	믿어요	믿었어요

例 저는 친구에게서 자주 이메일을 받아요.

　　我從朋友那裡常收到e-mail。

例 바람이 많이 부니까 문을 닫으세요.

　　風很大，請把門關起來。

4.「’ㄹ’불규칙」（「ㄹ」不規則變化）

　　詞根以「ㄹ」結尾的動詞、形容詞，當後面接續「ㄴ」、「ㅂ」、「ㅅ」等子音時，「ㄹ」尾音會脫落。若後面接續「으」開頭的詞尾時，就當作沒有「ㄹ」尾音，所以不需要加「으」。

- 만들다＋-(으)세요 → 만드세요（만들으세요×）（做）
- 알다＋ㅂ/습니다 → 압니다（알습니다×）（知道）
- 살다＋는 → 사는（살는×）（生活）

原形	-아/어요	-고	-(으)려고	-(으)세요	-(으)ㅂ시다	-(으)니까	-(으)ㄴ/는	-ㅂ/습니다
살다 （生活）	살아요	살고	살려고	사세요	삽시다	사니까	사는	삽니다
알다 （知道）	알아요	알고	알려고	아세요	압시다	아니까	아는	압니다
만들다 （做）	만들어요	만들고	만들려고	만드세요	만듭시다	만드니까	만드는	만듭니다
놀다 （玩）	놀아요	놀고	놀려고	노세요	놉시다	노니까	노는	놉니다
멀다 （遠）	멀어요	멀고	-	-	-	머니까	먼	멉니다
길다 （長）	길어요	길고	-	-	-	기니까	긴	깁니다
달다 （甜）	달아요	달고	-	-	-	다니까	단	답니다

例 그곳에는 많은 사람들이 삽니다.

　　那個地方很多人居住。

例 케이크를 만들려고 재료를 샀습니다.

　　要做蛋糕，為此買材料。

5. 「'ㅂ'불규칙」（「ㅂ」不規則變化）

　　詞根以「ㅂ」結尾的形容詞跟部份動詞，後面接續「(으)」、「-아/어」開頭的語尾時，「ㅂ」會脫落並須加上「우」。至於動詞，「눕다」（躺）、「굽다」（烤）、「돕다」（幫助）、「곱다」（漂亮）等少數動詞發生「ㅂ」不規則。

・쉽다+**어요** → 쉬우+**어요** → 쉬워요（容易）

・어렵다+**어요** → 어려우+**어요** → 어려워요（難）

・눕다+**어요** → 누우+**어요** → 누워요（躺）

原形	-고	-ㅂ/습니다	-아/어요	-아/어/여서	-(으)니까	-(으)면	-(으)ㄴ/는
쉽다 （容易）	쉽고	쉽습니다	쉬워요	쉬워서	쉬우니까	쉬우면	쉬운
어렵다 （難）	어렵고	어렵습니다	어려워요	어려워서	어려우니까	어려우면	어려운
덥다 （熱）	덥고	덥습니다	더워요	더워서	더우니까	더우면	더운
춥다 （冷）	춥고	춥습니다	추워요	추워서	추우니까	추우면	추운
맵다 （辣）	맵고	맵습니다	매워요	매워서	매우니까	매우면	매운
귀엽다 （可愛）	귀엽고	귀엽습니다	귀여워요	귀여워서	귀여우니까	귀여운	귀여운
굽다 （烤）	굽고	굽습니다	구워요	구워서	구우니까	구우면	굽는

例 저는 매운 음식을 자주 먹습니다.

我常吃辣的食物。

이 고기는 구워 먹을 때 가장 맛있습니다.

這種肉用火烤吃的時候最好吃。

一般「ㅂ」詞根的動詞語尾變化屬於規則變化							
原形	-고	-ㅂ/습니다	-아/어/여요	-아/어/여서	-(으)니까	-(으)면	-(으)ㄴ/는
입다 （穿）	입고	입습니다	입어요	입어서	입으니까	입으면	입는
잡다 （抓）	잡고	잡습니다	잡아요	잡아서	잡으니까	잡으면	잡는

例 청바지를 입으니까 학생 같아요.

穿牛仔褲，看起來像學生。

6.「'ㅅ'불규칙」（「ㅅ」不規則變化）

　　詞根以「ㅅ」結尾的部份動詞，後面接續以母音開頭的字時，「ㅅ」會脫落。若接續以子音開頭的字，「ㅅ」則不會脫落。

- 붓다＋**어요** → 부어요（腫）
- 낫다＋**아요** → 나을 거예요（痊癒）
- 긋다＋**(으)면** → 그으면（劃）

原形	-고	-는 것	-ㅂ/습니다	-아/어/여요	-아/어/여서	-(으)면	-(으)니까
낫다 （痊癒）	낫고	낫는 것	낫습니다	나아요	나아서	나으면	나으니까
붓다 （腫）	붓고	붓는 것	붓습니다	부어요	부어서	부으면	부으니까
짓다 （建；寫）	짓고	짓는 것	짓습니다	지어요	지어서	지으면	지으니까

例 감기에 걸렸을 때는 따뜻한 물을 마시면 빨리 나아요.

感冒的時候，喝溫水很快就會好起來。

하루 종일 서 있어서 다리가 부었습니다.

一整天站著，腿都腫了。

一般「ㅅ」詞根的語尾變化屬於規則變化						
原形	-고	-는 것	-ㅂ/습니다	-아/어/여요	-아/어/여서	-(으)면	-(으)니까
웃다 （笑）	웃고	웃는 것	웃습니다	웃어요	웃었어요	웃어서	웃으면
씻다 （洗）	씻고	씻는 것	씻습니다	씻어요	씻었어요	씻어서	씻으면

例 친구가 <u>웃으면</u> 저도 기분이 좋습니다.

朋友笑，我也很開心。

식사하기 전에 꼭 손을 <u>씻어야 합니다.</u>

吃飯前，一定要洗手。

7.「'ㅎ'불규칙」（「ㅎ」不規則變化）

　　詞根以「ㅎ」結尾的形容詞，後面接續以母音開頭的語尾時，前面的「ㅎ」會脫落。

1.「ㅎ」形容詞詞根後面接續「-(으)」開頭的字時，「ㅎ」會脫落。如此一來，詞根結尾變得沒有尾音，所以不加「으」。顏色的形容詞都屬於「ㅎ不規則」形容詞。

・노랗다＋-(으)ㄴ → 노라＋ㄴ → 노란

・하얗다＋(으)면 → 하야＋면 → 하야면

2.「ㅎ」形容詞詞根後面接續「-아/어/여」開頭的語尾時，「ㅎ」會脫落，並要在詞根加上「ㅣ」。

・노랗다＋아요 → 노라＋ㅣ＋아요 → 노래요

・하얗다＋아서 → 하야＋ㅣ＋아서 → 하얘서

原形	-고	-ㅂ/습니까	-아/어요	-아/어/여서	-(으)니까	-(으)면	-(으)ㄴ/는
노랗다 （黃）	노랗고	노랗습니까	노래요	노래서	노라니까	노라면	노란
까맣다 （黑）	까맣고	까맣습니까	까매요	까매서	까마니까	까마면	까만
파랗다 （藍）	파랗고	파랗습니까	파래요	파래서	파라니까	파라면	파란

빨갛다 （紅）	빨갛고	빨갛습니까	빨개요	빨개서	빨가니까	빨가면	빨간
하얗다 （白）	하얗고	하얗습니까	하얘요	하얘서	하야니까	하야면	하얀
이렇다 （這樣）	이렇고	이렇습니까	이래요	이래서	이러니까	이러면	이런
그렇다 （那樣）	그렇고	그렇습니까	그래요	그래서	그러니까	그러면	그런

例 휴가 때 바다에 갔다 와서 얼굴이 까매졌습니다.

休假時去了一趟海邊，結果臉變黑了。

가을에는 파란 하늘과 하얀 구름을 볼 수 있습니다.

秋天可以看到藍天白雲。

「많다」、「좋다」、「싫다」等形容詞，雖然詞根以「ㅎ」結尾，但仍屬於規則變化							
原形	-고	-ㅂ/습니다	-아/어요	-아/어/여서	-(으)니까	-(으)면	-(으)ㄴ/는
많다 （多）	많고	많습니다	많아요	많아서	많으니까	많으면	많은
좋다 （不錯）	좋고	좋습니다	좋아요	좋아서	좋으니까	좋으면	좋은
싫다 （討厭）	싫고	싫습니다	싫어요	싫어서	싫으니까	싫으면	싫은

例 할 일이 많으면 제가 좀 도와 드릴까요?

有很多事要做的話，要不要我來幫忙？

이 곳은 공기도 맑고 사람들도 친절해서 살기 좋습니다.

這裡空氣清新，人們也親切，所以很適合居住。

TOPIK I 必備語彙

語彙排列順序

子音排列順序：ㄱ → ㄲ → ㄴ → ㄷ → ㄸ → ㄹ → ㅁ → ㅂ → ㅃ → ㅅ → ㅆ →
ㅇ → ㅈ → ㅉ → ㅊ → ㅋ → ㅌ → ㅍ → ㅎ

母音排列順序：ㅏ → ㅑ → ㅓ → ㅕ → ㅓ → ㅗ → ㅛ → ㅜ → ㅠ → ㅡ → ㅣ →
ㅐ → ㅒ → ㅔ → ㅖ → ㅘ → ㅙ → ㅚ → ㅝ → ㅞ → ㅟ → ㅢ

凡例

（1）品詞：名詞 →（名）
形容詞 →（形）
動詞 →（動）
副詞 →（副）
助詞 →（助）
（2）相似詞 →（似）
相反詞 →（反）
（3）例句、單字 →（例）

一、必備語彙

가구（名）家具	例 가구 만드는 곳에 갔습니다. 去了做家具的地方。
가격（名）價格	例 가격이 얼마입니까? 價格多少？ ◎（似）값 價錢
가게（名）商店	例 과일 가게 水果店
가깝다（形）近	例 집에서 회사까지 가깝습니다. 從家裡到公司很近。 ⊙（反）멀다 遠
가꾸다（動）管理	例 정원을 가꿉니다. 管理庭院。
가끔（副）偶爾	例 백화점에 가끔 갑니다. 偶爾去百貨公司。
가다（動）去	例 회사에 갑니다. 去公司（上班）。 ⊙（反）오다 來
가르치다（動）教	例 한국어를 가르칩니다. 教韓語。 ⊙（反）배우다 學習
가방（名）包包	例 가방을 삽니다. 買包包。
가벼워지다（動）變輕	例 마음이 가벼워졌습니다. 心情變輕鬆。 ⊙（反）무거워지다 變沉重。
가볍다（形）輕	例 마음이 가볍습니다. 心情輕鬆。 ⊙（反）무겁다 重
가을（名）秋天	例 가을에는 날씨가 시원합니다. 秋天天氣涼爽。
가위（名）剪刀	例 가위 좀 빌려 주세요. 請借我剪刀一下。

가져가다 (動) 拿去、帶去	例 음료수를 가져 갑니다. 帶飲料去。 ⊙ (反) 가져오다 帶來、拿來
가져다 주다 (動) 拿去給、帶去給	例 책 좀 가져다 주세요. 請帶書來給我。
가져오다 (動) 帶來、拿來	例 친구가 먹을 것을 가져왔습니다. 朋友帶吃的來了。 ⊙ (反) 가져가다 帶去
가족 (名) 家人	例 가족과 식사를 합니다. 跟家人吃飯。
가지 ① (名) 種、類	例 모두 몇 가지입니까? 總共有幾種？ ◎ (似) 종류 種類
② (名) 茄子	例 가지는 보라색입니다. 茄子是紫色。
가지다 (動) 擁有	例 제가 표를 가지고 있습니다. 我拿著票。 ◎ (似) 갖다 擁有
가짜 (名) 虛假	例 그것은 가짜입니다. 那是假的。 ⊙ (反) 진짜 真的
간단하다 (形) 簡單	例 만드는 방법이 간단합니다. 製作的方法很簡單。 ⊙ (反) 복잡하다 複雜
간장 (名) 醬油	例 이 음식은 간장을 넣습니다. 這道菜要加醬油。
감기 (名) 感冒	例 감기에 걸렸습니다. 得了感冒。
감사하다 (動) 感謝	例 감사합니다. 謝謝。
갑자기 (副) 突然	例 갑자기 생각났습니다. 突然想起來了。
강 (名) 江河	例 강과 바다 江河與海

강아지（名）小狗	例 예쁜 강아지가 생겼습니다. 有了可愛的小狗。 ◎（似）개 狗
강당（名）大禮堂	例 강당에서 음악회를 합니다. 在大禮堂舉行音樂會。
갖다（動）擁有	例 좋은 친구를 갖고 싶습니다. 想要有好的朋友。 ◎（似）가지다 擁有
같다（形）相同	例 저와 친구의 생일이 같습니다. 我跟朋友的生日一樣。 ⊙（反）다르다 不同
같이（副）一起	例 가족들과 같이 있습니다. 跟家人在一起。 ◎（似）함께 一同　⊙（反）따로 分開地
값（名）價錢	例 값이 쌉니다. 價錢便宜。 ◎（似）가격 價格
갔다 오다（動）去一趟	例 한국에 갔다 왔습니다. 去了一趟韓國。 ◎（似）다녀 오다 去一趟
거기（指示代名詞）那裡	例 거기에 가방이 있습니다. 那裡有包包。
거리（名）街頭	例 거리에 사람이 많습니다. 街上人很多。 ◎（似）길 街道、道路
거울（名）鏡子	例 거울을 한번 보세요. 請看看鏡子。
거의（副）幾乎	例 거의 다 있습니다. 幾乎都有。
걱정하다（動）擔心	例 친구가 내일 시험을 걱정합니다. 朋友擔心明天的考試。 ⊙（反）안심하다 放心

건강하다（形）健康	例 저는 건강합니다. 我很健康。 ⊙（反）아프다 不舒服、痛
건물（名）房屋	例 건물 앞에 서 있습니다. 站在房屋前面。
걷다（動）行走	例 걷는 것이 건강에 좋습니다. 走路有益健康。 ⊙（反）뛰다 跑
걸리다 ①（動）花（時間）	例 시간이 걸립니다. 花時間。
②（動）得	例 감기에 걸렸습니다. 得了感冒。 ⊙（反）낫다 痊癒
것（指示代名詞）東西	먹을 것 없어요? 沒有吃的東西嗎? ◎（似）거 東西（「것」的縮寫）
겨울（名）冬天	例 겨울에 눈이 옵니다. 冬天下雪。
경기（名）比賽	例 축구 경기를 봅니다. 觀賞足球賽。 ◎（似）대회 比賽、大會
경찰（名）警察	例 경찰이 되고 싶습니다. 想當警察。
경치（名）景色	例 경치가 아름답습니다. 景色美麗。 ◎（似）풍경 風景
경험（名）經驗	例 경험이 많습니다. 經驗豐富。
고기（名）肉	例 고기를 좋아합니다. 喜歡吃肉。
고르다（動）挑選	例 이쪽에서 골라 보세요. 請在這裡挑選。
고맙다（形）感謝	例 고맙습니다. 謝謝。 ◎（似）감사하다 感謝
고양이（名）貓咪	例 집에 고양이가 있습니다. 家裡有貓咪。
고추장（名）辣椒醬	例 떡볶이에 고추장을 넣습니다. 辣炒年糕要加辣椒醬。

고프다（形）（肚子）餓	배가 고픕니다. 肚子餓。 ⊙（反）부르다 飽
고향（名）故鄉、家鄉	例 고향에 가다. 回老家。
곡（名）曲	例 이 곡은 어떤 노래입니까? 這首是什麼歌曲？
곳（名）地方	例 그곳에 다시 갈 겁니다. 要再去那個地方。 ◎（似）장소 場所、곳 地方
공기（名）空氣	例 사람이 살려면 공기가 필요합니다. 人要活的話，需要空氣。
공부하다（動）念書、學習	例 한국어를 공부합니다. 學習韓文。 ⊙（反）놀다 玩
공연（名）公演	例 오늘 저녁에 공연이 있습니다. 今天晚上有公演。
공원（名）公園	例 공원이 조용합니다. 公園安靜。
공장（名）工廠	例 공장에 주문했습니다. 向工廠訂購了。
공책（名）本子	例 공책과 펜을 삽니다. 買筆記本跟筆。
공항（名）機場	例 근처에 공항이 있습니다. 附近有機場。
교실（名）教室	例 여기가 교실입니다. 這裡是教室。
교통（名）交通	例 교통이 복잡합니다. 交通複雜。
구（數詞）九	例 팔 다음 숫자는 구입니다. 八的下一個數字是九。
구경하다（動）逛、觀賞	例 어제 시장을 구경했습니다. 昨天逛了市場。
구두（名）皮鞋	例 오늘 구두를 신었습니다. 今天穿了皮鞋。
구름（名）雲	例 하늘에 구름이 많습니다. 天上很多雲。

구하다（動）找、求	例 아르바이트를 구합니다. 找打工。 ◎（似）찾다 找
국（名）湯	例 밥과 국 飯與湯
국물（名）湯汁	例 국물이 맛있습니다. 湯好喝。
국제（名）國際	例 이 곳은 국제 공항입니다. 這個地方是國際機場。
그것（名）那個	例 그것이 무엇입니까? 那個是什麼？
그냥（副）（沒意義地）就	例 그냥 있어요. 就待著。
그때그때（副）及時	例 할 말이 있으면 그때그때 이야기합니다. 有話就及時說。
그러나（副）但是、可是	例 일찍 일어났습니다. 그러나 지각했습니다. 早起了。可是遲到了。 ◎（似）그렇지만 雖然如此
그러니까（副）因此、所以	例 바쁩니다. 그러니까 다음에 만납시다. 很忙。所以下次見面吧。 ◎（似）그래서 因此
그러면（副）那麼	例 그러면 언제 다시 전화할까요? 那麼，何時再打電話呢？ ◎（似）그럼 那麼
그런데（副）但是	例 전화를 받았습니다. 그런데 잊어 버렸습니다. 有接到電話。但是忘記了。 ◎（似）그러나 可是
그럼（副）那麼	例 그럼, 그때 만나요. 那麼，到時候見。
그렇다（形）是的	例 그렇습니다. 是的。 ⊙（反）아니다 不是

그릇（名）碗	例 <u>그릇</u>이 예쁩니다. 碗很漂亮。
그리고（副）還有、而且	例 친구를 만납니다. <u>그리고</u> 식사합니다. 見朋友。還有吃飯。 ⊙（反）그러나 可是
그리다（動）畫	例 하늘을 <u>그립니다</u>. 畫天空。
그림（名）畫	例 <u>그림</u> 그리는 것을 좋아합니다. 喜歡畫畫。
그림책（名）繪本	例 아이들이 <u>그림책</u>을 봅니다. 孩子們看繪本。
그래도（副）即使如此	例 <u>그래도</u> 출근해야 합니다. 即使如此還是要上班。
그래서（副）所以	例 <u>그래서</u> 어떻게 됐어요? 所以怎麼樣了？ ◎（似）그러므로 所以
그만（副）不要再	例 <u>그만</u> 구경하고 가요. 不要再逛，走吧。 ⊙（反）계속 繼續
그만두다（動）停止	例 회사를 <u>그만두었</u>습니다. 辭掉工作。 ⊙（反）입사하다 進入公司
그저께（名）前天	例 <u>그저께</u> 친구를 만났습니다. 前天見了朋友。
그쪽（名）那邊	例 파란색 바지는 <u>그쪽</u>에 있습니다. 藍色褲子在那邊。
극장（名）劇場	例 <u>극장</u>에서 영화를 봅니다. 在劇場看電影。
근처（名）附近	例 <u>근처</u>에 편의점이 있습니다. 附近有便利商店。 ◎（似）부근 附近
금요일（名）星期五	例 <u>금요일</u>을 제일 좋아합니다. 最喜歡星期五。
급하다（形）急	例 성격이 <u>급합</u>니다. 個性急。

기간（名）時間、期間	例 기간이 짧습니다. 時間很短。
기다리다（動）等候	例 버스를 기다립니다. 等公車。
기분（名）心情	例 기분이 좋습니다. 心情很好。
기쁘다（形）高興	例 친구를 만나서 기쁩니다. 見到朋友，所以很高興。 ⊙（反）슬프다 傷心
기억（名）記憶	例 기억이 납니다. 記起來。
기차（名）火車	例 기차를 탑니다. 搭火車。 ◎（似）열차 列車
기차역（名）火車站	例 기차를 타러 기차역에 갑니다. 去火車站搭火車。
기타①（名）吉他	例 기타를 칩니다. 彈吉他。
②（名）其他	例 기타 또 누가 있습니까? 其他還有誰？
길（名）道路	例 길이 넓습니다. 路很寬。
길다（形）長	例 머리가 깁니다. 頭髮長。 ⊙（反）짧다 短
김밥（名）海苔飯卷	例 김밥을 좋아합니다. 喜歡海苔飯卷。
김치（名）泡菜	例 김치가 맛있습니다. 泡菜好吃。
개（名）狗	例 저는 개를 좋아합니다. 我喜歡狗。
게임（名）遊戲	例 게임을 자주 합니다. 常常玩遊戲。
계속（副）繼續	例 한 시간 동안 계속 이야기했습니다. 一個小時的時間持續說話。

계시다（動）在 （「있다」的敬語）	例 어머니께서 주방에 계십니다. 媽媽在廚房。
계절（名）季節	例 어느 계절을 좋아해요? 喜歡哪一個季節？
계획（名）計劃	例 방학에 무슨 계획이 있습니까? 放假有什麼計劃？
계획하다（動）計劃、企劃	例 동료가 이번 행사를 계획했습니다. 同事企劃了這次的活動。
과일（名）水果	例 과일 가게에서 과일을 삽니다. 在水果店買水果。
관광（名）觀光	例 관광 안내를 받습니다. 接受觀光導覽。
관광객（名）觀光客	例 관광객이 많습니다. 觀光客很多。
관심（名）關心、興趣	例 한국 음악에 관심이 있습니다. 對韓國音樂有興趣。
괜찮다（形）不錯、沒關係	例 괜찮습니다. 不錯；沒關係。
권（量詞）本	例 책 한 권, 책 두 권. 一本書、兩本書
까지（助詞）到	例 매일 오후 6시까지 일합니다. 每天工作到下午6點。 ⊙（反）부터、에서 從
깎다（動）削、減	例 좀 깎아 주세요. 請便宜一點。
깜짝（副）嚇（一跳）	例 깜짝 놀랐습니다. 嚇一跳。
꺼내다（動）拿出來	例 책을 꺼내세요. 請把書拿出來。 ⊙（反）넣다 放進去
꼭（副）一定	例 다음에 꼭 갈게요. 下次一定會去。

꽃 (名) 花	例 벚꽃이 피었습니다. 櫻花開了。
꽃집 (名) 花店	例 꽃집에 갑니다. 去花店。
끓이다 (動) 煮	例 국을 끓입니다. 煮湯。
끝나다 (動) 結束	例 수업이 끝났습니다. 下課了。 ⊙ (反) 시작하다 開始
깨끗하다 (形) 乾淨	例 옷이 깨끗합니다. 衣服乾淨。 ⊙ (反) 더럽다 髒

ㄴ

나가다 (動) 出去	例 밖에 나갑니다. 外出。
나누다 (動) 分享	例 우리는 오랫동안 이야기를 나누었습니다. 我們長時間聊天。
나다 (動) 產生	例 생각이 납니다. 想起來。
나라 (名) 國家	例 어느 나라에서 왔습니까? 請問從哪個國家來？
나무 (名) 樹木	例 나무에 꽃이 피었습니다. 樹上的花開了。
나쁘다 (形) 壞	例 기분이 나쁩니다. 心情不好。 ⊙ (反) 좋다 好
나오다 ① (動) 出來	例 빨리 나오세요. 請快點出來。
② (動) 出現	例 친구가 텔레비전에 나왔습니다. 朋友上電視。
나이 (名) 年紀	例 나이가 어떻게 되세요? 請問年紀多大？

나중에（副）以後	例 나중에 전화할게요. 以後打電話給你。 ⊙（反）전에 以前
낚시（名）釣魚	例 낚시를 갑니다. 去釣魚。
날（名）日子	例 오늘은 특별한 날입니다. 今天是特別的日子。
날마다（副）每天	例 날마다 아침을 먹습니다. 每天吃早餐。 ◎（似）매일 每日
날씨（名）天氣	例 따뜻한 날씨, 시원한 날씨 溫暖的天氣、涼快的天氣
날짜（名）日期	例 날짜를 모릅니다. 不知道日期。
남자（名）男生	例 저는 남자입니다. 我是男生。 ⊙（反）여자 女生
낫다 ①（動）痊癒	例 감기가 다 나았습니다. 感冒都痊癒了。
②（動）更好、勝過	例 이것이 저것보다 낫습니다. 這個比那個更好。
낮（名）白天	例 지금은 낮입니다. 現在是白天。 ⊙（反）밤 夜晚
낮다（形）低、矮	例 의자가 낮습니다. 椅子很矮。 ⊙（反）높다 高
너무（副）太	例 기분이 너무 좋습니다. 心情太好。
넓다（形）寬大	例 교실이 넓습니다. 教室寬敞。
넣다（動）放進去	例 가방에 책을 넣습니다. 把書放在包包裡。 ⊙（反）꺼내다 拿出來
년（名）年	例 일 년, 이 년 一年、二年

노란색（名）黃色	例 저는 노란색을 골랐습니다. 我選了黃色。
노래（名）歌曲	例 노래 모임이 있습니다. 有歌曲聚會。
노인（名）老人	例 그곳은 노인들이 쉬는 곳입니다. 那裡是老人休息的地方。
놀다（動）玩	例 친구와 함께 놀았습니다. 跟朋友一起玩了。
놀라다（動）驚嚇	例 깜짝 놀랐습니다. 嚇了一跳。
농구（名）籃球	例 농구를 합니다. 打籃球。
높다（形）高	例 산이 높습니다. 山很高。 ⊙（反）낮다 矮、低
놓다（動）放	例 여기에 놓으십시오. 請放在這裡。
누구（名）誰	例 그 사람이 누구입니까? 他是誰？
누나（名）姊姊 （以男生的立場對姊姊的稱呼）	例 누나가 보고 싶습니다. 想念姊姊。
눈 ①（名）眼睛	例 눈이 큽니다. 眼睛很大。
②（名）雪	例 눈이 옵니다. 下雪。
눈길（名）雪路	例 눈길이 미끄럽습니다. 雪路很滑。
눈사람（名）雪人	例 눈사람을 만듭니다. 做雪人。
눕다（動）躺下	例 누워서 영화를 봅니다. 躺著看電影。
느껴지다（動）覺得	例 친구가 소중하게 느껴졌습니다. 覺得朋友很珍貴。
느끼다（動）感受	例 부모님께 감사함을 느낍니다. 對父母親感到感謝。

느낌（名）感覺	例 느낌이 좋습니다. 感覺不錯。
늦게（副）晚	例 늦게 일어났습니다. 晚起了。 ⊙（反）일찍 提早
늦다（動）晚、遲到	例 아침에 회사에 늦었습니다. 早上上班遲到了。
내년（名）明年	例 내년에 졸업합니다. 明年畢業。 ⊙（反）작년 去年
내다①（動）付、交	例 돈을 냅니다. 付錢。 ⊙（反）받다 收、受
②（動）空出	例 시간을 냅니다. 空出時間。
내려가다/오다（動） 下去；下來	例 계단을 내려갑니다. 下樓梯。 ⊙（反）올라가다/오다 上去/上來
내리다（動）下	例 여기에서 내리십시오. 請在這裡下。 ⊙（反）타다 搭上
내용（名）內容	例 내용이 어렵습니다. 內容很難。
내일（名）明天	例 내일은 무슨 요일입니까? 明天星期幾？
넷（數詞）四	例 4를 넷이라고 읽습니다. 4要念四。
냉장고（名）冰箱	例 냉장고를 샀습니다. 買了冰箱。

ㄷ

다（副詞）都	例 다 했어요? 都做好了嗎？ ◎（似）모두, 전부 都、全部
다녀오다（動）去一趟	例 안녕히 다녀오세요. 路上小心。 ◎（似）갔다 오다 去一趟

다니다（動）往返	例 회사에 다닙니다. 在公司上班。
다르다（形）不同	例 사람마다 성격이 다릅니다. 人人個性不同。 ⊙（反）같다 相同
다양하다（形）多樣	例 종류가 다양합니다. 種類很多。
다섯（數詞）五	例 다섯 명입니다. 五個人。
다음（名）下一個	例 다음 주, 다음 달 下週、下個月 ⊙（反）지난 上次、之前
다시（副）再、重新	例 다시 한 번 말씀해 주세요. 請再說一次。
다치다（動）受傷	例 발을 다쳤습니다. 腳受傷了。 ⊙（反）낫다 痊癒
다행이다（形）幸好	例 다치지 않아서 다행입니다. 幸好沒受傷。
닦다（動）擦	例 창문을 닦습니다. 擦窗戶。
닫다（動）關閉	例 창문을 닫습니다. 關窗戶。 ⊙（反）열다 打開
달 ①（名）月份	例 이번 달, 다음 달 這個月、下個月 （似）월 月份
②（名）月亮	例 달과 별 月亮與星星
달다（形）甜	例 이 음식은 달고 맵습니다. 這道菜又甜又辣。
달라지다（動）變化	例 옛날과 달라졌습니다. 和過去有了變化。
달력（名）月曆	例 달력을 봅니다. 看月曆。
달리기（名）跑步	例 아침마다 달리기를 합니다. 每天早上跑步。
담그다（動）泡、醃	例 김치를 담급니다. 醃泡菜。

더（副）更	例 이것이 저것보다 더 맛있습니다. 這個比那個更好吃。 ⊙（反）덜 少
더러워지다（動）變髒	例 옷이 더러워졌습니다. 衣服變髒了。
더럽다（形）髒	例 방이 더럽습니다. 房間很髒。
덜（副）少	例 소금을 덜 먹어야 합니다. 要少吃鹽巴。
덥다（形）熱	例 날씨가 덥습니다. 天氣熱。 ⊙（反）춥다 冷
도로（名）道路	例 집 앞에 도로가 있습니다. 家前面有路。
도서관（名）圖書館	例 도서관에 갑니다. 去圖書館。
도시（名）都市	例 도시는 교통이 복잡합니다. 都市交通複雜。
도움（名）幫助	例 도움이 필요합니다. 需要幫助。
도와주다（動）給與幫助	例 친구를 도와주었습니다. 幫助了朋友。
도장（名）印章	例 통장을 만들려면 도장이 필요합니다. 要開戶的話需要印章。
도착하다（動）到達	例 언제 도착했어요? 何時到達? ⊙（反）출발하다 出發
돈（名）錢	例 돈이 있습니다. 有錢。
돌아가다/오다（動） 回去；回來	例 아직 안 돌아왔습니다. 還沒回來。
돌아다니다（動）到處逛	例 주말마다 여기저기 돌아다닙니다. 每個週末到處逛。
동료（名）同事	例 동료와 식사를 합니다. 跟同事吃飯。

동물（名）動物	例 저는 동물을 좋아합니다. 我喜歡動物。
동물원（名）動物園	例 주말에 동물원에 갈 겁니다. 週末要去動物園。
동생（名）弟弟/妹妹	例 동생과 놉니다. 跟弟弟（妹妹）玩。
동안（名）期間	例 한 시간 동안 一小時期間
동전（名）硬幣	例 동전이 없습니다. 沒有硬幣。
돕다（動）幫助	例 도와 줄게요. 我會幫助你。
두드리다（動）敲	例 문을 두드립니다. 敲門。
둘（數詞）二	例 비빔밥 둘 주세요. 請給我兩個拌飯。
드라마（名）電視劇	例 한국 드라마 보는 것을 좋아합니다. 喜歡看韓劇。
드리다（動）給 （「주다」的敬語）	例 이걸 드릴게요. 這個給您。
드시다（動）吃 （「먹다」的敬語）	例 드셔 보세요. 請品嚐一下。
들다 ①（動）提、拿	例 가방을 듭니다. 提包包。 ⊙（反）놓다 放下
②（動）欣賞	例 마음에 들어요. 喜歡；滿意。
들어가다/오다 （動） 進去；進來	例 빨리 들어가세요/들어오세요. 請快點進去；進來。 ⊙（反）나가다/나오다 出去；出來
등산（名）登山	例 등산을 자주 합니다. 常常登山。

대신（名）取代、代替	例 축구 대신 농구를 합시다. 打籃球來代替踢足球。
대학교（名）大學	例 대학교에 다닙니다.　上大學。
대학생（名）大學生	例 대학생이 되었습니다.　成為了大學生。
대회（名）大會	例 마라톤 대회가 있습니다.　有馬拉松大會。
데（名）地方、處	例 가까운 데로 가겠습니다.　要去近的地方。 ⊙（似）곳　地方
데리고 가다/오다（動） （有生命的對象）帶來；帶去	例 동물을 데리고 와도 됩니까? 可以帶動物來嗎?
되다（動）①當、成為	例 부모가 되었습니다.　當父母。
②達到	例 회원이 백 명이 되었습니다. 會員達到一百名。
③可行	例 시간이 안 됩니다.　時間不行。
뒤（名）後面	例 뒤에 앉으세요.　請坐後面。
따뜻하다（形）①溫暖	例 날씨가 따뜻합니다.　天氣暖和。 ⊙（反）춥다　冷
②保暖	例 옷이 따뜻합니다.　衣服保暖。
③溫馨	例 마음이 따뜻합니다.　心裡感到溫馨。
따라서（副）延著、順著	例 길을 따라서 걷습니다.　延著路走。
딸기（名）草莓	例 딸기 케이크를 먹습니다.　吃草莓蛋糕。
떠나다（動）①離開	例 한국을 떠납니다.　離開韓國。 ⊙（反）돌아오다　回來
②出發	例 일찍 떠났습니다.　提早出發。

279

떡볶이 (名) 辣炒年糕	例 <u>떡볶이</u>는 맵지만 맛있습니다. 辣炒年糕很辣，但好吃。
또 (副) 又、再	例 <u>또</u> 보고 싶습니다. 想再看。 ◎ (似) 다시 再
똑같다 (形) 一樣	例 저와 친구의 생일이 <u>똑같습니다</u>. 我跟朋友的生日一樣。 ◎ (似) 같다 一樣
뜨겁다 (形) 熱、燙	例 물이 <u>뜨겁습니다</u>. 水很燙。 ⊙ (反) 차다 冰
때 (名) 時候	例 휴가 <u>때</u> 뭐 할 거예요? 休假時要做什麼？
때문에 (副) 因為	例 시험 <u>때문에</u> 걱정합니다. 因為考試，所以很擔心。

ㄹ

라디오 (名) 收音機	例 <u>라디오</u>를 듣습니다. 聽收音機。
라면 (名) 泡麵	例 <u>라면</u>은 건강에 좋지 않습니다. 泡麵對健康不好。

ㅁ

마라톤 (名) 馬拉松	例 오늘 <u>마라톤</u> 대회가 있습니다. 今天有馬拉松大會。
마시다 (動) 喝	例 커피를 <u>마십니다</u>. 喝咖啡。
마을 (名) 村落	例 저는 이 <u>마을</u>에 삽니다. 我住在這村子。

마음（名）心	例 마음이 아픕니다. 心痛。
마지막（名）最後	例 마지막 순서입니다. 是最後順序。
마트（名）超市、賣場	例 그 물건은 마트에 없습니다. 那個東西超市裡沒有。 ◎（似）슈퍼 超市
막다（動）阻擋、防止	例 교통 사고를 막아야 합니다. 要防止車禍。
막히다（動）阻塞	例 길이 많이 막힙니다. 路上嚴重塞車。
만 ①（數詞）一萬	例 만 원 一萬圜
②（副詞）只有	例 집에 저 혼자만 있습니다. 家裡只有我一個人。
만나다（動）見面	例 친구를 만납니다. 見朋友。
만들다（動）製作、做	例 케이크를 만듭니다. 做蛋糕。
만화（名）漫畫	例 만화를 좋아합니다. 喜歡漫畫。
만화가（名）漫畫家	例 제 친구는 만화가입니다. 我朋友是漫畫家。
만화책（名）漫畫書	例 제 취미는 만화책을 보는 것입니다. 我的興趣是看漫畫書。
많다（形）多	例 사람이 많습니다. 人多。 ⊙（反）적다 少
많이（副）多地	例 텔레비전을 많이 봅니다. 看很多電視。 ⊙（反）조금 一點、적게 少地
말（名）①話語	例 말을 많이 합니다. 說很多話。 ⊙（反）행동 行動
②馬	例 말을 탑니다. 騎馬。

말하다（動）說	例 지금 친구가 <u>말하고</u> 있습니다. 現在朋友正在說。
말씀（名）話語 （「말」的敬語）	例 <u>말씀</u>하세요. 請說。
말투（名）語氣、口氣	例 그의 <u>말투</u>가 기분 나빴습니다. 他的語氣讓我不高興。
맑다（形）晴朗	例 날씨가 <u>맑습니다</u>. 天氣晴朗。 ⊙（反）흐리다 陰沉
맛（名）味道	例 <u>맛</u>이 어떻습니까? 味道如何？
맛있다（形）好吃	例 음식이 정말 <u>맛있습니다</u>. 菜真的好吃。 ⊙（反）맛없다 不好吃
맞다（動）①符合、適合	例 음식이 입에 <u>맞습니다</u>. 菜合胃口。
②對	例 이 답이 <u>맞습니다</u>. 這答案是對的。
③挨打	例 누구한테 <u>맞았어요</u>? 被誰打？
맡기다（動）委託、託付	例 사진기를 <u>맡깁니다</u>. 寄放照相機。
머리（名）①頭部	例 <u>머리</u>가 아픕니다. 頭痛。
②頭腦	例 <u>머리</u>가 좋습니다. 頭腦聰明。
③頭髮	例 <u>머리</u>를 자릅니다. 剪頭髮。
먹다（動）吃	例 약을 <u>먹습니다</u>. 吃藥。
먼저（副）先	例 <u>먼저</u> 드세요. 請先吃。 ⊙（反）나중에 以後
멀다（形）遠	例 집에서 학교까지 <u>멉니다</u>. 從家裡到學校很遠。 ⊙（反）가깝다 近

멋있다（形）帥	例 색깔이 멋있습니다. 顏色酷炫。 ◎（似）멋지다 帥
멋지다（形）帥	例 그 가수가 정말 멋집니다. 那個歌手很帥氣。 ◎（似）멋있다 帥
며칠（名）幾天	例 며칠 동안 여행해요? 請問旅行幾天？
면접（名）面試	例 내일 면접이 있습니다. 明天有面試。
몇（疑問詞）幾	例 몇 개, 몇 시, 몇 명 幾個、幾點、幾位
명（量詞）名	例 한 명, 두 명 一名、兩名
모두（副）全部、都	例 모두 몇 명입니까? 全部幾個人？ ◎（似）전부, 다 全部都
모르다（動）①不知道、不懂	例 이 문제를 모릅니다. 不懂這題。 ⊙（反）알다 知道、懂
②不認識	例 그 사람을 모릅니다. 不認識那個人。 ⊙（反）알다 認識
모레（名）後天	例 모레 약속이 있습니다. 後天有約。
모습（名）樣子、光景	例 부모님께서 기뻐하시는 모습을 보고 싶습니다. 想看到父母親高興的樣子。
모양（名）模樣、樣子	例 모양이 다릅니다. 模樣不同。
모으다（動）①收集	例 우표를 모읍니다. 收集郵票。 ⊙（反）버리다 丟
②存	例 돈을 모읍니다. 存錢。 ⊙（反）쓰다 花
모임（名）聚會	例 오늘 모임이 있습니다. 今天有聚會。

목（名）①喉嚨	例 <u>목</u>이 쉬었습니다. 嗓子啞掉。
②頸部	例 <u>목</u>이 아픕니다. 脖子痛。
못（副）	例 운동을 <u>못</u>합니다. 不會運動。 ⊙（反）잘 （程度）很好
무겁다（形）	例 가방이 <u>무겁</u>습니다. 包包重。 ⊙（反）가볍다 輕
무료（名）免費	例 반찬은 <u>무료</u>입니다. 小菜免費。 ◎（似）공짜 免費　⊙（反）유료 付費
무엇（疑問詞）	例 이것이 <u>무엇</u>입니까? 這是什麼？ ◎（似）뭐 什麼（「무엇」的縮寫）
무척（副）非常	例 이 옷이 <u>무척</u> 마음에 듭니다. 很喜歡這件衣服。 ◎（似）아주 非常
문（名）門	例 <u>문</u>을 열어 주세요. 請幫我開門。
문구점（名）文具店	例 연필은 <u>문구점</u>에서 팝니다. 鉛筆在文具店賣。 ◎（似）문방구 文具店
문제（名）①題目	例 <u>문제</u>를 풉니다. 解題。
②麻煩、問題	例 <u>문제</u>가 생겼습니다. 有了麻煩。
묻다（動）問	例 모르는 문제를 선생님께 <u>묻습</u>니다. 問老師不懂的問題。
물（名）水	例 <u>물</u>을 마십니다. 喝水。
물건（名）東西	例 <u>물건</u>을 정리합니다. 整理東西。
물어보다（動）問問	例 <u>물어볼</u> 게 있는데요. 有事想要問問。

뮤지컬（名）音樂劇	例 뮤지컬을 보러 갑니다. 去看音樂劇。
미리（副）事先	例 미리 알려 주세요. 請事先告知。 ⊙（似）먼저 先
미래（名）未來	例 미래를 알고 싶습니다. 想知道未來。 ⊙（反）과거 過去
미술관（名）美術館	例 미술관에 그림이 많습니다. 美術館有很多畫。
미안하다（形）對不起、抱歉	例 늦어서 미안해요. 對不起遲到了。
미용사（名）美容師	例 저는 미용사입니다. 我是美容師。
미용실（名）美容院	例 미용실에서 머리를 자릅니다. 在美容院剪頭髮。
믿다（動）相信	例 그 사람의 말을 믿습니다. 相信他的話。
매년（名）每年	例 매년 여행을 갑니다. 每年去旅行。
매일（名）每日	例 매일 학교에 갑니다. 每天去上學。
매주（名）每週	例 매주 수업이 있습니다. 每週有課。
맵다（形）辣	김치는 맵습니다. 泡菜辣。
메뉴（名）菜單、菜色	例 메뉴 좀 보여 주세요. 請給我看菜單。
메모하다（動）記錄、備忘	例 일정을 메모하면 편리합니다. 將行程記錄起來的話就很方便。
메시지（名）訊息	例 메시지를 보냅니다. 傳訊息。
뭐（疑問詞）什麼 （「무엇」的縮寫）	例 이게 뭐예요? 這是什麼？

ㅂ

바꾸다（動）換　　　囫 자리를 **바꾸**세요. 請換位子。

바뀌다（動）被換　　囫 날짜가 **바뀌**었습니다. 日期換了。

바다（名）海　　　　囫 **바다**에 갑니다. 去海邊。

바닥（名）地板　　　囫 **바닥**에 앉았습니다. 坐在地上。

바라다（動）期盼　　囫 행복하기 **바랍**니다. 希望你幸福。

바람（名）風　　　　囫 **바람**이 붑니다. 吹風。

바로（副）立即　　　囫 지금 **바로** 보내 드릴게요. 現在立即送給你。

바쁘다（形）忙碌　　囫 요즘 **바쁩**니까? 最近忙嗎？

바지（名）褲子　　　囫 **바지**를 샀습니다. 買了褲子。

박물관（名）博物館　囫 **박물관**을 구경했습니다. 在博物館觀賞。

박수（名）拍手　　　囫 **박수**를 칩니다. 拍手。

밖（名）外面　　　　囫 **밖**에 나갑니다. 出去外面。
　　　　　　　　　⊙（反）안 裡面

반갑다（形）高興　　囫 만나서 **반갑**습니다. 很高興見到你。

받다（動）收、受　　囫 이메일을 **받**았습니다. 收到電子郵件。
　　　　　　　　　⊙（反）주다 給

발（名）腳　　　　　囫 손과 **발** 手與腳
　　　　　　　　　⊙（反）손 手

밝다（形）亮　　　　囫 교실이 **밝**습니다. 教室很亮。
　　　　　　　　　⊙（反）어둡다 暗

286

밤（名）①夜晚	例 밤과 낮 夜晚與白天
②栗子	例 밤을 먹습니다. 吃栗子。
밤늦게（副）深夜、半夜	例 밤늦게 전화해서 미안해요. 半夜打電話給你，對不起。
밥（名）飯	例 저녁에는 밥을 먹습니다. 晚上吃飯。 ◎（似）식사 餐
방（名）房間	例 방을 예약합니다. 訂房間。
방문（名）房門	例 방문을 엽니다. 開房門。
방법（名）方法	例 좋은 방법이 있습니까? 有好方法嗎？
방학（名）寒暑假	例 겨울 방학, 여름 방학 寒假、暑假
버리다（動）丟	例 쓰레기를 버립니다. 丟垃圾。 ⊙（反）모으다 收集
버스（名）公車	例 버스를 타고 갑니다. 搭公車去。
번（量詞）①次數	例 한 번 갈아탑니다. 轉搭一次。
②號碼	例 전화 번호가 몇 번이에요? 請問電話號碼幾號？
번째（量詞）第～次	例 첫 번째 第一次
벌다（動）賺	例 돈을 법니다. 賺錢。 ⊙（反）쓰다 花
벌써（副）這麼快	例 벌써 가요? 這麼快就走嗎？
벗다（動）脫	例 신발을 벗습니다. 脫鞋子。
별로（副）不太、不怎麼	例 그 영화는 별로 재미없습니다. 那部電影不太好看。

병원 （名） 醫院	例 병원이 어디에 있습니까? 醫院在哪裡？
보내다 （動） ①寄、送	例 이메일을 보냅니다. 寄電子郵件。 ⊙（反）받다 收、受
②度過	例 주말을 보냅니다. 度過週末。 ◎（似）지내다 過
보다 （動） 看	例 영화를 봅니다. 看電影。
보이다 （動） 給～看、看得到	例 신분증 좀 보여 주세요. 請給我看身分證。
보통 （副） 一般、通常	例 보통 7시에 일어납니다. 通常7點起床。
복잡하다 （形） 複雜	例 교통이 복잡합니다. 交通複雜。 ⊙（反）간단하다 簡單、단순하다 單純
봄 （名） 春天	例 봄에는 날씨가 따뜻해서 나들이를 갑니다. 春天天氣溫暖，人們去郊遊。
부드럽다 （形） 溫柔、柔和、柔軟	例 아이스크림은 부드럽습니다. 冰淇淋很柔潤。
부르다 （動） ①呼叫	例 이름을 부릅니다. 叫名字。
②飽	例 배가 부릅니다. 肚子很飽。
③唱	例 노래를 부릅니다. 唱歌。
부모 （名） 父母	例 아버지와 어머니를 부모라고 부릅니다. 父親跟母親叫做父母。
부탁하다 （動） 拜託	例 잘 부탁합니다. 請多多指教。 ⊙（反）부탁 받다 受請託
분 （量詞） ①分	例 지금 몇 분이에요? 現在幾分？
②位	例 몇 분이세요? 請問幾位？

분위기（名）氣氛	例 <u>분위기</u>가 자유롭습니다. 氣氛自由。
불고기（名）韓式烤肉	例 <u>불고기</u>를 좋아합니다. 喜歡韓式烤肉。
불다（動）吹、颳	例 바람이 <u>붑니다</u>. 吹風。
불편하다（形）不方便	例 쓰기 <u>불편합니다</u>. 用起來不方便。 ⊙（反）편리하다 方便
비（名）雨	例 밖에 <u>비</u>가 옵니다. 外面下雨。
비슷하다（形）相似	例 우리는 성격이 <u>비슷합니다</u>. 我們個性很像。 ⊙（反）다르다 不同
비용（名）費用	例 <u>비용</u>이 얼마입니까? 費用多少？
비싸다（形）貴	例 값이 <u>비쌉니다</u>. 價錢很貴。 ⊙（反）싸다 便宜
비행기（名）飛機	例 <u>비행기</u> 표를 삽니다. 買機票。
빌리다（動）借	例 친구한테서 책을 <u>빌렸습니다</u>. 跟朋友借了書。
빌려 주다（動）借給	例 친구에게 책을 <u>빌려 주었습니다</u>. 借書給了朋友。 ⊙（反）돌려 주다 還給
배（名）①梨子	例 <u>배</u>를 먹습니다. 吃梨子。
②船隻	例 <u>배</u>를 탑니다. 搭船。
③肚子	例 <u>배</u>가 고픕니다. 肚子餓。
배달하다（動）送貨	例 <u>배달</u>할 물건이 많습니다. 要送的貨很多。
배드민턴（名）羽毛球	例 <u>배드민턴</u>을 칩니다. 打羽毛球。

배우다（動）學習	例 노래를 배우고 싶습니다. 想學習唱歌。 ⊙（反）가르치다 教
백（數詞）一百	例 백 명, 백 개 一百名、一百個
백화점（名）百貨公司	例 백화점에서 쇼핑합니다. 在百貨公司購物。
뵙다（動）拜見	例 처음 뵙겠습니다. 初次見面。
빠르다（形）快	例 이쪽 길이 더 빠릅니다. 這條路更快。
빨리（副）快	例 빨리 나오세요. 請快點出來。 ⊙（反）느리다 慢
빵（名）麵包	例 빵이 맛있습니다. 麵包好吃。
빵집（名）麵包店	例 빵집에서 빵을 삽니다. 在麵包店買麵包。

ㅅ

사（數詞）四	例 사 월, 사 개월 四月、四個月
사과（名）①蘋果	例 저는 사과를 좋아합니다. 我喜歡蘋果。
②道歉	例 친구에게서 사과를 받았습니다. 接受朋友的道歉。
사귀다（動）認識、交往	例 새 친구를 사귑니다. 交到新朋友。
사다（動）買	例 선물을 삽니다. 買禮物。 ⊙（反）팔다 賣
사람（名）人	例 안에 사람이 있습니다. 裡面有人。 ◎（似）인간 人類
사랑（名）愛	例 이 곡은 사랑에 대한 노래입니다. 這首是有關愛情的歌。

사무실（名）辦公室	例 사무실에 사람이 많습니다. 辦公室有很多人。
사용하다（動）使用	例 전자 제품을 사용합니다. 使用電子產品。 ◎（似）쓰다 使用
사인（名）簽名	例 그 가수한테서 사인을 받았습니다. 從那位歌手得到簽名。 ◎（似）서명 簽名
사전（名）字典、詞典	例 영어 사전, 한국어 사전 英文詞典、韓文詞典
사진（名）照片	例 사진을 찍습니다. 拍照。
사진기（名）照相機	例 사진기로 사진을 찍습니다. 用相機拍照。 ◎（似）카메라 相機
사진관（名）照相館	例 사진관에 예쁜 사진이 많습니다. 照相館有很多漂亮的照片。
산（名）山	例 산에 갑니다. 去爬山。 ⊙（反）바다 海
산책하다（動）散步	例 산책하는 것을 좋아합니다. 喜歡散步。
살（量詞）歲	例 몇 살이에요? 請問幾歲？ ◎（似）세 歲
살다（動）居住、生活	例 저는 한국에서 살고 싶습니다. 我想住在韓國。
삼（數詞）三	例 삼 분, 삼 월 三分、三月
삼계탕（名）人蔘雞湯	例 삼계탕을 좋아합니다. 喜歡人蔘雞湯。
삼십（數詞）三十	例 지금은 세 시 삼십 분입니다. 現在三點三十分。

상대（名）對象	例 상대가 누군지 모릅니다. 不知道對象是誰。
상자（名）箱子	例 상자 안에 무엇이 있습니까? 箱子裡有什麼？ ◎（似）박스 箱子
서다（動）站	例 친구가 서 있습니다. 朋友站著。 ⊙（反）앉다 坐
서로（副）互相	例 서로 인사하세요. 互相打招呼。
서비스（名）服務	例 서비스가 좋습니다. 服務好。
서울（名）首爾	例 서울은 한국의 수도입니다. 首爾是韓國的首都。
서점（名）書店	例 서점에는 책이 많습니다. 在書店有很多書。
선물（名）禮物	例 선물을 받았습니다. 收到禮物。
선물하다（動）送禮物	例 꽃을 선물하려고 합니다. 想要送花當禮物。
선수（名）選手	例 선수 한 명이 다쳤습니다. 一位選手受傷了。
선생님（名）老師	例 선생님께 질문합니다. 問老師。 ⊙（反）학생 學生
설명（名）說明	例 설명을 듣고 이해했습니다. 聽說明就了解了。
성격（名）個性	例 제 동생은 성격이 좋습니다. 我弟弟個性好。
소고기（名）牛肉	例 소고기로 국을 끓였습니다. 用牛肉煮湯。
소금（名）鹽巴	例 소금은 흰색입니다. 鹽巴是白色。
소개하다（動）介紹	例 친구에게 이 식당을 소개했습니다. 介紹了這家餐廳給朋友。

소리（名）聲音	例 음악 소리가 큽니다. 音樂聲很大。
소문（名）傳聞	例 소문은 믿을 수 없습니다. 傳聞不可相信。
소식（名）消息	例 그 소식 들었어요? 聽到那消息嗎？
소중하다（形）珍貴、寶貴	例 저에게 소중한 선물입니다. 對我很珍貴的禮物。
소포（名）包裹	例 친구한테서 소포를 받았습니다. 從朋友那裡收到包裹。
소화（名）消化	例 소화가 안 됩니다. 消化不良。
속（名）①裡頭	例 지갑 속에 돈이 없습니다. 錢包裡沒錢。 ◎（似）안 裡面　⊙（反）밖 外頭、外面
②內心	例 속이 상합니다. 很傷心難過。
속상하다（形）傷心難過	例 친구와 싸워서 속상합니다. 跟朋友吵架，所以很傷心難過。
손님（名）客人	例 손님이 왔습니다. 客人來了。 ⊙（反）주인 主人
쇼핑（名）購物	例 쇼핑을 좋아합니다. 喜歡購物。
수건（名）毛巾	例 수건을 빨았습니다. 洗毛巾。
수박（名）西瓜	例 제가 좋아하는 과일은 수박입니다. 我喜歡的水果是西瓜。
수업（名）課	例 수업을 합니다. 上課。
수영（名）游泳	例 수영을 할 줄 압니다. 會游泳。
수영장（名）游泳池	例 수영장에 사람이 많습니다. 游泳池有很多人。

수학（名）數學	例 <u>수학</u> 수업이 있습니다. 有數學課。
숫자（名）數字	例 이것은 무슨 <u>숫자</u>입니까? 這是什麼數字？
슈퍼마켓（名）超市	例 <u>슈퍼마켓</u>에 물건이 많습니다. 超市有很多東西。 ◎（似）마트 超市
숙제（名）作業	例 <u>숙제</u>를 합니다, 수학 <u>숙제</u> 寫作業、數學作業
스키（名）滑雪	例 제 취미는 <u>스키</u> 타기입니다. 我的興趣是滑雪。
스키장（名）滑雪場	例 <u>스키장</u>에 갑니다. 去滑雪場。
스프（名）粉末、湯	例 <u>스프</u>를 만듭니다. 煮湯。
슬프다（形）傷感、悲傷	例 영화가 <u>슬픕니다</u>. 電影很悲傷。 ⊙（反）기쁘다 高興
시①（量詞）時	例 지금은 일곱 <u>시</u>입니다. 現在七點。
②（名）詩	例 저는 가끔 <u>시</u>를 씁니다. 我偶爾寫詩。
시간（名）時間	例 <u>시간</u>을 모릅니다. 不知道時間。
시골（名）鄉下	例 <u>시골</u>에 삽니다. 住在鄉下。 ⊙（反）도시 都市
시계（名）手錶、時鐘	例 <u>시계</u>를 봅니다. 看錶；看時鐘。
시원하다（形）涼快、涼爽	例 날씨가 <u>시원합니다</u>. 天氣涼爽。 ◎（似）차다 冰、차갑다 冰冷 ⊙（反）따뜻하다 溫暖
시작되다（動）（情況）開始	例 수업이 <u>시작되었습니다</u>. 開始上課了。 ⊙（反）끝나다 結束

시작하다（動）開始	例 회의를 시작하겠습니다. 會議要開始了。 ⊙（反）끝내다 結束
시장（名）市場	例 시장에 갑니다. 去市場。
시청（名）市政府	例 여기가 시청입니다. 這裡是市政府。
시키다（動）點、訂	例 음식을 시켰습니다. 點了菜。 ◎（似）주문하다 點、訂
시험（名）考試	例 내일 시험을 봅니다. 明天有考試。
식당（名）餐廳	例 식당에서 밥을 먹습니다. 在餐廳吃飯。 ◎（似）음식점 餐廳
식사（名）用餐	例 식사 하셨습니까? 用餐了嗎?
식탁（名）餐桌	例 식탁에서 밥을 먹습니다. 在餐桌吃飯。
식혜（名）甜酒釀	例 식혜는 한국의 전통 음료수입니다. 甜酒釀是韓國傳統飲料。
신나다（動）開心、興奮	例 방학을 생각하면 신납니다. 想到放假就很開心。 ◎（似）즐겁다 開心、愉快
신다（動）穿	例 오늘은 구두를 신었습니다. 今天穿了皮鞋。
신발（名）鞋子	例 신발을 신습니다. 穿鞋子。
신청서（名）報名表	例 신청서에 이름을 쓰세요. 請在報名表上寫名字。
신청하다（動）申請	例 언제든지 신청할 수 있습니다. 隨時都可以申請。
실내（名）室內	例 실내가 예쁩니다. 室內很漂亮。 ⊙（反）실외 室外

실례하다（動）失禮、不禮貌	例 <u>실례합니다</u>. 不好意思，請問一下。
심다（動）種植	例 꽃을 <u>심습니다</u>. 種花。
십（數詞）十	例 이<u>십</u>, 삼<u>십</u>, 사<u>십</u> 二十、三十、四十
새（冠形詞）新的	例 <u>새</u> 집, <u>새</u> 친구 新家、新朋友 ⊙（反）옛날, 예전 以前
새롭다（形）嶄新	例 기분이 <u>새롭습니다</u>. 心情嶄新。
색（名）顏色	例 노란<u>색</u>, 빨간<u>색</u> 黃色、紅色 ◎（似）색깔 顏色
색깔（名）顏色	例 <u>색깔</u>이 다양합니다. 顏色很多。
생각（名）想法、思考	例 <u>생각</u>을 잘 정리해야 합니다. 要好好整理思緒。
생각나다（動）想起來	例 고향이 <u>생각납니다</u>. 想起家鄉。
생기다（動）產生	例 집 앞에 시장이 <u>생겼습니다</u>. 家前面有了市場。 ⊙（反）없어지다 消失
생신（名）生辰、生日 （「생일」的敬語）	例 오늘은 할머니의 <u>생신</u>입니다. 今天是奶奶的生日。 ◎（似）생일 生辰
생일（名）生日	例 <u>생일</u> 축하합니다. 生日快樂。 ◎（似）생신 生辰
세（量詞）歲	例 7<u>세</u> 이하 어린이에게 선물을 드립니다. 送禮物給7歲以下的兒童。 ◎（似）살 歲

세상（名）世上   例 이것은 세상에 하나만 있습니다.
這在世上只有一個。

셋（數詞）三   例 셋을 셉니다. 數到三。

쉬다（動）休息   例 쉬고 싶습니다. 想休息。

쉽다（形）簡單、容易   例 생각보다 쉽습니다. 比想的簡單。
⊙（反）어렵다 難

싸다（形）便宜   例 값이 쌉니다. 價錢便宜。
⊙（反）비싸다 貴

싸우다（動）吵架   例 싸우면 안 됩니다. 不可以吵架。

쓰다 ①（形）苦   例 음식이 씁니다. 食物很苦。
⊙（反）달다 甜

②（動）寫   例 이메일을 씁니다. 寫電子郵件。

③（動）使用   例 자주 쓰는 물건. 常使用的東西。
◎（似）이용하다 利用

④（動）戴上   例 안경을 씁니다. 戴眼鏡。

씨（名）稱呼先生、小姐的叫法   例 김민수 씨 金玟秀先生；小姐

씻다（動）洗   例 손을 씻습니다. 洗手。

아까（副）剛才   例 아까 언니와 통화했습니다.
剛才跟姊姊通話。
◎（似）조금 전에 剛才

아니다（形）不是   例 그것은 사과가 아닙니다. 那不是蘋果。

아르바이트（名）打工	例 아르바이트를 찾고 있습니다. 正在找打工。
아름답다（形）美麗	例 경치가 아름답습니다. 風景美麗。
아래（名）下面	例 아래로 내려 오세요. 請到下面來。 ⊙（反）위 上面
아버지（名）父親	例 아버지께서 돌아오셨습니다. 父親回來了。 ⊙（反）어머니 母親
아이（名）孩子、兒童	例 아이가 자전거를 탑니다. 孩子騎腳踏車。 ◎（似）아동, 어린이 兒童　⊙（反）어른 成人
아이스크림（名）冰淇淋	例 아이스크림은 시원합니다. 冰淇淋很涼爽。
아저씨（名）大叔	例 아저씨가 웃습니다. 大叔笑。 ⊙（反）아주머니 大嬸
아주（副）非常	例 기분이 아주 좋습니다. 心情非常好。 ◎（似）매우、무척 非常
아주머니（名）大嬸	例 아주머니가 반찬을 더 주셨습니다. 大嬸多給了小菜。 ◎（似）아줌마 大嬸　⊙（反）아저씨 大叔
아직（副）還	例 아직 다 안 먹었습니다. 還沒吃完。
아침（名）早上	例 아침 일찍 일어납니다. 早上早起。 ⊙（反）저녁 晚上
아프다（形）不舒服、痛	例 머리가 아픕니다. 頭痛。 ⊙（反）건강하다 健康
아홉（數詞）九	例 아홉 개, 아홉 명, 아홉 분 九個、九人、九位
안①（名）裡面	例 안에 누가 있어요? 裡面有誰？ ⊙（反）밖 外面

②（副）表示否定　　　例 밥을 안 먹습니다. 不吃飯。

안경（名）眼鏡　　　例 눈이 나빠서 안경을 씁니다.
　　　　　　　　　　　視力不好，所以戴眼鏡。

안녕（名）你好、再見　　例 안녕, 내일 만나. 再見，明天見。

안내（名）說明、介紹　　例 박물관을 안내하겠습니다.
　　　　　　　　　　　為您介紹博物館。

안내원（名）介紹員　　例 안내원이 방송을 했습니다. 接待員做廣播。

앉다（動）坐下　　　例 앉아 주십시오. 請坐。
　　　　　　　　　⊙（反）서다 站起來

알다（動）①知道　　例 알겠습니다. 知道了。

　②認識　　　　例 아는 사람 認識的人
　　　　　　　　⊙（反）모르다 不知道、不認識

알리다（動）告知　　例 알려 주세요. 請告訴我。

알아보다（動）打聽、詢問　例 인터넷으로 알아보세요. 請上網路了解。

앞（名）前面　　　例 앞으로 가세요. 請往前。
　　　　　　　　⊙（反）뒤 後面

앞으로（副）以後、將來　例 앞으로 그 사람을 안 만날 겁니다.
　　　　　　　　　　　以後不要跟他見面。
　　　　　　　　　　◎（似）이제부터 從現在起

야채（名）蔬菜　　例 야채를 많이 먹어야 합니다. 要多吃蔬菜。
　　　　　　　　◎（似）채소 蔬菜

약（名）藥　　　例 약을 먹어야 합니다. 要吃藥。

약간（副）若干、一點　例 머리가 약간 아픕니다. 頭有點痛。
　　　　　　　　　　◎（似）조금 有點

약국（名）藥局	例 약국에서 살 수 있습니다. 可以在藥局買到。
약속（名）約定	例 약속을 지켜야 합니다. 要遵守約定。
약하다（形）①弱	例 몸이 약합니다. 身體虛弱。 ⊙（反）튼튼하다 結實、건강하다 健康
②軟弱	例 마음이 약합니다. 心軟。 ⊙（反）강하다 剛強
얇다（形）薄	例 옷이 얇습니다. 衣服薄。 ⊙（反）두껍다 厚
양말（名）襪子	例 양말을 삽니다. 買襪子。
어떻게（副）怎麼	例 이 음식은 어떻게 먹습니까? 這道菜要怎麼吃？
어떻다（形）怎麼樣	例 지금 어때요? 現在怎麼樣？
어둡다（形）暗	例 밤이라서 어둡습니다. 因為是晚上，所以很暗。 ⊙（反）밝다 明亮
어디（名）哪裡	例 지금 어디에 가요? 現在去哪裡？
어렵다（形）難	例 어렵지 않습니다. 不難。 ⊙（反）쉽다 容易
어른（名）成人、大人	例 저는 어른입니다. 我是成人。 ◎（似）성인 成人 ⊙（反）아이 孩童、어린이 兒童
어리다（形）幼	例 나이가 어립니다. 年幼。
어린이（名）兒童	例 어린이도 들어갈 수 있습니다. 兒童也可以進去。 ◎（似）아이 孩童 ⊙（反）어른이、성인 成人

어머니（名）母親	例 어머니는 주부십니다. 母親是主婦。 ⊙（反）아버지 父親
어울리다（動）適合、相配	例 이 옷에 저에게 잘 어울립니다. 這件衣服很適合我。
어제（名）昨天	例 어제 출근을 안 했습니다. 昨天沒上班。
어젯밤（名）昨晚	例 어젯밤에 일찍 잤습니다. 昨晚早睡。
언니（名）姊姊 （以女生的立場對姊姊的稱呼）	例 언니가 한 명 있습니다. 有一個姊姊。
언제（名）何時	例 언제 가장 행복합니까? 什麼時候最幸福？
얼굴（名）臉	例 얼굴이 까맣습니다. 臉黑。
얼마나（副）多；多麼	例 시간이 얼마나 걸려요? 請問時間花多久？
얼음（名）冰塊	例 커피에 얼음을 넣습니다. 咖啡加冰塊。
없다（形）沒有	例 시간이 없습니다. 沒時間。 ⊙（反）있다 有
없어지다（動）消失	例 지갑이 없어졌습니다. 錢包不見了。 ⊙（反）생기다 產生
여기（名）這裡	例 여기 앉으세요. 請坐這裡。
여기저기（名）到處	例 주말마다 여기저기 돌아다닙니다. 每個週末到處逛。
여권（名）護照	例 여권을 만들어야 합니다. 要辦護照。
여덟（數詞）八	例 올해 여덟 살입니다. 今年八歲。 ◎（似）팔 八
여러（冠形詞）	例 여러 번 전화했습니다. 打了好幾通電話。

여러분（名）各位	例 여러분의 의견을 말씀해 주십시오. 請說出各位的意見。
여름（名）夏天	例 더운 여름 炎熱的夏天
여보세요（感嘆詞）喂	例 여보세요, 거기 김 선생님 댁이지요? 喂，那裡是金老師府上嗎？
여섯（數詞）六	例 여섯 살입니다. 六歲。 ◎（似）육 六
여자（名）女生	例 제 여자 친구입니다. 是我的女朋友。 ⊙（反）남자 男生
여행（名）旅行	例 여행을 갑니다. 去旅行。
여행사（名）旅行社	例 여행사에 물어 보려고 합니다. 想要詢問旅行社。
역（名）站	例 이번 역 這站
연극（名）話劇、舞台劇	例 연극을 좋아합니다. 喜歡舞台劇。
연락처（名）聯絡方法	例 연락처를 가르쳐 주세요. 請告訴我聯絡方法。
연락하다（動）聯絡	例 여기로 연락해주세요. 請與這裡聯絡。
연세（名）年紀 （「나이」的敬語）	例 아버지 연세가 어떻게 되세요? 請問父親貴庚？
연습하다（動）練習	例 열심히 연습합니다. 認真練習。
연주하다（動）演奏	例 무슨 악기를 연주할 줄 압니까? 請問會演奏什麼樂器？
열①（數詞）十	例 열까지 세십시오. 請數到十。 ◎（似）십 十

②（名）發燒 | 例 열이 납니다. 發燒。

열다（動）打開
例 문을 엽니다. 開門。
⊙（反）닫다 關閉

열리다（動）被打開
例 이 곳에서 축제가 열립니다. 這裡舉辦慶典。

열심히（副）認真地
例 열심히 하세요. 請認真做。

영화（名）電影
例 한국 영화, 대만 영화, 영화를 봅니다.
韓國電影、台灣電影、看電影。

영화관（名）電影院
例 영화를 보러 영화관에 갑니다.
去電影院看電影。
◎（似）극장 劇場、電影院

옆（名）旁邊
例 옆으로 가세요. 請到旁邊去。

오（數詞）五
例 오월, 오분 五月、五分
◎（似）다섯 五

오늘（名）今天
例 오늘은 1월 1일입니다. 今天是1月1日。

오다（動）來
例 친구가 내일 옵니다. 朋友明天來。
⊙（反）가다 去

오른쪽（名）右邊
例 오른쪽에 앉으세요. 請坐右邊。
⊙（反）왼쪽 左邊

오래（副）很久、長時間
例 오래 사세요. 祝您長壽。
◎（似）오랫동안 長時間

오랜만에（副）隔很久才、
難得
例 오랜만에 친구를 만났습니다.
難得跟朋友見面。

오전（名）上午
例 오전에 회사에서 일합니다.
上午在公司工作。
⊙（反）오후 下午

오후（名）下午	例 오늘 오후, 토요일 오후 今天下午、星期六下午 ⊙（反）오전 上午
오빠（名）哥哥 （以女生的立場對哥哥的稱呼）	例 오빠가 한 명 있습니다. 有一個哥哥。
올라가다/오다（動） 上去；上來	例 산에 올라갑니다. 爬山。 ⊙（反）내려가다/오다 下去；下來
올해（名）今年	例 올해 여행을 갈 겁니다. 今年要去旅行。
옷（名）衣服	例 옷을 삽니다. 買衣服。
옷장（名）衣櫥	例 옷장에 옷이 많습니다. 衣櫥裡有很多衣服。
요리（名）做菜	例 요리를 못합니다. 不會做菜。
요일（名）星期	例 오늘은 무슨 요일입니까? 今天星期幾?
요즘（名）最近	例 요즘 직장을 구하고 있습니다. 最近在找工作。 ◎（似）최근 最近
우리（名）我們	例 우리는 형제입니다. 我們是兄弟。 ⊙（反）너희 你們
우산（名）雨傘	例 우산을 씁니다. 撐傘。
우선（副）	例 우선 앉으세요. 先請坐。
우유（名）牛奶	例 빵과 우유를 삽니다. 買麵包跟牛奶。
우체국（名）郵局	例 우체국에서 소포를 보냅니다. 在郵局寄包裹。
운동（名）運動	例 운동을 합니다. 運動。

운동장（名）運動場	例 운동장에서 달리기를 합니다. 在運動場跑步。
운동하다（動）運動	例 운동하는 것을 좋아합니다. 喜歡運動。
운동화（名）運動鞋	例 운동화를 자주 신습니다. 常常穿運動鞋。
유명하다（形）有名	例 저 식당은 유명합니다. 那家餐廳很有名。
유학생（名）留學生	例 저는 한국에 사는 유학생입니다. 我是住在韓國的留學生。
유행하다（動）流行	例 요즘 이 색깔이 유행합니다. 最近流行這顏色。
육（數詞）六	例 지금은 여섯 시 육 분입니다. 現在六點六分。 ◎（似）여섯 六
은행（名）銀行	例 은행에 갑니다. 去銀行。
은행원（名）銀行員	例 어머니는 은행원입니다. 媽媽是銀行員。
음료수（名）飲料	例 음료수를 마십니다. 喝飲料。
음식（名）菜	例 음식 값이 얼마입니까? 請問飯錢多少？
음악（名）音樂	例 음악을 들으러 음악회에 갑니다. 去音樂會聽音樂。
음악회（名）音樂會	例 음악회에 같이 갈래요? 要不要一起去音樂會？
이 ①（數詞）二	例 두 시 이 분입니다. 二點二分。 ◎（似）둘 二
②（指示代名詞）這	例 이 책 좀 빌려 주세요. 請借我這本書。 ⊙（反）그、저 那

이것（名）這個	例 이것 한번 드셔 보세요. 這個請嚐嚐看。 ⊙（反）그것, 저것 那個
이기다（動）贏	例 우리 팀이 이겼습니다. 我們隊贏了。 ⊙（反）지다 輸
이따가（副）稍後、等一下	例 이따가 만나요. 稍後見。 ◎（似）조금 후에 稍後 ⊙（反）조금 전에, 아까 剛才
이름（名）名字	例 이름이 어떻게 되세요? 請問你的名字是什麼？
이메일（名）電子郵件	例 이메일을 보냅니다. 寄電子郵件。
이사하다（動）搬家	例 새 집으로 이사합니다. 搬到新家。
이상（名）以上	例 열 명 이상 신청해야 합니다. 要十人以上（才能）申請。 ⊙（反）이하 以下
이야기（名）談話、故事	例 친구의 이야기를 들었습니다. 聽了朋友的故事。 ◎（似）얘기 談話（「이야기」的縮寫）
이용하다（動）利用	例 자주 대중교통을 이용합니다. 常常利用大眾運輸工具。
이제（名、副）如今、現在	例 이제 집에 가려고 합니다. 現在要回家。
이쪽（名）這邊	例 이쪽으로 오세요. 請到這邊來。 ⊙（反）저쪽, 그쪽 那邊
이하（名）以下	例 열 명 이하는 신청할 수 없습니다. 十人以下不能申請。 ⊙（反）이상 以上

인기（名）人氣	例 이 드라마는 <u>인기</u>가 많습니다. 這部電視劇很受歡迎。
인사하다（動）打招呼	例 <u>인사하세요</u>. 請打招呼。
인터넷（名）網路	例 여기에서 <u>인터넷</u>을 사용할 수 있습니다. 這裡可以使用網路。
인형（名）人偶	例 <u>인형</u>을 좋아합니다. 喜歡人偶。
일①（名）工作	例 회사 <u>일</u> 公司工作
②（名）日	例 1<u>일</u>, 2<u>일</u> 1日、2日
③（數詞）一	例 오늘은 <u>일</u>월 <u>일</u>일입니다. 今天一月一日。 ◎（似）하나 一
일곱（數詞）七	例 <u>일곱</u> 시 칠 분입니다. 七點七分。 ◎（似）칠 七
일시（名）日時、時間 （日期及時間）	例 <u>일시</u>가 언제입니까? 請問時間是什麼時候？ ◎（似）날짜 日期
일어나다（動）①起床	例 매일 일찍 <u>일어납니다</u>. 每天早起。
②起來	例 자리에서 <u>일어나세요</u>. 請從位子上起來。
③發生	例 이 일이 언제 <u>일어났습니까</u>? 這件事何時發生？
일요일（名）星期日	例 오늘은 <u>일요일</u>입니다. 今天星期日。
일하다（動）工作	例 회사에서 <u>일합니다</u>. 在公司工作。 ⊙（反）쉬다 休息
일찍（副）早、提早	例 <u>일찍</u> 일어납니다. 早起。 ⊙（反）늦게 晚

읽다 (動) 閱讀	例 책을 읽습니다. 看書。
잃어버리다 (動) 丟、遺失	例 지갑을 잃어버렸습니다. 弄丟錢包。 ⊙ (反) 찾다 找
입구 (名) 入口	例 입구가 어디에 있습니까? 請問入口在哪裡? ⊙ (反) 출구 出口
입다 (動) 穿	例 옷을 입습니다. 穿衣服。 ⊙ (反) 벗다 脫
입장료 (名) 入場費	例 입장료가 얼마입니까? 請問入場費多少?
입학 (名) 入學	例 입학을 축하합니다. 恭喜你入學。 ⊙ (反) 졸업 畢業
있다 (動) 有	例 오늘 시간이 있습니다. 今天有空。 ⊙ (反) 없다 沒有
잊다 (動) 忘記	例 그 일을 잊을 수 없습니다. 無法忘記那件事。 ◎ (似) 잊어버리다 忘記　⊙ (反) 기억하다 記住
잊어버리다 (動) 忘記	例 약속 시간을 잊어버렸습니다. 忘記約會時間。 ◎ (似) 잊다 忘記　⊙ (反) 기억하다 記住
예쁘다 (形) 漂亮	例 옷이 정말 예쁩니다. 衣服真漂亮。
예약하다 (動) 訂、預約	例 식당을 예약합니다. 訂餐廳。
옛날 (名) 以前	例 옛날 그림은 몇 층에 있어요? 以前的畫在幾樓?
왜 (疑問詞) 為什麼	例 왜 전화했습니까? 請問為什麼打電話?
왜냐하면 (疑問詞) 因為	例 왜냐하면 편리하기 때문입니다. 因為很方便。

원 ① （量詞）圜；韓幣的單位	例 천 원 一千圜
② （名）圓、圈圈	例 원을 그리세요. 請畫圓。
원하다 （動）願意	例 원하는 선물을 말해 보세요. 請說說看你想要的禮物。
월 （量詞）月份	例 1월, 2월 1月、2月
월요일 （名）星期一	例 오늘은 월요일입니다. 今天星期一。
외국 （名）外國	例 외국으로 유학을 갑니다. 去外國留學。 ◎ （似）해외 海外 ⊙ （反）국내 國內
외국인 （名）外國人	例 저는 외국인입니다. 我是外國人。
왼쪽 （名）左邊	例 왼쪽에 있습니다. 在左邊。 ⊙ （反）오른쪽 右邊
위 （名）上面	例 위로 올라가세요. 請到上面去。 ⊙ （反）아래 下面
위하다 （動）為了	例 건강을 위해서 운동하고 있습니다. 為了健康運動。
의사 （名）醫生	例 저는 의사입니다. 我是醫生。 ⊙ （反）환자 病患
의자 （名）椅子	例 의자가 높습니다. 椅子很高。

ㅈ

자다 （動）睡覺	例 몇 시에 잡니까? 請問幾點睡？ ⊙ （反）깨다 醒來
자동차 （名）汽車	例 자동차 회사에 다닙니다. 在汽車公司上班。

자료（名）資料   例 자료 좀 보여 주세요. 請給我看資料。

자르다（動）剪   例 머리를 자릅니다. 剪頭髮。

자리（名）位子   例 자리가 없습니다. 沒有位子。

자유（名）自由   例 저에게 선택할 자유가 있습니다.
我有選擇的自由。

자유롭다（形）自由   例 분위기가 자유롭습니다. 氣氛自由。

자전거（名）腳踏車、自行車   例 자전거를 탈 줄 압니다. 會騎腳踏車。

자주（副）常常   例 자주 텔레비전을 봅니다. 常常看電視。

작년（名）去年   例 작년에 학교를 졸업했습니다.
去年學校畢業。

작다（形）小   例 옷이 작습니다. 衣服小。
⊙（反）크다 大

잔（量詞）杯   例 한 잔, 두 잔 一杯、兩杯

잔치（名）宴席   例 잔치에 맛있는 음식이 많습니다.
宴席有很多好吃的菜。

잘（副）好好地、很會   例 잘 읽으세요. 要好好地念。

잘못（副）錯地   例 기차를 잘못 탔습니다. 搭錯火車。

잘하다（動）（做得）好   例 일을 잘합니다. 很會工作。
⊙（反）못하다 不會

잠（名）睡眠   例 매일 밤 12시에 잠을 잡니다.
每天晚上12點睡覺。

잠깐（名、副）一下下   例 잠깐만 기다리세요. 請稍等。

잠시（名、副）暫時	例 잠시만요. 請等一下。 ◎（似）잠깐 一下下
잡지（名）雜誌	例 이 잡지는 재미있습니다. 這雜誌好看。
장소（名）場所	例 장소가 어디입니까? 請問場所在哪裡？ ◎（似）위치 位置
저（名）我 （「나」的謙稱）	例 저는 한국 사람입니다. 我是韓國人。
저기（名）那裡	例 저기에 백화점이 있습니다. 那裡有百貨公司。 ◎（似）저쪽 那邊　⊙（反）여기 這裡
저녁（名）晚上	例 저녁 먹었어요? 吃晚餐了嗎？ ⊙（反）낮 白天
저쪽（名）那邊	例 저쪽에 문이 있습니다. 那邊有門。 ◎（似）저기 那裡　⊙（反）이쪽 這邊
적다①（動）填寫	例 여기에 이름을 적으세요. 這裡請寫上姓名。 ◎（似）쓰다 寫
②（形）少	例 손님이 적습니다. 客人少。 ⊙（反）많다 多
전（名）前	例 조금 전에 수업이 끝났습니다. 剛才才下課。 ⊙（反）후 後
전통（名）傳統	例 저는 전통 음악에 관심이 있습니다. 我對傳統音樂有興趣。 ⊙（反）현대 現代
전화（名）電話	例 전화를 받습니다. 接電話。
전화기（名）電話	例 전화기를 잃어버렸습니다. 搞丟電話。

젊다（形）年輕	例 어머니는 젊어 보입니다. 媽媽看起來很年輕。 ⊙（反）늙다 年老
젊은이（名）年輕人	例 젊은이들의 분위기에 잘 맞습니다. 很適合年輕人的氣氛。
점심（名）中午	例 점심 같이 먹을까요? 要不要一起吃午餐？
정（名）情	例 동료들과 정이 들었습니다. 跟同事們有了感情。
정도（名）程度、左右	例 사람이 열 명 정도 있습니다. 約有十個人。 ◎（似）쯤 左右
정리하다（動）整理	例 방을 정리하려고 합니다. 想要整理房間。
정말（副）真的	例 저는 한국 음식을 정말 좋아합니다. 我真的很喜歡韓國菜。 ◎（似）진짜 真的
정원（名）庭院	例 정원을 만들고 싶습니다. 想做庭院。
젖다（動）弄濕	例 옷이 젖었습니다. 衣服弄濕。 ⊙（反）마르다 乾
조금（名、副）一點	例 조금 비쌉니다. 有點貴。 ◎（似）좀 一點（「조금」的縮寫） ⊙（反）많이 多
조용하다（形）安靜	例 교실이 조용합니다. 教室很安靜。 ⊙（反）시끄럽다 吵鬧
졸업（名）畢業	例 작년에 졸업했습니다. 去年畢業。 ⊙（反）입학 入學
졸업식（名）畢業典禮	例 졸업식에 참석할 겁니다. 要參加畢業典禮。 ⊙（反）입학식 入學典禮

좀（副）①一點 （「조금」的縮寫）	例 음식이 좀 짜요. 食物有點鹹。 ⊙（反）많이 多地
②（和緩的請求）能	例 문 좀 열어 주시겠어요? 能幫我開門嗎？ ◎（似）조금 一點
좁다（形）窄	例 방이 좁습니다. 房間很窄。 ⊙（反）넓다 寬大
종류（名）種類	例 종류가 다양합니다. 種類很多。
좋다（形）好、（情緒）愉快	例 기분이 좋습니다. 心情愉快。 ⊙（反）싫다 討厭
좋아지다（動）①變喜歡	例 그 사람이 좋아졌습니다. 喜歡上他了。 ⊙（反）싫어지다 變討厭
②改善、變好	例 날씨가 좋아졌습니다. 天氣變好了。 ⊙（反）나빠지다 變壞
좋아하다（動）喜歡	例 한국 음식을 좋아합니다. 喜歡韓國菜。 ⊙（反）싫어하다 討厭
종이（名）紙	例 종이가 어디에 있습니까? 紙在哪裡？
주（名）週	例 이번 주에 여행을 갑니다. 這週去旅行。
주다（動）給、送	例 선물을 줍니다. 送禮物。 ⊙（反）받다 收、受
주로（副）主要	例 출근할 때 주로 지하철을 탑니다. 上班時主要搭地鐵。
주말（名）週末	例 주말에 가족과 식사합니다. 週末跟家人吃飯。
주머니（名）口袋	例 이 가방은 주머니가 많습니다. 這包包有很多口袋。

주무시다（動） （「자다」的敬語）	例 안녕히 주무세요. 晚安。
주문하다（動）訂購、點菜	例 주문하시겠어요? 請問要點菜嗎？
주소（名）地址	例 주소가 어떻게 되세요? 請問地址是什麼？
주스（名）果汁	例 주스를 마십니다. 喝果汁。
주인（名）主人、老闆	例 저는 식당 주인입니다. 我是餐廳老闆。 ⊙（反）손님 客人
주중（名）週間、平日	例 주중에 바쁩니다. 平日很忙。 ◎（似）평일 平日 ⊙（反）주말 週末
준비하다（動）準備	例 선물을 준비했습니다. 準備了禮物。
중요하다（形）重要	例 건강이 중요합니다. 健康重要。
즐거움（名）開心	例 즐거움을 느낍니다. 感到愉快。
즐겁다（形）愉快、開心	例 친구를 만나서 즐겁습니다. 見朋友很開心。 ⊙（反）슬프다 悲傷
지갑（名）錢包	例 누구 지갑이에요? 是誰的錢包？
지금（名）現在	例 지금 몇 시예요? 現在幾點？
지나가다（動）經過	例 방금 누가 지나갔어요? 剛剛誰經過？
지난달（名）上個月	例 지난달에 고향으로 돌아갔습니다. 上個月回家鄉。 ⊙（反）다음달 下個月
지내다（動）過	例 즐겁게 지냅니다. 過得很開心。 ◎（似）보내다 度過
지르다（動）喊叫	例 소리를 지릅니다. 大聲叫。

지키다（動）遵守、持守　　例 약속을 지키세요. 請遵守約定。

지폐（名）鈔票
例 지폐를 사용합니다. 使用鈔票。
⊙（反）동전 硬幣

지하（名）地下
例 식당은 지하 1층에 있습니다.
餐廳在地下1樓。

지하철（名）地鐵　　　例 지하철로 갈아탑니다. 轉搭地鐵。

지하철역（名）地鐵站　　例 지하철역이 가깝습니다. 地鐵站很近。

직업（名）職業　　　　　例 직업이 어떻게 되세요? 請問做什麼工作？

직접（副）親自、直接
例 제가 직접 가겠습니다. 我會親自過去。
⊙（反）간접 間接

질문（名）提問
例 질문을 합니다. 發問。
⊙（反）대답 回答

질문하다（動）提問
例 모르는 문제가 있으면 언제든지 질문하세요.
若有不懂的問題，請隨時提問。
⊙（反）대답하다 回答

짐（名）行李　　　　　　例 짐이 가볍습니다. 行李很輕。

집（名）家　　　　　　　例 지금 집에 없습니다. 現在不在家。

집안（名）家裡
例 비가 와서 집안에만 있습니다.
因為下雨，所以只待在家裡。
⊙（反）집밖 家外面、戶外

재미없다（形）不有趣、
沒有意思
例 그 프로그램은 재미없습니다.
那節目不好看。
⊙（反）재미있다 有趣、有意思

재미있다（形）有趣、有意思
例 이 영화는 재미있습니다. 這部電影好看。
⊙（反）재미없다 不有趣、沒有意思

제 ① （代名詞）我
  （「나」的謙稱，為「저」的變體，後面會加上助詞「가」）

例 제가 갈게요. 我去。

② （冠形詞）我的
  （「저의」的縮寫）

例 제 친구입니다. 我的朋友。

제일 （副）最

例 불고기를 제일 좋아합니다.
  最喜歡韓式烤肉。
◎ （似）가장 最

죄송하다 （形）抱歉、愧疚

例 죄송합니다. 抱歉。
◎ （似）미안하다 對不起

짧다 （形）短

例 머리가 짧습니다. 頭髮很短。
⊙ （反）길다 長

쭉 （副）一直、繼續

例 이쪽으로 쭉 가세요. 請往這邊一直走。
◎ （似）계속 繼續

찍다 （動）拍攝

例 사진을 찍습니다. 拍照。

찢다 （動）撕毀

例 사진을 찢었습니다. 撕毀了照片。

찢어지다 （動）被撕毀

例 종이는 쉽게 찢어집니다. 紙張容易被撕毀。

ㅊ

차 （名）①茶

例 차를 마십니다. 喝茶。

②車子

例 차를 탑니다. 搭車。

차갑다 （形）冰涼

例 물이 차갑습니다. 水冰涼。
◎ （似）차다 冰涼　⊙ （反）뜨겁다 熱

차다（形）冰涼	例 물이 찹니다. 水冰涼。
	◎（似）차다 冰涼　⊙（反）따뜻하다 溫暖、뜨겁다 熱
참（副）非常	例 꽃이 참 예쁩니다. 花非常漂亮。
	◎（似）정말 非常、真的
참가비（名）參加費	例 참가비가 없습니다. 沒有參加費。
참가하다（動）參加	例 이번 대회에 참가하기로 했습니다. 決定參加這次大會。
참다（動）忍耐	例 길이 막혀도 참아야 합니다. 路再壅塞，還是要忍耐。
참석하다（動）參加、出席	例 이번 회의에 모두 참석하시기 바랍니다. 希望大家都參加這次會議。
창문（名）窗門	例 창문을 엽니다. 開窗門。
찾다（動）①找、求	例 집을 찾고 있습니다. 在找房子。
	◎（似）구하다 求　⊙（反）잃다 失去、丟失
②提領	例 돈을 찾습니다. 領錢。
찾아가다/오다（動）去找；來找	例 누구를 찾아갑니까? 你去找誰？
찾아보다（動）找找看	例 지갑을 찾아봤어요? 錢包找過嗎？
처음（名、副）第一次	例 오늘 처음 만난 친구입니다. 今天第一次見面的朋友。
	⊙（反）마지막、끝 最後
천（數詞）千	例 팬이 몇 천명이나 모였습니다. 聚集了幾千名粉絲。
청바지（名）牛仔褲	例 오늘 청바지를 입었습니다. 今天穿了牛仔褲。

청소하다（動）打掃	例 매일 방을 청소합니다. 每天打掃房間。
초등학생（名）小學生	例 이 아이는 초등학생입니다. 這孩子是小學生。
초대장（名）邀請函	例 초대장을 받았습니다. 收到邀請函。
초대하다（動）邀請	例 초대해 주셔서 감사합니다. 感謝您邀請我。 ⊙（反）초대 받다 被邀請
추다（動）跳	例 춤을 춥니다. 跳舞。
추억（名）回憶	例 이 책은 제 추억의 만화책입니다. 這本書是我回憶的漫畫書。
축구（名）足球	例 축구 경기를 봅니다. 看足球賽。
축제（名）慶典	例 축제가 열립니다. 舉辦慶典。
축하하다（動）恭喜	例 축하합니다. 恭喜你。
출구（名）出口	例 몇 번 출구입니까? 幾號出口？ ⊙（反）입구 入口
출근하다（動）上班	例 아침 9시까지 출근합니다. 9點前上班。 ⊙（反）퇴근하다 下班
출발하다（動）出發	例 지금 출발합니다. 現在出發。 ⊙（反）도착하다 到達
춤（名）舞	例 춤추는 것을 좋아합니다. 喜歡跳舞。
춥다（形）冷	例 날씨가 춥습니다. 天氣冷。 ⊙（反）덥다 熱
층（名）樓層	例 몇 층이에요? 請問幾樓？
치다（動）打	例 골프를 칩니다. 打高爾夫球。

치마 (名) 裙子	例 치마가 짧습니다. 裙子很短。
친구 (名) 朋友	例 저는 친구가 많습니다. 我有很多朋友。
친절하다 (形) 親切	例 사람들이 친절합니다. 人們親切。
친하다 (形) 親	例 그 친구와 아주 친합니다. 跟那個朋友很要好。
칠 (數詞) 七	例 지금은 일곱 시 칠 분입니다. 現在七點七分。
침대 (名) 床	例 방에 침대가 있습니다. 房間裡有床。
채소 (名) 蔬菜	例 채소는 건강에 좋습니다. 蔬菜對健康好。 ◎ (似) 야채 蔬菜　⊙ (反) 고기 肉
책 (名) 書	例 책상 위에 책이 있습니다. 書桌上有書。
책값 (名) 書錢	例 책값이 얼마입니까? 書錢多少？
책상 (名) 書桌	例 책상이 큽니다. 書桌很大。
체육관 (名) 體育館	例 체육관에서 농구를 합니다. 在體育館打籃球。
취미 (名) 興趣	例 취미가 뭐예요? 興趣是什麼？
취소하다 (動) 取消	例 약속을 취소했습니다. 約會取消了。

카페 (名) 咖啡廳	例 새 카페가 생겼습니다. 有了新的咖啡廳。 ◎ (似) 커피숍 咖啡廳
커피 (名) 咖啡	例 커피를 마십니다. 喝咖啡。

커피숍（名）咖啡廳	例 친구를 만나러 커피숍에 갑니다. 去咖啡廳見朋友。
컴퓨터（名）電腦	例 컴퓨터 게임을 합니다. 玩電腦遊戲。
컵（名）杯子	例 컵을 씻습니다. 洗杯子。
콘서트（名）演唱會	例 콘서트에 처음 가 봤습니다. 第一次去演唱會。
크다（形）大	例 옷이 큽니다. 衣服大。 ⊙（反）작다 小
키우다（動）養	例 동물을 키웁니다. 養動物。
케이크（名）蛋糕	例 케이크가 맛있습니다. 蛋糕好吃。

ㅌ

타다（動）搭、騎	例 자전거를 탑니다. 騎腳踏車。 ⊙（反）내리다 下
타자（名）打字	例 타자를 칩니다. 打字。
토마토（名）番茄	例 토마토를 좋아하지 않습니다. 不喜歡番茄。
토요일（名）星期六	例 토요일에는 출근하지 않습니다. 星期六不上班。
통장（名）存摺、戶頭	例 통장을 만들려고 합니다. 想要開戶。
통하다（動）通	例 이 곳은 공기가 잘 통합니다. 這地方的空氣很流通。
특급（名）特級	例 특급으로 소포를 보냅니다. 以特級寄送包裹。

특별하다（形）特別	例 이 물건은 저에게 특별합니다. 這東西對我來說很特別。
특히（副）尤其	例 노란색이 특히 인기 있습니다. 黃色特別受歡迎。
튼튼하다（形）堅固、結實	例 이 가방은 가볍고 튼튼합니다. 這包包又輕又堅固。 ⊙（反）약하다 弱
티셔츠（名）T恤	例 티셔츠에 그림을 그립니다. 在T恤畫畫。
팀（名）隊	例 우리 팀이 이겼습니다. 我們隊贏了。
태어나다（動）出生	例 저와 친구는 같은 날 태어났습니다. 我跟朋友在同一天出生。 ⊙（反）죽다 死
택시（名）計程車	例 택시를 탑니다. 搭計程車。
테니스（名）網球	例 테니스를 칩니다. 打網球。
퇴근하다（動）下班	例 오후 6시에 퇴근합니다. 下午6點下班。 ⊙（反）출근하다 上班

ㅍ

파란색（名）藍色	例 파란색 바지를 샀습니다. 買藍色褲子。
파티（名）派對	例 생일 파티를 합니다. 辦生日派對。 ◎（似）잔치 宴席
팔 ①（數詞）八	例 지금은 여덟 시 팔 분입니다. 現在八點八分。
②（名）手臂	例 긴팔 옷을 샀습니다. 買了長袖衣服。

팔다（動）賣	例 옷을 팝니다. 賣衣服。 ⊙（反）사다 買
편리하다（形）方便	例 생활이 편리합니다. 生活方便。 ⊙（反）불편하다 不方便
편의점（名）便利商店	例 근처에 편의점이 없습니다. 附近有便利商店。
편지（名）信函	例 편지를 보냅니다. 寄信。
편하다（形）舒服、方便	例 입기 편합니다. 穿起來很方便。 ◎（似）편리하다 便利
평일（名）平日	例 평일에 시간이 없습니다. 平日沒有時間。 ◎（似）주중 週間　⊙（反）주말 週末
포장하다（動）包裝	例 포장해 주세요. 請幫我包裝。
포함하다（動）包括、包含	例 배달 비용을 포함해서 만 원입니다. 包含運費，總共一萬塊。
표（名）票	例 영화 표, 비행기 표, 콘서트 표 電影票、飛機票、演唱會票
풍경（名）風景	例 풍경이 아름답습니다. 風景很美。 ◎（似）경치 景色
피곤하다（形）累	例 하루 종일 걸어서 피곤합니다. 走了一整天很累。
피다（動）開	例 꽃이 피었습니다. 花開了。 ⊙（反）지다 謝掉
필요하다（形）需要	例 시간이 필요합니다. 需要時間。

ㅎ

하나（數詞）一	例 비빔밥 하나 주세요. 請給我一個拌飯。
하늘（名）天空	例 하늘이 높습니다. 天空很高。 ⊙（反）땅 土地
하다（動）做	例 쇼핑을 합니다. 購物。
하루（名）一天	例 하루 종일 노래합니다. 一整天唱歌。
하지만（副）可是	例 뛰어 갔습니다. 하지만 늦었습니다. 跑過去。但還是遲到了。 ◎（似）그러나, 그렇지만 可是
학교（名）學校	例 학교에 입학합니다. 學校入學。
학과（名）系所	例 무슨 학과입니까? 是什麼系所？
학생（名）學生	例 저는 학생입니다. 我是學生。
학생회관（名）學生會館	例 학생회관에서 친구를 만납니다. 在學生會館見朋友。
학원（名）補習班	例 학원에 다닙니다. 上補習班。
한국（名）韓國	例 저는 한국 사람입니다. 我是韓國人。
한국어（名）韓國語	例 한국어를 할 줄 압니다. 會說韓國話。
할아버지（名）爺爺	例 할아버지께서 신문을 읽으십니다. 爺爺看報紙。
할머니（名）奶奶	例 할머니를 도와 드리려고 합니다. 要幫助奶奶。

함께（副）一起	例 함께 휴일을 지냅니다. 一起度過假日。 ◎（似）같이 一起　⊙（反）따로 分開地
항공（名）航空	例 이 곳은 항공 회사입니다. 這裡是航空公司。
항공료（名）機票價	例 항공료가 쌉니다. 機票很貴。
항공편（名）空運	例 항공편으로 보내시겠습니까? 要用空運寄嗎？
항상（副）總是、始終	例 저는 항상 음악을 듣습니다. 我總是聽音樂。 ◎（似）언제나 總是
형（名）哥哥 （以男生的立場對哥哥的稱呼）	例 형이 저를 부릅니다. 哥哥叫我。 ⊙（反）동생 弟弟/妹妹
호（名）號	例 거기가 몇 호입니까? 那裡幾號？
호수（名）湖畔	例 호수 물이 맑습니다. 湖水清澈。
호텔（名）飯店	例 호텔에서 잡니다. 在飯店睡覺。
혼자（名、副）一個人	例 혼자 먹습니다. 一個人吃。
후（名）後	例 식사 후에 드세요. 請飯後吃。 ⊙（反）전 前
휴대 전화（名）手機	例 휴대 전화를 샀습니다. 買了手機。 ◎（似）핸드폰 手機
휴일（名）假日	例 휴일에는 출근하지 않습니다. 假日不上班。
힘들다（形）辛苦	例 일이 많아서 힘듭니다. 工作很多，所以覺得很辛苦。 ⊙（反）편하다 方便、舒服
햇빛（名）陽光	例 햇빛이 따뜻합니다. 陽光溫暖。

행복（名）幸福	例 행복을 느낍니다. 感到幸福。 ⊙（反）불행 不幸
행사（名）活動	例 오늘 행사가 있습니다. 今天有活動。
행사장（名）活動地點	例 행사장으로 바로 가겠습니다. 我直接去活動地點。
헤어지다（動）分手、分開	例 남자 친구와 헤어졌습니다. 跟男友分手了。
화요일（名）星期二	例 화요일에 만납니다. 星期二見面。
화분（名）花盆	例 집에 화분이 있습니다. 家裡有花盆。
화장（名）化妝	例 오늘 화장을 했습니다. 今天化妝了。
확인하다（動）確認	例 아침에 출근하면 이메일을 확인합니다. 早上上班就確認電子郵件。
회（名）①次	例 1일 3회씩 드세요. 請1天吃3次。
②生魚片	例 회를 먹습니다. 吃生魚片。
회사（名）公司	例 무역 회사, 외국 회사 貿易公司、外國公司
회사원（名）上班族	例 저는 회사원입니다. 我是上班族。 ◎（似）직장인 上班族
회의（名）會議	例 오후에 회의가 있습니다. 下午有會議。
회장（名）會長	例 회장이 되었습니다. 當上會長。
훨씬（副）更加、遠勝過	例 이것이 저것보다 훨씬 쌉니다. 這個比那個便宜很多。
흰색（名）白色	例 흰색을 좋아합니다. 喜歡白色。 ◎（似）하얀색 白色　⊙（反）검정색, 까만색 黑色

二、其他常用語彙

월　月份：採漢字語念法

1月	2月	3月	4月	5月	6月
1월	2월	3월	4월	5월	6월
일월	이월	삼월	사월	오월	유월
7月	8月	9月	10月	11月	12月
7월	8월	9월	10월	11월	12월
칠월	팔월	구월	시월	십일월	십이월

일　日：採漢字語念法

1日	2日	3日	4日	5日	6日	7日	8日	9日	10日
1일	2일	3일	4일	5일	6일	7일	8일	9일	10일
일일	이일	삼일	사일	오일	육일	칠일	팔일	구일	십일
11日	12日	13日	14日	15日	16日	17日	18日	19日	20日
11일	12일	13일	14일	15일	16일	17일	18일	19일	20일
십일일	십이일	십삼일	십사일	십오일	십육일	십칠일	십팔일	십구일	이십일
21日	22日	23日	24日	25日	26日	27日	28日	29日	30日
21일	22일	23일	24일	25일	26일	27일	28일	29일	30일
이십일일	이십이일	이십삼일	이십사일	이십오일	이십육일	이십칠일	이십팔일	이십구일	삼십일
31日									
31일									
삼십일일									

요일　星期

星期一	星期二	星期三	星期四	星期五	星期六	星期天
월요일	화요일	수요일	목요일	금요일	토요일	일요일

시간1 時間1：小時（採固有語念法）

1點	2點	3點	4點	5點	6點
1시	2시	3시	4시	5시	6시
한 시	두 시	세 시	네 시	다섯 시	여섯 시
7點	8點	9點	10點	11點	12點
7시	8시	9시	10시	11시	12시
일곱 시	여덟 시	아홉 시	열 시	열한 시	열두 시

시간2 時間2：分（採漢字語念法）

1分	2分	3分	4分	5分	6分	7分	8分	9分	10分
일 분	이 분	삼 분	사 분	오 분	육 분	칠 분	팔 분	구 분	십 분
11分	12分	13分	……	20分	30分（半）	40分	50分	59分	
십일 분	십이 분	십삼 분	……	이십분	삼십분（반）	사십분	오십분	오십구분	

시간대 時段

早上	中午	晚上	白天	夜晚	上午	下午
아침	점심	저녁	낮	밤	오전	오후
前天	昨天	今天	明天	後天		
그저께	어제	오늘	내일	모레		
去年	今年	明年	上次	這次	下次	
작년	올해	내년	지난	이번	다음	

숫자 數字：固有語

1	2	3	4	5	6	7	8	9	10
하나	둘	셋	넷	다섯	여섯	일곱	여덟	아홉	열
11	12	13	……	20	30	40	50	60	70
열하나	열둘	열셋	……	스물	서른	마흔	쉰	예순	일흔
80	90	100							
여든	아흔	백							

숫자　數字：漢字語

1	2	3	4	5	6	7	8	9	10
일	이	삼	사	오	육	칠	팔	구	십
11	12	13	……	20	30	40	50	60	70
십일	십이	십삼	……	이십	삼십	사십	오십	육십	칠십
80	90	100	1,000	10,000					
팔십	구십	백	천	만					

색깔　顏色

白色	黃色	粉紅色	橘色	紅色	天藍色	藍色
하얀색 （ 흰색 ）	노란색	분홍색	주황색	빨간색	하늘색	파란색
深藍色	紫色	淡綠色	綠色	咖啡色	灰色	黑色
남색	보라색	연두색	초록색 （ 녹색 ）	갈색 （ 커피색 ）	회색	검은색 （ 까만색 , 검정책 ）

단위명사　數量詞

對象	東西	瓶 （ 可樂 ）	杯 （ 咖啡 ）	本 （ 書 ）	塊 （ 蛋糕 ）	名 （ 人 ）	一個人 （ 人 ）	位 （ 人 ）	隻 （ 動物、 魚 ）
量詞	개	병	잔	권	조각	명	사람	분	마리
例	한 개 一個	한 병 一瓶	한 잔 一杯	한 권 一本	한 조각 一塊	한 명 一名	한 사람 一個人	한 분 一位	한 마리 一隻
對象	張 （ 紙 ）	斤 （ 肉 ）	朵 （ 花 ）	箱 （ 水果 ）	台 （ 電腦 ）	包 （ 雞蛋 ）	包 （ 餅乾 ）	罐 （ 啤酒 ）	
量詞	장	근	송이	상자	대	팩	봉지	캔	
例	한 장 一張	한 근 一斤	한 송이 一朵	한 상자 一箱	한 대 一台	한 팩 一包	한 봉지 一包	한 캔 一罐	

國家圖書館出版品預行編目資料

TOPIK I 新韓檢初級聽力‧閱讀全科總整理 / 李炫周著
--初版--臺北市：瑞蘭國際, 2017.08
336面；19×26公分 --（外語學習系列；42）
ISBN：978-986-94052-4-9（平裝附光碟片）
1.韓語 2.能力測驗
803.289　　　　　　　105025069

TOPIK I 新韓檢初級
聽力‧閱讀全科總整理

作者｜李炫周
責任編輯｜潘治婷、王愿琦
校對｜李炫周、潘治婷、林珊玉、王愿琦

封面設計｜余佳憓‧版型設計、內文排版｜陳如琪

董事長｜張暖彗‧社長兼總編輯｜王愿琦‧主編｜葉仲芸
編輯｜潘治婷‧編輯｜林家如‧設計部主任｜余佳憓
業務部副理｜楊米琪‧業務部組長｜林湲洵‧業務部專員｜張毓庭
編輯顧問｜こんどうともこ

法律顧問｜海灣國際法律事務所　呂錦峯律師

出版社｜瑞蘭國際有限公司‧地址｜台北市大安區安和路一段104號7樓之1
電話｜(02)2700-4625‧傳真｜(02)2700-4622‧訂購專線｜(02)2700-4625
劃撥帳號｜19914152 瑞蘭國際有限公司
瑞蘭國際網路書城｜www.genki-japan.com.tw

總經銷｜聯合發行股份有限公司‧電話｜(02)2917-8022、2917-8042
傳真｜(02)2915-6275、2915-7212‧印刷｜宗祐印刷有限公司
出版日期｜2017年08月初版1刷‧定價｜450元‧ISBN｜978-986-94052-4-9

瑞蘭國際